K.

Meera Nair

VIDEO

Erzählungen

Aus dem Englischen von Eike Schönfeld

verlegt bei KINDLER

1. Auflage September 2002
Copyright © 2002 der deutschsprachigen Ausgabe
by Kindler Verlag GmbH, Berlin
Copyright © 2002 by Meera Nair
Die Originalausgabe erschien unter dem Titel «Video»
bei Pantheon, New York
Redaktion Sabine Bayerl
Umschlaggestaltung Gudrun Fröba, Berlin
Satz Bembo PostScript, PageMaker bei
Pinkuin Satz und Datentechnik, Berlin
Druck und Bindung Clausen & Bosse, Leck
Printed in Germany
ISBN 3 463 40403 6

Die Schreibweise entspricht den Regeln
der neuen Rechtschreibung.

Für meine Eltern
und für Arun und Anokha

Ich bitte dich, innezuhalten und sie dir
  noch einmal anzuhören,
du aber stürmst weiter zu einer anderen Musik.
Ja, Echos können wir nicht leben.

Nissim Ezekiel

Ich schreibe dir aus deinem fernen Land ...
Der Landkarte der Sehnsucht ohne Grenzen.

Agha Shahid Ali

Sieh, nun verschwinden sie,
Die Gesichter und die Orte ... um erneuert zu werden,
Umgeformt, in einem andern Muster.

T. S. Eliot

INHALT

VIDEO Naseer lag im Dunkeln neben seiner Frau und wünschte, er hätte dieses Video nie gesehen. Er gab ihm die Schuld für den ganzen Ärger, den sie in letzter Zeit hatten. Er wusste, Rasheeda war wütend wie noch nie in all den Jahren ihrer Ehe. Seit er ihr die Frage zum ersten Mal gestellt hatte, hatte sie ihm ihr Schweigen entgegengeschleudert. Aber nur am Tag, vor der übrigen Familie. Abends, wenn die Kinder im Bett waren, war sie nicht so still gewesen. Nachdem sein Blut nun abgekühlt war, überlegte er, ob er sie, wie an vielen Abenden in letzter Zeit, besänftigen sollte und ihr mit klaren, logischen, emotionslosen Erklärungen begreiflich machen, warum er wollte, dass sie das für ihn tat. Schließlich war sie ja seine Frau, Herrgott nochmal. Er hatte auch seine Rechte, oder etwa nicht?

«Rasheeda, hör mir zu …», begann er.

«Fünfzehn Jahre sind wir jetzt verheiratet, und da soll ich diese … diese Sache machen!» Seine Frau setzte sich jäh auf, griff nach ihrem Nachthemd und vergrub den Kopf darin.

O Gott, da geht's schon wieder los.

«Allah, gib diesem Mann Vernunft ins Hirn. Gehört es sich etwa, seine Frau um so etwas zu bitten? Ich habe drei Kinder von ihm bekommen, und jetzt bittet er mich um so etwas …» Ihre Stimme war gedämpft, doch der gekränkte Ton war laut und deutlich zu vernehmen.

Sie benimmt sich, als hätte sie einen Star-TV-Kanal, der direkt in Allahs Wohnzimmer strahlt. Als ob Er nur darauf warten würde, ausgerechnet Madam Rasheeda zu hören. Naseer wusste, dass die Lage ernst war, trotzdem musste er im Dunkeln lächeln.

«Allah, er ist verrückt geworden. Der Lärm seines Körpers übertönt jede Stimme der Vernunft», fuhr Rasheeda fort.

Warum redet sie denn so laut? Naseer drehte den Kopf, um sich zu überzeugen, dass die Tür zum Kinderzimmer geschlossen war. So wie sie sich aufführt, weckt sie womöglich noch die Kinder und seine Brüder und deren Frauen und seine Mutter. Bestimmt hatten seine Brüder nicht so einen Ärger: ein widerspenstiges Weib, das nachts im Bett saß und hitzköpfig zu ihrem Gott sprach.

Er sah sie an, wie sie so ganz für sich mitten im Bett thronte. Das Licht vor der Straßenlampe sickerte durch die Baumwollvorhänge, machte ihren breiten Rücken blassblau, plastisch. Es war heiß und ruhig, und Naseer erschauerte unwillkürlich vom trocknenden Schweiß auf seinen Beinen.

Einige Nächte zuvor hatte er sogar die Lehren der Mullahs zitiert, die muslimische Frauen ermahnten, in allen Dingen auf ihren Mann zu hören. Aber andererseits gehörte sie wiederum kaum zu denen, die sich von den Mullahs einschüchtern ließen, nicht mit ihrem direkten Draht zu Allah.

«Aber, Allah, eines sage ich dir. Niemals werde ich mich den Launen dieses Mannes fügen. Ich tue meine Pflicht als Ehefrau, aber wo steht geschrieben, dass ich solche Dinge tun muss?» Rasheedas Monolog wollte nicht aufhören.

Der letzte Teil war an ihn gerichtet, nicht an Allah,

dachte Naseer und langte nach seinem Schlafanzug am Fußende des Bettes. Und was sollte das mit ihrer Pflicht als Ehefrau, die sie tun wollte? Wenn sie mit ihm im Bett war, lag sie nicht einfach da und fand es schrecklich wie manche andere Frauen, von denen er das gehört hatte. Das wüsste er. Sie hatte es schon ganz gern, gestreichelt und gerieben zu werden. Nicht, dass es das in letzter Zeit besonders oft gegeben hätte. Jetzt zum Beispiel. Er hatte keine Lust gehabt, mit der Hand über ihren Körper zu streichen und es ihr zu machen. Mittendrin hatte er sie darum gebeten, hatte ihr die Frage hingekeucht, schamlos in seinem Begehren. Doch erneut hatte sie nein gesagt, den Kopf mit fest geschlossenen Augen hin und her geschüttelt. Also hatte er es rasch beendet und sich überhaupt nicht mehr um sie gekümmert. Aber es war nicht richtig, und es gefiel ihm gar nicht. Naseer rutschte unbehaglich auf seiner Seite des Bettes herum. Er mochte es, wenn seine Finger von ihren Senken, Kuppen und Hügeln verschlungen wurden, von jener verborgenen, ganz eigenen Miniaturlandschaft. Er mochte es, wenn ihr Gesicht zu ihm aufgerichtet war, die Augen in die Ferne blickten auf den Ort, wo ihr Gefühl sich aufbaute. Er mochte ihr Kichern, das verlegen war, weil sie dabei so fuchtelte. Sie hatte schon immer gekichert, seit ihrem ersten Mal einige Monate nach ihrer Hochzeit, als er schließlich herausgefunden hatte, wie er sie über die Schwelle von Angst und Nervosität zur Lust ziehen konnte.

Endlich hatte Rasheeda ihre Beschwerde bei Allah beendet und legte sich hin, wobei sie darauf achtete, ihn in dem trüben Dunkel nicht zu streifen. Alles war gut gewesen, bis zu dem Augenblick, als er sich auf den schwarzen Rattanstuhl in Khaleels dämmerigem Wohnzimmer gesetzt hatte und das Videogerät anlief.

Naseer war zu seinem Vetter Khaleel gegangen, um dessen Meinung zu einem neuen Transporter zu hören, den er zu kaufen beabsichtigte. Er wollte damit Eisenwaren aus seinem Geschäft zu den Kunden fahren, die telefonisch bei ihm bestellten. Man musste ja mit der Zeit gehen. Khaleel hatte seine eigene Autowerkstatt und konnte, wie ein Arzt an der Brust eines Patienten, allein am Klang des Motors ein schlechtes Fahrzeug von einem guten unterscheiden.

«Heute Abend gibt's Kebabs, also komm nicht zu spät. Weißt ja, dass Rasheeda ohne dich nicht isst», hatte Nusrat, die Frau seines zweiten Bruders, ihm aus dem Küchenfenster nachgerufen, als er das Tor öffnete und auf die Straße trat.

Vor dem Haus spielte Adnan Kricket, ein dünner, aufgeschossener Junge mit Rasheedas feinen, wehenden Haaren. Nach einem kurzen Seitenblick, der ihm bestätigte, dass sein Vater stehen geblieben war, um ihm zuzusehen, starrte er ernst auf den Ball. Der alte Janaki Ram saß in gestreiften Unterhosen auf seiner Türschwelle, den üblichen Becher Tee in der Hand.

«Dein Junge schlägt heute eine Vier nach der anderen», sagte er, worauf Naseer lächelte und sich den Bart kraulte, um seinen Stolz zu verbergen.

Nach Adnans ersten Minuten am Wicket ging Naseer los, und sein Sohn nahm kurz die Hand vom Schläger, um ihm nachzuwinken. Naseer bekämpfte den Drang, ihm zu sagen, er solle nach Hause gehen, bevor es zu dunkel werde. Er war vierzehn, und Naseer wollte ihn vor seinen Freunden nicht in Verlegenheit bringen.

Die Straße vermochte sich kaum zwischen den Gebäuden hindurchzuzwängen, die sie auf der ganzen Länge säumten. Die Häuser drückten sich aneinander, und in den Schatten des Spätabends schienen sie noch näher zusammenzurücken und sich über die Straße zu beugen. Wie alte Klatschweiber. Seit der Vater seines Vaters hierher gezogen war, hatten sich die Häuser in der Gegend kaum verändert. Naseer blickte voller Zuneigung auf die spitzenartigen Holzbalkone mit ihren verschnörkelten Geländern, über denen noch die Saris hingen, die die Hausfrauen vergessen hatten vor der Sonne hereinzunehmen. Unterwegs grüßte er die Männer, die sich von der Hitze auf den Stufen und Türschwellen ausruhten, alte Männer, deren Erinnerung an seinen Vater noch frisch war und die von ihm erwarteten, dass er stehen blieb und sich respektvoll nach ihrer Gicht erkundigte oder den Nierensteinen oder dem arbeitslosen Sohn, der ihnen Kummer bereitete.

Hier und da liefen leise Kofferradios, die blecherne Stimme Lata Mangeshkars sang ein Lied über die Liebe, die ihr den Schlaf raubt. Eine Strophe floss in die nächste, und sie begleiteten ihn den ganzen Weg, von einer Türschwelle zur anderen, bis er in Khaleels Straße abbog.

Hier waren die Häuser neuer. Helle, weiß getünchte Wände stemmten sich gegen abgenutzten Stein, der im Licht der vorbeifahrenden Autos aufflackerte und wieder erlosch. Ein glänzend schwarzer Fiat ragte aus einem

Tor hervor, besetzte Straßenraum. Khaleels Haus war das letzte, kurz bevor die Straße eine Kurve machte.

Als Naseer an die Tür kam, war das Haus dunkel, allerdings konnte er durch die opake Fensterscheibe das Stakkato des Fernsehers sehen, der im Wohnzimmer lief. Auf sein Klopfen hin wurde das Gerät ausgeschaltet. Khaleel ließ sich Zeit, zur Tür zu kommen.

«Ach, du bist's. Ich dachte, es ist Baba, der früh aus Madras kommt», sagte Khaleel und fuhr sich dabei mit der Hand über das Hemd.

Khaleels Vater führte seit zwanzig Jahren einen Streit um eine Immobilie, der alle paar Jahre wieder verhandelt wurde und seine Anwesenheit erforderte. Die Hartnäckigkeit des alten Mannes hatte den Spott der Familie auf sich gezogen.

«Ich hab für heute ein Videogerät ausgeliehen – hab gedacht, ich seh mir mal ein paar Filme an. Du weißt ja, wie streng Baba ist und so, nichts dürfen wir machen», sagte Khaleel und trat beiseite, um Naseer eintreten zu lassen.

«Die ganzen Frauen, die die Männer am helllichten Tag vor den Kindern küssen, dieser Fernsehkram macht das Land noch mal kaputt ...» Naseer äffte die vergrätzte Altmännerstimme seines Onkels nach.

Khaleel lachte nicht, wie er es sonst tat.

Als er ihn so ansah, dachte Naseer, wie schon viele Male zuvor, wie seltsam es doch war, dass alle Männer in seiner Familie klein und drahtig waren und einen Bart trugen.

«Und was schaust du dir an? Was mit Amitabh?» Naseer mochte diesen Schauspieler. Als zehn Jahre zuvor

Sholay erschienen war, hatte er sich den Film fünfmal angesehen.

«Nein», sagte Khaleel. «Komm rein und sieh selbst.»

Als Khaleel das Gerät anstellte, waren zwei Ausländer auf dem Bildschirm – eine Frau und ein Mann. Der Mann lag auf dem Bett, die Frau kniete zwischen seinen Beinen. Weiße Haut, goldenes Haar, glatte Nacktheit. Sie beugte sich nieder. Dann öffnete sie über ihm den Mund. Nach einer Minute starrer Ungläubigkeit krampfte sich in Naseer alles zusammen. Er legte die Hände auf den Bauch, wie um das leise Beben, das er da aufkommen spürte, zu bändigen. Er beobachtete die Frau, ihre Bewegungen, die mal träge, dann wieder heftig waren, auch die ihrer Wangen. Es war unglaublich, dass eine Frau einen Mann in ihr Gesicht aufnahm, er Zunge, Zähne und das Innere ihrer Wangen berühren durfte. Die beiden schienen in einer extremen Ekstase vereinigt. Der Mann betrachtete die Frau, die zu ihm aufsah. Sie ließen sich Zeit, um zum Ende zu kommen. Bei dem Anblick des Mannes, wie er sich auf dem Bett wölbte, meinte Naseer, sogleich die Beherrschung zu verlieren und zitternd und stöhnend aus dem Sessel zu rutschen – hier im Wohnzimmer von Khaleels Mutter mit seinem leuchtend blauen Teppich und der Vitrine mit den Keramikhunden, die ihre Tochter ihr aus Dubai geschickt hatte.

Naseer stand abrupt auf und murmelte, er werde ein andermal wiederkommen. Auf dem Weg zur Tür sah Naseer sich vage auf dem Bildschirm gespiegelt; seine Schattengestalt wurde größer, als er sich dem Gerät näherte. Khaleel nahm seinen Abschied kaum zur Kenntnis, seine Augen, die in dem blauen Licht glitzerten, blieben auf den Bildschirm geheftet.

Draußen lehnte Naseer sich an die Wand und atmete tief durch. Er spürte durch den dünnen Musselin seiner Kurta ihre raue, stoppelige Oberfläche an den Schulterblättern und am Rücken. Die Wand war unbehaglich warm.

Noch konnte er sich nicht dazu bringen, loszugehen, nicht mit diesem heißen Gewicht in sich, so als wäre alles in seinem Innern hinabgerutscht und hätte sich in der Gegend zwischen Unterbauch und Schenkel festgesetzt. Es ist beinahe ein Schmerz, aber nicht ganz, dachte er, schockiert über das große, wühlende Begehren, das um seine Lenden waberte. Früher einmal, als er dreiundzwanzig war, kurz nachdem er Rasheeda geheiratet hatte, konnte er viermal in einer Nacht. Die Gier des gerade Entjungferten – das war es gewesen. Das Begehren war damals ein beständiges, unerfülltes Kribbeln in ihm. Und nun war es wieder da, als hätte jemand fest an einer straffen Saite gezupft, die von seinem Kopf bis zu den Zehen ging.

Als er sich schließlich von der Wand abstieß und sich auf den Heimweg machte, war er dankbar, dass die alten Männer die Schwellen verlassen hatten und zum Essen hineingegangen waren. Vor langer Zeit hatte er die Jungen, die in der College-Cafeteria herumsaßen, über derlei Dinge gackern hören, doch es war immer etwas Mythisches geblieben, das sich anderswo ereignete, nicht daheim, nicht in einem gewöhnlichen Bett.

Als er nach Hause kam, war Rasheeda gerade im Schlafzimmer und holte frische Windeln für das Kind.

«Uff, oh! Mein Lieber! Hör auf! Alle warten unten aufs Essen, und du machst hier Unsinn», lachte sie und schob ihn weg, ein wenig überrascht von seiner Leidenschaft. Dann lief sie hinaus, die kleinen, schwingenden Stoffdreiecke in den Händen.

Er stand mitten im Schlafzimmer, und es widerstrebte ihm, hinunterzugehen und sich dem klappernden Geschirr und den lärmenden Kindern im Esszimmer auszusetzen. Und wenn er nun selbst ein Videogerät samt dem Film auslieh und Rasheeda dazu brachte, ihn mit ihm anzusehen? Nein. Das war unmöglich – der einzige Fernseher, den sie hatten, stand im Wohnzimmer, und nachmittags sah seine Mutter immer *Den Koran verstehen*, dann nickte ihr silbernes Haupt schläfrig, und ihre Finger rutschten immer wieder von ihrer Gebetskette.

Beim Essen, als sie mit einem Nachschlag Kebabs aus der Küche kam, ertappte Rasheeda ihn dabei, wie er sie ansah, und lächelte abwesend in seine Richtung. Das Öl des Biryani hatte ihre Lippen mit einem glänzenden Film überzogen. Die älteren Kinder, die ihr Essen schon vorher bekommen hatten und ins Wohnzimmer geschickt worden waren, rangelten um die Vormacht über den Fernseher. Heute war Mittwoch, und das bedeutete *Baywatch*. Naseer wusste, dass seine Brüder sich nach dem Essen zu den Kindern setzten, um sich die Serie anzusehen.

«Bhai-jaan hat wohl schon bei Khaleel genascht – er isst ja kaum etwas», verkündete Nusrat verschmitzt, woraufhin alle Naseer ansahen, der nun nicken und sich rasch eine Kleinigkeit ausdenken musste. Hastig stand er vom Tisch auf. Farhana, die hinter ihm stand, strauchelte und klammerte sich verzweifelt an seinen Beinen fest, nur um dann auf ihr Hinterteil zu plumpsen. Sie holte tief Luft, um loszuheulen. Er hob sie auf und ging ins Wohnzimmer, um seine Söhne ins Bett zu schicken – er wollte nicht, dass sie halb nackte Frauen am Strand herumhüpfen sahen.

Nachdem die Kinder mit milden und mit strengen Worten ins Bett gebracht waren und er endlich allein mit seiner Frau war, spürte Naseer Rasheedas erfreute Verwunderung ob seiner Ungeduld.

«Halt, halt, lass mich erst das Licht ausmachen», sagte sie und streckte die Hand zur Lampe aus.

«Nein. Warte», sagte er. Er legte ihr die Hände auf die Hüften und zog sie mit sich aufs Bett. Dann stieß er sich von ihr weg und holte tief Luft.

«Ich habe bei Khaleel ein Video gesehen», begann er und verstummte gleich wieder. Er wollte die Worte sorgsam, klar sagen, obwohl ihm während des ganzen Essens und der sich anschließenden endlos langen Unterhaltung mit seinen Brüdern ganze Sätze und Wendungen durch den Kopf geschwirrt waren.

«Es war ein ausländisches, und darin haben sie es, na ja, getan.» Er war verlegen, aber auch entschlossen. Es musste einfach heraus.

«Allah! Schiee! Toba toba, *das* hast du also gemacht.» Rasheeda sah ihn mit vor Abscheu verzerrtem Mund an.

«So hör doch, so etwas habe ich noch nie gesehen …», drängte er weiter. Er erzählte ihr von dem Video, von der Frau und was sie für den Mann gemacht hatte. Allein schon die Worte auszusprechen, erregte ihn. Er fühlte sich erleichtert. Jetzt wusste auch sie es. Das Wissen um diese verstörende, faszinierende neue Sache war nun nicht mehr allein in seinem Kopf.

Rasheeda rückte von ihm weg, beobachtete ihn dabei ernst, misstrauisch, als er sich weiter mühte, versuchte, ihr den Augenblick, die Dinge, die er dabei empfunden hatte, zu erklären.

Am Ende, er hatte sich in seiner Schilderung schon ganz verhaspelt, platzte er mit seinem Wunsch heraus. Er wusste, noch während er über die Wörter «mich» und «Mund» stolperte, dass sie völlig falsch herauskamen, so als sollten sie zwischen ihnen in dem Schlafzimmer, das sie seit fünfzehn Jahren teilten, nicht laut ausgesprochen werden.

Rasheedas Gesicht verzerrte sich vor Schock, und sie sprang vom Bett, als stünden die Laken in Flammen. Nach einem ersten erstickten Überraschungslaut stand sie stumm da.

«Nein.»

Sie sagte es ruhig. Nur das eine Wort, das sie ihm fest und ohne ergänzende Erklärung hinschleuderte.

«Nein», sagte sie erneut, als sie sich düster hinlegte und ihm, das Nachthemd raschelte im Dunkel, den Rücken zudrehte.

Dann, nach einer langen Stille, in der er sich zur Ruhe zwang und schon fast eingeschlafen war – «Niemals».

Von da an war es immer das Gleiche gewesen – jede Nacht eine Wiederholung dieser ersten. Ihr «Nein» war allumfassend und ließ ihm keinen Raum für weitere Manöver oder Argumente. Nur dieses Wort gab sie ihm, und es widerstand allen seinen Versuchen, es zu zermürben, so unangreifbar wie ein Berg aus Glas.

Doch jeden Tag spannte sich in seinem Kopf der Mund der blonden Frau groß und rosa über ihm und ließ ihm keine Ruhe.

Naseer saß in seiner Eisenwarenhandlung hinterm Ladentisch und betrachtete die Männer, die hereinkamen und nach Scharnieren und Leuchtkörpern fragten, und überlegte, ob er wohl der einzige Mann auf der Welt war, der all die Jahre so lächerlich wenig von dieser Lust gekannt hatte. Bestimmt genossen alle kultivierten Männer sie. Es war die Schuld seines Vaters, der ihn mit dreiundzwanzig in die Ehe getrieben hatte.

Naseer hatte anderes gewollt. Wenn er in den langen, schwülen Nächten über seinen College-Büchern einnickte, stellte er sich vor, wie er barhäuptig unter einem erbarmungslosen blauen Himmel stand und den Damm baute, der Süßwasser in die irdenen Gefäße der Dorfbewohner leiten und ihre Felder begrünen sollte. Genau wie Manoj Kumar in dem Film *Dharti*. Doch ihm als dem ältesten Sohn oblag es, das Familiengeschäft zu übernehmen, und Naseer brachte es nicht über sich, seinem Vater das Herz zu brechen. Also waren statt Naseer seine Brüder Ingenieure geworden. Sie saßen jetzt in Regierungsbüros mit hohen Decken, in denen der Staub aufstieg von Stapeln vergessener Akten und bewilligter Pläne für den Bau weiterer Gebäude, die genauso waren wie dasjenige, in dem sie arbeiteten. Nun, da sein Vater gestorben war, erwiesen sie ihm den Respekt, den sie seinem Vater gezollt hätten. Das entfernte Naseer mehr denn je von seinen Brüdern.

Naseer sagte sich, dass er zutiefst unglücklich war. Die

Sehnsucht ließ ihn nicht ruhen, und er fühlte sich von dieser Unzufriedenheit betrogen. Er hatte über die Jahre darum gerungen, sich mit seinem Los anzufreunden. Auch wenn er dazu gezwungen war, das Geschäft weiterzuführen, hatte er doch gelernt, den Gedanken an ein unbekanntes Haus irgendwo in der Stadt befriedigend zu finden, das immer älter wurde und von seinen Scharnieren und Riegeln und Nägeln zusammengehalten wurde, dessen Türknäufe Tag für Tag von Kindern und deren Kindeskindern aufgestoßen, dessen Vorhänge an seinen Vorhangringen aufgezogen wurden. Darin lag eine Art Unsterblichkeit. Und nun hatte Rasheeda alles verdorben. Warum konnte sie sich nicht so verhalten, wie es einer Ehefrau zukam?

Rasheeda begann, ihm sein Frühstück von Aliyeh, der jüngsten Schwägerin, aus der Küche bringen zu lassen. Sie hielt den mit dem Sari behängten Kopf respektvoll gebeugt, wenn sie ihm rasch sein Omelett auf den Tisch stellte, ihm Tee eingoss und wieder in die Küche zurücktrippelte. Als wäre er ein Gast, der schon länger da war als erwünscht, dachte Naseer.

Seit dem Tag, an dem seine Mutter ihr nach Siddiqs Geburt feierlich die Hausschlüssel überreicht hatte, führte Rasheeda den Haushalt. Sie war sachkundig in die Rolle der Matriarchin geschlüpft, obwohl sie zu diesem Zeitpunkt erst 31 Jahre zählte. Es war, als hätte sie jahrelang heimlich geübt, einen Haushalt mit sieben Erwachsenen, fünf Kindern und drei Hausmädchen zu führen.

Wenn sie jetzt an ihm vorbeiging und dabei so tat, als habe sie mit den Kindern zu tun, nahm er es ihr übel, dass sie in dem geschäftigen Durcheinander des Zusammenlebens immer etwas fand, was sie erledigen konnte. Und da seine Brüder, deren Frauen oder die Kinder ständig da waren, konnte er sie nie allein erwischen. Nachts schlief er zumeist schon, wenn sie die Schuluniformen fertig gebügelt und das Essen für den nächsten Tag erörtert hatte oder was sie sonst so tat, um so spät wie nur möglich nach oben zu kommen.

In manchen Nächten kämpfte er gegen den Schlaf an und blieb wach. Aber je mehr er versuchte, sie zu überzeugen, desto unnachgiebiger verurteilte sie diese gottlose Praxis und desto lauter rief sie Allah an, einzuschreiten. Naseer wiederum musste sie einfach immer wieder fragen, konnte es nicht lassen. Das ist wie ein unerbittliches Spiel, dachte er. Nur egal, welchen Zug er machte, Rasheeda war schon da, nahm seine Worte vorweg, hatte ihre Verteidigung bereit.

Bei den Mahlzeiten meinte Naseer, die Blicke der anderen Frauen auf sich zu spüren. Ob Rasheeda es wohl gewagt hatte, ihnen zu erzählen, was zwischen ihnen ablief? Das tat sie doch nicht, oder doch? Die stille, gelbe Wärme ihres Bettes schänden, es auszustellen, dass alle hineinspähen und ihre Kommentare abgeben konnten? Diese Gedanken erzeugten einen großen, berstenden Druck in seiner Brust.

Dennoch konnte er es abends nicht erwarten, nach Hause zu kommen. Es war eine große Erleichterung, Rasheeda einfach nur irgendwo in der Nähe zu wissen, wo er wenigstens ihr Gesicht sehen konnte. Und ihren Mund.

Als seine Eltern ihm Rasheeda ausgesucht hatten, hatte er ohne Einwände zugestimmt. Seine Mutter hatte den Heiratsvermittler gefragt: «Brauchen wir wirklich eine Schwiegertochter mit so einer guten Ausbildung?» Dass Rasheeda die Oberschule besucht hatte, war ihr bedenklich erschienen. Doch sein Vater hatte ihn damit überrascht, dass er auf der Verbindung bestand.

Naseer sah Rasheeda am Abend ihrer Hochzeit erst, nachdem der Kazi sein endloses Gemurmel schließlich hinter sich gebracht und verfügt hatte, dass er nun die Braut sehen könne.

Er war in die *zenana* gegangen, den Frauenraum, wo sie inmitten ihrer Verwandten und Freundinnen saß, und die Frauen in ihren gelben und grünen Seidenkleidern flüsterten und schimmerten um ihn herum. Eine von Rasheedas ältesten Tanten hielt ihr einen langstieligen Spiegel unter den gesenkten Kopf, winkelte ihn in ihrer Dupatta sorgfältig so, dass er nur ihr Gesicht und sonst nichts sehen konnte. Nie hatte er jenen ersten kurzen Blick auf ihr vom Schleier eingerahmtes Gesicht vergessen; der Spiegel füllte sich plötzlich mit großen, geneigten Augen und einem blassrosa Mund. Er war ihr, linkisch, wie er war, auf den Rock getreten, als er sich vorbeugte, um in den Spiegel zu schauen, worauf sie rasch die Hand herausstreckte, um den Stoff zurückzuziehen. Einen Augenblick lang hatte ihre Hand, weiß, verloren, noch da gelegen, bis sie wieder unter ihrem schweren, bestickten Schal verschwand. Wo sie ihn berührt hatte, war auf der rosenroten Seide eine schwache feuchte Stelle zurückgeblieben, und da hatte ihn jähes Mitleid überwältigt. Er hatte ihr sagen

23

wollen, sie solle sich keine Sorgen machen – alles werde gut.

Irgendwann in der so wichtigen ersten Nacht hatte Naseer sie gebeten, sich neben ihn zu stellen, und musste zu seiner Verblüffung feststellen, dass er nur einen Zentimeter größer war als sie. Trotz ihrer Nervosität hatte sie gelacht. Das Übrige war langsam gekommen, in Schüben und Sprüngen und Sperrigkeiten. Er war sanft mit ihr, sie geduldig mit ihm. So wie er ihren Körper vermaß, verzeichnete er ihre Eigenheiten – den feinen, blonden Flaum auf ihren Beinen, die Art, wie ihr Arm am Morgen das Kissen gegen ihr Gesicht drückte und so den Tag noch für ein paar Minuten aussperrte.

Dann kamen die Kinder. Erst Adnan, dann Siddiq und als Letzte Farhana, ein zappeliges kleines Mädchen mit einem dicken Po. Im Lauf der Jahre passten sie sich einander an. Und wenn er nun nachts zu ihr hinüberlangte, war es genauso, als führe er zu seinem Geschäft. Er wusste, wann die Kurve kam, welchem Schlagloch er auszuweichen, wo er anzuhalten hatte. Viel mehr hatte er nicht gewollt. Bis die Frau in dem Video ihren funkelnden Mund öffnete.

Es war der 12. Juni und Rasheedas Geburtstag. Es wurde Zeit, beschloss er, aus dieser Sackgasse herauszukommen. Er rief sie am Nachmittag an und sagte ihr, er habe Karten für den neuesten Film mit Aamir Khan.

«Wie viele?», fragte sie mit emotionsloser Stimme.

«Nur für dich und mich», sagte er fest. Bei den seltenen Gelegenheiten, wenn sie ins Kino oder Restaurant gingen, kamen alle Brüder mit ihren Frauen, quetschten sich in den alten grünen Transporter, und alle neckten sie Aliyeh, die jüngste Schwägerin, und drückten sie ihrem Mann auf den Schoß.

Als er nach Hause kam, um Rasheeda abzuholen, drang Gekicher aus der Küche. Sie saß still neben ihm, bis er mit seinem Tee und den Samosas fertig war. Die Liebe einer Frau kann man daran messen, zu wie vielen Samosas sie einen drängt, dachte er. Diesmal drängte sie ihn zu keinem.

«Gut, die Samosas. Okay. Gehen wir, der Film fängt um halb sieben an», sagte er mit aufgeräumter Herzlichkeit; er hoffte, sie werde mitspielen, wenigstens vor den Schwägerinnen, die immer wieder zu ihnen hinsahen.

«Woher die plötzliche gute Laune? Der Film, das alles?» Rasheeda lächelte nicht.

Bestimmt wusste sie, dass er versuchte, wieder zu dem Punkt zurückzukommen, dem Punkt vor jenem, an dem sie aufgehört hatte, mit ihm zu reden, dachte er.

«Na, heute ist schließlich dein Geburtstag, oder?», sagte er. Er hatte ihr ein Geschenk gekauft, wollte es ihr aber nicht vor den anderen Frauen geben. Bestimmt würde Nusrat wieder eine gehässige Bemerkung machen.

Rasheeda antwortete nicht, aber sie schimpfte auch nicht, sondern zog sich nur rasch an und ging mit ihm hinaus, warf dabei einen Strom von Anweisungen über die Schulter, was jedes Kind zum Abendessen erhalten solle. Auf ihrem Seidensari legten sich Blumen über ihre Brüste wie Hände.

Die gesamte Familie kam heraus, drängte sich am Tor, um sie zu verabschieden. Farhana fing an zu weinen.

«Viel Spaß», griente Nusrat, und Aliyeh bückte sich und strich Rasheeda den Sari ein letztes Mal über ihren Schenkeln glatt.

«Wir gehen doch nicht für drei Jahre weg, oder?», grollte Naseer.

«Lass nur. Wir gehen schließlich nicht jeden Abend allein aus», sagte Rasheeda.

Nach dem Kino stand Naseer im Schlafzimmer vor dem Spiegel und zog Rasheeda an sich.

«Wir sehen doch noch ganz gut aus, findest du nicht?», sagte er. Mit ihren Stöckeln war sie etwas größer als er.

«Ich mag es, dass dein Bart kürzer ist», sagte sie, also rieb er sie damit an der Wange. Er strich ihr über ihre breiten Hüften und zog sie wieder an sich.

«Ich muss was gegen mein Gewicht unternehmen», sagte Rasheeda, worauf er den Kopf schüttelte.

«Stell dir mal vor, du wärst dünn und knochig wie die Hauptdarstellerin in dem Film. Ich mag große Portionen.» Er schob ihr die Hände unter die Brüste und hob sie im Spiegel an. Rasheedas Hände zuckten hoch, um die seinen wegzunehmen, doch sie lachte dabei, und ihr Gesicht war weich und nachsichtig.

Später machte Naseer alles, was sie gern hatte: ihr in großen Kreisen über den Rücken streichen, den Daumen langsam durch ihre Achselhöhle führen. Er ließ sich Zeit, reizte sie, brachte sie hoch und wieder herunter und wieder hoch, bis sie sich verzweifelt gegen seine Hand drängte.

Naseer lag noch zwei Stunden wach, nachdem Rasheeda eingeschlafen war. Er fühlte sich hohl und unbefriedigt. Ihr Liebesspiel war in Ordnung gewesen. Aber er musste sich einfach fragen, um wie viel besser es gewesen wäre, wenn sie ihren Mund auf ihn herabgesenkt, ihn langsam in den Mund genommen hätte. Er hatte diesmal nicht damit angefangen, weil er fürchtete, sie würde dann wieder nicht mehr mit ihm sprechen.

Neben ihm drehte sich Rasheeda auf den Rücken. Minuten später begann sie leise zu schnarchen. Naseer lächelte. Sie war immer empört, wenn er ihr sagte, sie schnarche, als wäre es seine Schuld, weil er es überhaupt erwähnte. Er legte ihr eine Hand auf die Schulter. Wenn er sie rüttelte, hörte sie gewöhnlich auf. Und zwar ohne dass sie es merkte und aufwachte. Seine Mutter sagte immer, Rasheeda würde auch bei einem Erdbeben weiterschlafen. Doch als Farhana noch klein war, rappelte sie sich sogar hoch, wenn das Kind nur ein Bäuerchen im Schlaf gemacht hatte. Faszinierend, wie Frauen sich einfach so an- und ausschalten konnten.

Rasheeda schmatzte laut, dann klappte ihr der Mund auf. Bei diesem Anblick wurde Naseer, wie er merkte, steif, noch bevor der Gedanke in seinem Kopf ganz Gestalt angenommen hatte.

Mit pochendem Herzen rutschte er vom Bett. Er ging zu Rasheedas Seite herum, nestelte am Band seiner Pyjamahose. Ihr Mund stand schlaff offen, und sie wachte auch nicht auf, als er sich, links und rechts von ihrem Kopf, umständlich auf die Knie niederließ. Er beugte sich weit über ihren Kopf und mühte sich, seinen Schwanz sicher in ihren Mund zu bugsieren. Seine Knie zitterten so sehr, dass er sich mit der andern Hand am Kopfbrett abstützen musste − selbst da rutschte er noch ein paar Mal vom Bett. Dann war er drin. War er an ihrem Gaumen?

Genau da wachte Rasheeda auf und starrte ihn an, wie er über ihr aufragte, seinen Schritt über ihrem Gesicht. In ihrem Schock schlossen sich Rasheedas Lippen automatisch um ihn. Sie machte ein würgendes Geräusch. Verwirrt wollte er ihn herausziehen, doch das ging nicht. Nicht jetzt. Hinterher konnte er sich nicht mehr erinnern, wann er gedacht hatte, es würde ihr nichts ausmachen, oder wie er ihr den schlaftrunkenen Kopf festhielt und ihr Sträuben ignorierte. Ohnehin war es nach wenigen Sekunden vorbei gewesen. Sie stand auf, rannte ins Bad und kam lange Zeit nicht mehr heraus.

Wenn ich gewollt hätte, wäre ich bis an ihr Gehirn gekommen, dachte er erregt und mild zugleich. Ich war der Stelle, wo sie lebt, so nah, nicht irgendwo da unten; ich war mehr in ihr als je zuvor. Dann schlief er ein, während er noch dachte, er werde nie einschlafen können.

Als er am Morgen aufwachte, war Rasheeda noch immer im Bad. Auch als er drei Stunden später ins Geschäft fuhr, war sie nicht herausgekommen. Als er abends zurückkam, übernahm es Nusrat, die im Lauf der Jahre eine gewisse Nähe zu ihm entwickelt hatte, mit ihm darüber zu sprechen. Rasheeda war den ganzen Tag im Badezimmer geblieben.

«Sie weigert sich, zum Arzt zu gehen, sie sagt, ihr fehlt nichts», sagte sie und sah ernsthaft besorgt drein.

Am nächsten Tag verschwand Rasheeda zwölfmal im Bad. Am dritten zehnmal. Auch noch die Woche darauf in regelmäßigen Abständen, sie weigerte sich aber weiterhin, zum Arzt zu gehen. Naseer, der Angst um ihr Leben hatte, holte sogar einen ins Haus. Der Arzt, ein kleiner, dünner Mann, der aussah, als hätte er sein Diplom erst wenige Monate zuvor erhalten, stand nervös in ihrem Schlafzimmer und hielt sich seine braune lederne Medizintasche vor den Schritt.

«Mir geht's gut, Doktor-saab, bitte gehen Sie», schrie Rasheeda aus dem Badezimmer.

«Holen Sie einen *peer*. Die kennen sich aus mit diesen merkwürdigen Leiden, mit diesem Dauerdurchfall und derlei Dingen», stotterte der Arzt und flüchtete.

Naseer brachte es nicht über sich, weitere Hexenmeister mit ihren Wunderkuren ins Haus zu lassen. Vielleicht ging es ihr ja allmählich von selber besser, dachte er.

Doch Rasheeda hörte nicht auf damit. Sie nahm die äußere Toilette für sich in Besitz. Diese stand hinterm Haus neben dem kleinen Gemüsegarten und war aufgegeben worden, nachdem die neuen Badezimmer mit den Rohren unter Putz fertig gestellt waren. In regelmäßigen Abständen zog sie sich in ihren weiß gefliesten Raum zurück. Immer zur vollen Stunde, wie die BBC. Flocht sie Farhana gerade Schleifen ins Haar, legte sie den Kamm beiseite und lief zur Toilette. Auf dem Weg zum Gemüsehändler drehte sie mitten auf dem Weg um und eilte, überwältigt von ihrem Dickdarm, zum Haus zurück.

Und dennoch schien ihr nichts zu fehlen.

«Den ganzen Tag ist sie auf der Toilette, aber sie wirkt nicht krank und nimmt auch nicht ab. Das ist doch nicht ganz normal, oder?» Beim Frühstück, das er allein einnahm, hörte er die Schwägerinnen in der Küche reden und lachen.

Er musste zugeben, dass das stimmte. Wenn Rasheeda an ihm vorbeidrängte und zur Toilette strebte, waren ihre prallen weißen Arme und das offene, strahlende Gesicht so begehrenswert wie eh und je.

Da Rasheeda nicht kränker wurde, stellte sich der Haushalt, flexibel wie er war, schnell darauf ein. Dieser eigenartige neue Knubbel wurde rasch aufgenommen und in sein Gewebe eingebügelt. Rasheedas nächtliche Sitzungen auf der Toilette waren bald nichts Besonderes mehr und wurden ein Teil ihres Rasheeda-Seins; eben diese vertraute Regelmäßigkeit schützte sie auch vor Bemerkungen. Sogar die Kinder wurden es leid, ihm zuzurufen, kaum dass er von der Arbeit nach Hause kam: «Heute war sie zehnmal!» Auch seine Brüder sprachen ihm nicht mehr ihr ärgerliches Bedauern aus.

Die Kinder kamen aus der Schule und gingen sogleich zum Toilettenhäuschen, sicher, dort Rasheeda vorzufinden. Sie standen vor der Tür und unterhielten sich mit ihr.

«Gunjan hat mir meine Orange weggenommen. Ich hasse ihn», sagte Siddiq. Er hortete Klagen wie Süßigkeiten.

«Der Mathelehrer ist schrecklich. Du sollst dem Direktor sagen, dass er uns nicht so viele Hausaufgaben geben soll.» Farida, Nusrats kleine Prinzessin, konnte sich mit ihren Wünschen nur an Rasheeda wenden, da ihre Mutter es für falsch hielt, Kinder zu verhätscheln.

«Ich brauche zehn Rupien fürs Fahrgeld morgen.» Sogar Adnan lehnte sich, nachdem er seine anfängliche Verlegenheit überwunden hatte, an die Außenwand der Toilette und führte lautstarke Gespräche mit ihr.

«Ist nicht so schlimm. Morgen gebe ich dir noch eine Orange. Sprich nicht so über deinen Lehrer. Hast du denn keinen Respekt? Adi, bitte deinen Vater um das Geld.» Allen antwortete sie, heiter und unberührt, fest in ihrer Welt verankert.

Aus Tagen wurden Wochen, und allmählich schoben selbst die Gemüseverkäufer und Fischhändler ihre Karren zum hinteren Tor, das der Toilette und Rasheeda näher war. Sie lehnten sich übers Tor und riefen ihre Ware aus.

«Frische Tomaten, vier Rupien, Bibiji. Ekdum frisch!», schrie der Gemüsemann.

«Drei scheint mir angemessen», feilschte Rasheeda begeistert, sie wiederum gaben, verwirrt von dieser neuen Art des Handelns, schnell nach.

«Nur für Sie, Bibiji, aber sagen Sie's nicht weiter, nur für Sie drei Rupien.» Wenn die Transaktionen dann getätigt waren, gingen der Gemüsemann oder Fischmann in die Küche, wo sie ihr Geld von Aliyeh oder Nusrat bekamen.

Eine Zeit lang gab es ein Schlüsselproblem. Als der ältesten Schwägerin gebührte nur Rasheeda die Ehre, über die Schlüssel zur Speisekammer und zu den Schränken zu verfügen. Da die Türen wegen der diebischen Diener immer sorgfältig verschlossen waren, mussten Aliyeh und Nusrat jedes Mal, wenn sie Vorräte brauchten, zur Toilette und zu Rasheeda marschieren.

Eines Tages sah Naseer Nusrat vor der Toilettentür stehen, ungeduldig wippte sie mit dem Fuß. Als sie ihn bemerkte, murmelte sie etwas vor sich hin. Am nächsten Morgen bestellte Naseer einen ihm bekannten Zimmermann, er sollte eine kleine Tür in die Mitte der größeren einbauen. Rasheeda, die gerade mal nicht auf der Toilette gewesen sei, hätte nichts gesagt, sei aber, als er die Seiten des kleinen Holzbretts schliff und Scharniere und einen Riegel daran befestigt habe, aus der Küche gekommen, um ihm zuzusehen, und als er fertig gewesen sei, habe sie ihm einen Tee angeboten, berichtete der Zimmermann, als Naseer ihn fragte, die Stimme ebenso bemüht beiläufig wie Naseers. Rasheeda brauche jetzt nur den Schlüssel durch die eingehängte Tür zu reichen, wenn jemand darum bat, wollte Naseer schon sagen, hielt sich aber gerade noch zurück. Es war nicht nötig, dem Klatsch, der über sie bestimmt schon zirkulierte, weitere Nahrung zu geben. An jenem Abend brachte Rasheeda Naseer seinen Tee, stellte ihn stumm vor ihn auf den Tisch. Begierig hob er den Kopf, doch sie ging weg, bevor er noch ein Wort sagen konnte.

Eines Sonntagnachmittags, Rasheeda hielt gerade ihre Siesta, ging Naseer in den Gemüsegarten und spähte, nachdem er sich überzeugt hatte, dass niemand hersah, in die Toilette. In dem düsteren Raum war es heiß, eine dicke, schwammige Hitze, die von dem Blechdach herabstrahlte. Auf der Leiste neben der Kommode waren Muscheln, eine Flasche Leim und Pappdeckel, halb fertige Mathehausaufgaben, ein Rezept auf Urdu und das kleine Kofferradio, das er ihr geschenkt hatte. Sie zerstört unsere Ehe, weil sie auf der Toilette Hindi-Lieder hören will, dachte er. Unter seinen Augen hatte sie eine Metamorphose durchlaufen, so wie die Frauen in den Märchen seiner Kindheit, die sich in Houris oder geflügelte Ponys verwandelten, wenn ein Mann es wagte, ihnen nachzuspionieren. Nur er selbst war verschoben. Alles andere ging normal weiter. Der Fernseher lärmte im Wohnzimmer – die ganze Familie sah *Star Trek*. Er verstand nicht, was an diesen komischen Weltraumreisenden so faszinierend war. Sein Leben lag in Scherben; Gegenstände stürzten in ihm zusammen, fielen bebend auseinander wie ein baufälliges Haus, das von einer Kanonenkugel getroffen war, und sie sahen fern.

Rasheeda hatte am zweiten Tag ihrer Toilettenbesuche sein Bett verlassen und schlief nun bei den Kindern, die darüber begeistert waren; binnen weniger Minuten hatte sie alles in ein aufregendes Spiel verwandelt. An manchen Abenden hörte er sie hinter der Tür des anderen Zimmers kichern.

Er lag nachts wach, starrte auf das matt schimmernde Viereck des Fensters und mühte sich, die Sätze zu bilden, die er ihr am Morgen sagen wollte. Er würde aufwachen, und sie wäre schon weg, eingesogen vom alltäglichen Chaos des Haushalts. Er stellte sich vor, wie er in die Küche marschierte, sie herauszerrte und zum Zustand ihrer Ehe befragte. Aber dann dachte er an seine Schwägerinnen, wie sie ihn – den omnipotenten, respektierten Ältesten – erschrocken ansahen, und wie peinlich das alles sein konnte. Unterdessen kreiste Rasheeda weiter um die Toilette wie eine reuige Sünderin, die Absolution wollte.

Mit der Zeit nahmen sogar die Frauen aus der Nachbarschaft ihre üblichen Nachmittagsbesuche wieder auf. Sie saßen mit ihren Teetassen im Schatten des Tamarindenbaums vor der Toilette und redeten über andere, abwesende Hausfrauen. Rasheeda ging in die Toilette und

33

kam wieder heraus, ohne dass das Gespräch dabei unterbrochen wurde. Naseer hatte das Dach des Außenklos teeren lassen, wodurch es innen um einiges kühler war.

Miriam, eine der jungen Frauen aus der Straße, kam nun häufiger als die anderen Hausfrauen. Ihr frischer Ehemann höre mehr auf seine Eltern als auf sie, schmollte sie, und die Farbe stieg ihr in die Wangen.

«Als wäre ich ein Nichts, bloß eine, die er ... du weißt schon ... und dann nicht mehr beachtet.» Sie nahm den Zipfel ihrer blauen Dupatta zwischen die Zähne und verstummte. Die zuhörenden Frauen seufzten mitfühlend. Sie kannten das.

Eines Nachmittags rief Rasheeda Miriam an die Toilettentür. Miriam strich sich ein paar Strähnen aus dem Gesicht und presste das Ohr an die Tür. Das Einzige, was die angestrengt lauschenden Frauen hören konnten, war ein leises Murmeln von drinnen. Miriam lächelte geheimnisvoll, als sie ging. Einige Tage später war Miriam wieder da – hochrot und kichernd. Was Rasheeda ihr auch geraten hatte – es hatte wie ein Zauber gewirkt. «Jetzt frisst er mir aus der Hand», krähte Miriam.

Damit fing alles an. Später, als junge Frauen in Schlangen vor der Toilette standen, um mit Rasheeda zu sprechen, wurde die Geschichte von Miriam immer wieder stolz erzählt. «Ich war die Erste», sagte sie und schritt mit wichtiger Miene zwischen den kleinen Grüppchen Frauen herum, die darauf warteten, Rasheeda ihre Nöte anzuvertrauen. Sie sagten ihr Dinge, die sie nicht einmal ihren besten Freundinnen erzählt hätten. Zumeist ging es um die Ehemänner und die angeheiratete Verwandtschaft, die Leiden und Qualen des Lebens in der

34

Großfamilie. Manchmal wollte ein erzürntes Mädchen nur die eigene Stimme hören. Sie nannten Rasheeda liebevoll *Sandaz Begum* – Madame Toilette. Dabei gab sie nur vernünftige und lebensnahe Ratschläge. Doch die Frauen kamen immer wieder.

Für Naseer bedeutete dies, dass er Rasheeda noch weniger als zuvor sah. Sie verbrachte nun noch mehr Zeit in der Toilette. Immer mehr Leute kamen und forderten ihre Aufmerksamkeit. Seine Mutter bestellte ihn, angewidert von den Vorgängen im Hof, auf ihr Zimmer und sprach deutliche Worte.

«Wofür hält sich deine Frau eigentlich? Für eine Art Guru oder was? Was soll dieses *khoos-poos* mit den Frauen da im Hof? Glaubst du, dein Vater hätte einen solchen Unsinn geduldet?» Sie spie einen dicken braunen Tabakstrom in den silbernen Spucknapf neben ihrem Bett.

An einem Samstag, nachdem er zwanzig Minuten damit verbracht hatte, hinterm Vorhang seines Schlafzimmerfensters die murmelnden Frauen vor der Toilettentür zu beobachten, erkannte Naseer, dass in den vergangenen Wochen jede dieser Frauen wahrscheinlich länger mit Rasheeda gesprochen hatte als er, ihr Gatte in Allahs Namen.

Rasheeda unterband Konsultationen sonntags, sodass sie das, was immer sie in der Toilette tat, in Ruhe erledigen konnte. Als sie einmal herauskam, um das Abendessen zuzubereiten, sägte er ein zehn mal zehn Zentimeter großes Stück aus einer der Holzwände der Toilette und nagelte ein Stück Maschendraht über die Öffnung.

«**So kannst du** die Beschwerden der Frauen besser hören», sagte er Rasheeda am nächsten Tag und hielt dabei
den Mund dicht an den Draht. Zwanzig Minuten lang
hatte er in der Schlange hinter den Frauen angestanden.
Als sie ihn sahen, bedeckten sie hastig die Köpfe, traten,
da nun dieser Mann unter ihnen war, verlegen zur Seite
und wussten nicht, ob sie bleiben oder gehen sollten.
Doch er rührte sich nicht, nicht einmal dann, als seine
Brüder und deren Frauen aus den Fenstern des Hauses
zu ihm herabschauten, um sich dann rasch wieder zurückzuziehen. Statt ihrer standen nun die Kinder da,
manche stellten sich auf Zehenspitzen, um über die Bal-
konmauer zu schauen. Nur Adnan nicht. Wahrscheinlich
hatte er das Haus verlassen, kaum dass Naseer in den Hof
ging. Sich dem Geflecht aus Draht nähernd, stellte Naseer sich vor, wie Rasheeda sein von dem Viereck eingerahmtes Gesicht betrachtete, das in der Sonne offen und
nackt ihrem Blick ausgesetzt war. Als er, blinzelnd wegen
des grellen Lichts, hineinspähte, konnte er in dem Däm-
mer nur ihre dunkle Gestalt, sonst kaum etwas erkennen.
Erschreckt von seiner Stimme wandte sie sich ihm abrupt zu.

«Ich wollte nur, dass du die Beschwerden der Frauen
besser hören kannst», wiederholte Naseer. Sie sah ihn
an und sagte nichts. Er glaubte, er habe gesehen, wie
sie nickte. Nach einigen Augenblicken verließ Naseer
seinen Platz in der Schlange und ging zum Haus zurück.

An jenem Abend beugte sich Rasheeda über den Esstisch und gab ihm eine Kelle Reis auf seinen Teller. Als
Naseer zu ihr hochsah, erwiderte sie seinen Blick. Bevor

sie das Gesicht wegdrehte, um sich einem der Kinder zuzuwenden, zuckt ihr Mund, dessen war er sich sicher,
ganz fein an den Winkeln.

DER MIETER VON
ZIMMER 726 Chik-Chik und sein Teller mit *paranthas* wollten endlich die Straße überqueren. Lang genug hatte er den Autos gestattet, ihre warmen grauen Luftwölkchen an seine Knöchel zu pusten. Jetzt! Bevor der weiße Ambassador wieder zu dem Maruti aufschloss. Er sprang in den Verkehr, schlüpfte blitzartig zwischen Autos hindurch, umkurvte Stoßstangen, kauerte sich an einen Laster, starrte einen angstvollen Augenblick lang in seinen schmierig-heißen Metallbauch. Dann visierte er den Cielo an, hielt ihn leicht mit einer Hand von sich ab, unfehlbar – hurtig, hurtig – fanden seine Füße die sicheren Räume inmitten der schnarrenden, keuchenden Motoren, die Autos und Laster und Busse stoppten alle nur für Augenblicke, bevor sie wieder vorandrängten, begierig, ihn und seine *paranthas* zu zermalmen. Dann war er drüben, war auf den Gehweg gesprungen, hatte die Autos und ihre lauten, schimpfenden Hupen geschlagen, stand strahlend und triumphierend auf dem Gehweg, den Teller zum Sieg erhoben, er drehte sich um, um sie alle anzugrinsen, auch den Mann mit der braunen Krawatte, der sich aus seinem Wagen beugte und ihn verblüfft ansah, zweifellos beeindruckt von seinem beachtlichen Können.

Chik-Chik stand auf dem Gehweg der schmalen Seitenstraße. Sie war eingezwängt zwischen dünnen, hohen Gebäuden, die ein schiefes Stück Himmel hochhielten. Auf der anderen Seite war das Restaurant, in dem er arbeitete. Er hatte das Frühstück für den neuen Mieter in der Pension Komal dabei, den Mann von Zimmer 726.

In den Ecken der Treppenabsätze waren braune Betel-saftflecken. Chik-Chik gefiel insbesondere der im ersten Stock, er sah aus wie ein Tiger, der mit dem Kopf gegen die Wand knallt. Er hoffte, er war noch da. Wenige Tage zuvor hatte Jano Bi, die Putzfrau, einen Fleck entfernt, der einem Berg mit einer zerschmelzenden Spitze geglichen hatte. Chik-Chik war sicher, dass er noch viel mehr Felsen und Steilwände darauf entdeckt hätte, wenn er ihn nur etwas länger hätte betrachten können.

Auf dem Weg zur Etage des neuen Mieters überlegte Chik-Chik, ob er ihn wohl heute sehen würde. Schon seit fünfzehn Tagen brachte er dem Mieter nun das Frühstück, und alles, was er bis jetzt von ihm gesehen hatte, war seine Hand. Lange, braune Finger und eine Uhr am Stahlband, mehr hatte er nicht erspähen können. Als reichte nur eine Hand, dachte Chik-Chik. So viele Hände habe ich gesehen. Was ist an Händen denn so besonders? Ein Gesicht, ja, das wäre was. Wie wär's denn mal mit einem Gesicht? Und warum kam der Mieter nie heraus? Vielleicht ... und wenn er ... Nagarajan der Pflastermörder war? Er hätte ja aus Bombay hierher, nach Delhi, fliehen können. Hari, der älter als Chik-Chik war und sich in diesen Dingen auskannte, hatte ihm mal gesagt, dass die Polizei es noch nicht geschafft hatte, Nagarajan zu fassen. Er sagte, Nagarajan gehe nach Mitternacht los und streife zwischen den Armen herum, die auf dem Gehweg schliefen. Dann, wenn der Mörder einen sehe, der ihm nicht passt, nehme er einen Stein, einen großen, schweren Stein, und schlage dem Menschen damit den Schädel ein. Und ich habe die Hand gesehen, die diese Steine hält, dachte Chik-Chik. Aber bestimmt hätte er doch vorher seine Stahluhr abgenommen! Wer wollte schon Kratzer auf so einer schönen Uhr?

Chik-Chik stand vor der Tür des Mieters und rief: «*Saab*, Ihr Frühstück.»

Wenn er nur heute sehen könnte, wie dieser Nagarajan aussah. Wenn er nur einen klitzekleinen Blick auf diesen echten Mörder, diesen Schädeleinschläger werfen könnte.

«Sir, Ihr Frühstück», rief er erneut und stellte seinen Teller vor der Tür des Mieters ab.

Dann ging er, mit seinen Gummisandalen laut auf den Fußboden klatschend, ans Ende des Ganges. Er wird denken, ich bin weg, dachte Chik-Chik, und schlüpfte rasch aus den Riemen. Lautloser als eine Eidechse an der Wand war er, als er auf den Zehen den Gang zurückhuschte, die Arme ausgestreckt, um das Gleichgewicht zu halten, sein viel zu großes braunes Hemd ein dickes T. Er strebte der Treppe zu, die links von der Tür des Mieters war. Dort würde man ihn nicht sehen, dachte er. Gerade als Chik-Chik vorübersegelte, ging die Tür einen Spalt auf.

Es war der Mieter. Chik-Chik erstarrte, wankte auf den Zehen wie eine gigantische Gottesanbeterin. Der Mieter blickte Chik-Chik verblüfft an. Chik-Chik erwiderte den Blick. Dann lachte der Mieter unter seinem Schnurrbart – ein leises, abruptes Lachen. Der Mieter war groß, schlaksig und hellbraun. Braun schimmernd wie ein *gulab jamun*, ein in Zuckersirup getauchtes Bonbon. Er lehnte sich gegen den Türrahmen und schaute nachdenklich auf den Teller mit den *paranthas*, als hätte er so etwas noch nie gesehen.

«Warte ein paar Minuten, dann kannst du den leeren Teller gleich wieder ins Restaurant mitnehmen», sagte der Mieter und bückte sich endlich nach seinem Frühstück.

Ai! Woher weiß er, dass ich vom Restaurant bin, dachte Chik-Chik. Vielleicht hat er mich die ganzen Tage schon beobachtet. Chik-Chik suchte die Tür nach Ritzen ab, die groß genug waren, dass man hindurchspähen konnte.

Hinter der Tür barst die Sonne durch offene Fenster ins Zimmer. Das Licht blitzte auf dem Schnappschloss eines der Kästen, die Chik-Chiks Aufmerksamkeit erregten. Sieben Kästen, auf dem Tisch am anderen Ende des Zimmers aufeinander gestapelt. Viereckige Holzkästen, jeder von der Größe des Hauptbuchs, in das sein Boss täglich die Einnahmen eintrug, jeder mit einem winzigen Stahlschloss verschlossen. Zwei der Kästen waren alt, braun und abgestoßen, die anderen dagegen nagelneu; ihr Holz war noch cremefarben und glänzte. Darin bewahrt er sicher seine Steine auf, dachte Chik-Chik. Bestimmt passten in jeden Kasten mit Leichtigkeit zwei, drei ordentliche Steine. Und ein fachkundiger Mörder wie Nagarajan trug seine bevorzugten Steine doch wohl immer bei sich, oder? Besonders die großen, spitzen, mit denen er den Leuten den Kopf einschlug?

«Was haben Sie denn in den Kästen da, Sir?», fragte Chik-Chik den Mieter.

«Meine Arbeit», antwortete dieser, während er zur Tür zurückkam, um den Blechteller zurückzugeben. Die leuchtende Scheibe warf jäh weißes Licht in den düsteren Gang.

«Bist du der Junge, der mir täglich mein Essen bringt?», fragte der Mieter.

Chik-Chik nickte. Der Mieter gab ihm einen Fünfrupienschein.

«Danke», sagte er auf Englisch.

Wenn ich das Hari erzähle, dachte Chik-Chik. Wenn ich ihm erzähle, dass ich fünf Rupien bekomme und Nagarajan und die Kästen mit den Steinen gesehen habe. In seiner Eile, zum Restaurant zurückzukommen, vergaß Chik-Chik ganz, die Treppe rückwärts hinunterzugehen, wie er es sonst tat.

Die fünf Rupien kamen in Chik-Chiks Blechtruhe. Sie waren sein allererstes Trinkgeld. Als einer, der die Tische abwischt, war er zu Trinkgeld nicht berechtigt. Hari, der alt genug war, im Restaurant zu bedienen, sparte die fünfzig Paise oder fünfundsiebzig Paise, die die Gäste in den runden blauen Plastikschälchen, auf denen sie die Rechnung bekamen, zurückließen. Chik-Chik oblag es, die Tische abzuwischen. Wenn die Gäste an einem Tisch gegessen hatten, ging er mit seinem großen, gelben Schwamm hin und wischte das danebengegangene Essen vorsichtig in seine Schüssel. Saßen schon neue Gäste daran, war er besonders vorsichtig, zumal an den Kanten. Zwei Jahre zuvor hatte Chik-Chik einem bulligen LKW-Fahrer achtlos Wasser auf die Hose getropft, worauf der Chik-Chik eine ziemlich kräftige Ohrfeige verpasst hatte. Noch Tage später hatte Chik-Chiks Ohr gesummt und gepiept.

Auch der Restaurantbesitzer schlug ihn manchmal, dann hielt eine dicke Faust Chik-Chik die Hände fest, während die andere ihm patsch-patsch Gesicht und

Schultern bearbeitete. Er schlug Chik-Chik ganz automatisch, die Augen in seinem fleischigen Gesicht halb
geschlossen. Chik-Chik fand, dass er dabei häufig recht
gelangweilt dreinschaute. Seit er letzten August zwölf
geworden war, hatte Chik-Chik aufgehört zu weinen.
Hari sagte, große Jungs weinten nicht.

An jenem Abend erzählte Chik-Chik Hari, während
dieser ein weiteres Foto seiner Lieblingsschauspielerin
ausschnitt, um es an seinen Teil der Wand zu heften, dass
der Mieter Nagarajan der Mörder sei und er in seinem
Zimmer Holzkästen habe. Doch Hari sagte gar nichts.
Er schritt vor seiner Heldin auf und ab und übte seinen
anzüglichen Pfiff. Also beschloss Chik-Chik, ihm nicht
zu erzählen, dass der Mieter, anders als jeder Mann, den
er bisher gesehen hatte, Haare auf den Schultern hatte.
Oder dass seine schwarzen Haare kurz und stachelig
waren mit kleinen Zwirbeln, die vom Hinterkopf ab-
standen wie winzige, weiche Hörner.

«**Warum heißt du** Chik-Chik», sagte der Mieter.

«Weil das mein Name ist. So nannten sie mich – die
Gäste, als ich anfing zu arbeiten.» Chik-Chik schnalzte
mit der Zunge laut gegen die Zähne, machte das bekannte «Ts-ts»-Geräusch. «Sie nannten mich entweder
so oder Boy. Chik-Chik ist mir aber lieber.»

«Dann hast du dir den Namen also selbst gegeben»,
sagte der Mieter. «Wahrscheinlich bist du der Einzige auf
der ganzen Welt mit diesem Namen.»

Chik-Chik dachte darüber nach. Und tatsächlich war
ihm noch niemand mit diesem Namen begegnet. Aber
Haris gab es allein in seiner Straße drei.

«Chik-Chik ... Chik-Chik.» Der Mieter sagte den Namen immer wieder vor sich hin, rollte die Wörter wie Kerne im Mund.

Er lächelte. Chik-Chik fand, dass ihm die Art, wie der Mieter seinen Namen sagte, gefiel.

Er war in seiner Arbeitspause gekommen, um den Mieter zu besuchen. Das Restaurant schloss um 14.30 Uhr und öffnete erst wieder am späten Abend. Er trat von einem Sonnenfleck auf dem Fußboden des Zimmers zum nächsten. Das war ein neues Spiel. Der Fußboden war warm, dann kalt, dann wieder warm. Wo auf den roten Zement die Sonne fiel, leuchtete er in einem tiefen Orangerot. Chik-Chik blickte kurz zu dem Mieter hin. Er lag wie gewöhnlich auf seinem Bett. Er lag häufig auf dem Bett und hatte die Augen zu. Vielleicht war er ja krank. Vielleicht hatte er Krebs und würde bald sterben. Chik-Chik hatte gehört, dass Krebs eine wirklich schlimme Krankheit war. Man bekam sie, wenn man rauchte und Schnaps trank. Doch der Mieter rauchte und trank nicht. Also konnte er auch keinen Krebs haben, oder? Chik-Chik hörte auf, herumzuhüpfen, und setzte sich neben das Bett, so nah an die Kante, wie er konnte, ohne den Mieter zu berühren. Er zählte wieder sein Trinkgeld. Er hatte jetzt fünfundvierzig Rupien. Chik-Chik nahm das Geld überallhin mit. Er mochte es, wenn es in seiner Tasche war und nicht weggeschlossen auf der anderen Straßenseite in seiner Eisentruhe.

Chik-Chik sah sich im Zimmer um. Er überlegte, ob er etwas vergessen hatte. Die Schuhe des Mieters waren geputzt und an ihren Platz unter dem Waschbecken gestellt. Am Morgen hatte er es endlich geschafft, die Forderung des Flickschusters auf fünfundsiebzig Paise pro Schuh zu drücken. Auch hatte er das andere Hemd des Mieters bügeln lassen. Es lag jetzt auf dem Tisch, ein hellblaues Viereck. Der Mieter hatte Chik-Chik gesagt, er solle das alles nicht tun, aber er tat es trotzdem. Chik-Chik stand auf und ging zum Tisch, um an dem Hemd zu riechen. Der schwache verbrannte Geruch von dem heißen Kohlebügeleisen hatte sich ganz mit dem Mietergeruch vermischt. Seinem Geruch nach Cuticura Talc. Der Mieter bestäubte sich jeden Morgen die Achselhöhlen mit Talkumpuder, wobei er die Arme hob und den Kopf verdrehte, um unter den Arm zu blicken. Er schüttelte die orange-weiße Dose Cuticura Talc genauso wie manche Gäste den kleinen Salzstreuer über ihrem Essen. Einige Tage zuvor hatte der Mieter Chik-Chiks Hemdtasche mit dem Finger aufgehalten und sie halb mit Cuticura-Puder gefüllt. Dann hatte er Chik-Chik ins Gesicht geblickt und gelacht.

Der Mieter hatte eine seltsame Art, dachte Chik-Chik. Manchmal war er glücklich und lachte.

«Also, was hat Jano Bi noch über den Bewohner von 205 herausgefunden? Ist er tatsächlich ein berühmter, bankrotter Sänger aus Bombay?», mochte er Chik-Chik schelmisch fragen.

Dann wiederum sagte er gar nichts, sondern lag nur auf dem Bett. Wenn er still war, schrieb er seine Briefe auf blaue Inlandumschläge, solche, die man dreimal falten und dann zukleben musste. Schweigend saß er auf seinem Stuhl und schrieb, ohne Chik-Chik zu beachten, legte die Umschläge sorgfältig auf den Tisch, mied dabei den Riss, der wie bei einem Ast hindurchging.

Eines Tages dann nahm der Mieter Chik-Chik mit ins Kino. Er hatte Chik-Chik gefragt, wer sein Lieblingsschauspieler sei. Chik-Chik hatte gesagt, Sunil Shetty, und ihm sogar Sunil Shettys himmelhohe Tritte demonstriert. Also gingen sie in einen Film mit Sunil Shetty. Chik-Chik borgte sich Haris rotes T-Shirt. Es reichte ihm bis zu den Knien, aber wenigstens war es neu. Auf seiner Brusttasche war ein blaues Etikett, auf dem das englische Wort «CHAMP» stand. Hari konnte Englisch lesen, wusste aber nicht, was es bedeutete.

«Seit einiger Zeit treibst du dich ständig bei diesem Mieter herum», sagte Hari. Er klang böse. Aber das T-Shirt hatte er ihm trotzdem gegeben.

Chik-Chik und der Mieter saßen nebeneinander. Chik-Chik richtete seinen Arm sorgfältig an dem des Mieters auf der Armlehne aus. Er empfand Stolz. Und er war nervös. Lachte er zu laut bei den lustigen Stellen? Aber dann hörte er, dass auch der Mieter laut lachte, in beruhigenden, kurzen Lachausbrüchen. Der Mieter kaufte ihm in der Pause gesalzene Erdnüsse. Später erzählte Chik-Chik Hari, er sei sich zwar nicht zu hundert Prozent sicher, aber er glaube, es sei der beste Abend seines Lebens gewesen.

Je öfter er den Mieter auf seinem Zimmer besuchte, desto mehr quälten die Kästen Chik-Chik. In dem großen, kahlen, von der Sonne sauber gewaschenen Zimmer waren sie das einzige Geheimnis. Verriegelt und verschlossen, beherbergten sie Rätsel. Sie enthielten Antworten auf die Fragen, die Chik-Chik nicht zu stellen wagte. In seinen Gedanken verlagerte sich der

Brennpunkt des Zimmers in die Ecke, wo die Kisten standen. In immer engeren Kreisen schlich er um sie herum, ging so nahe an sie heran, wie er es nur wagte, berührte sie sogar rasch, wenn er glaubte, der Mieter sehe nicht her. Doch die Frage wollte nicht verschwinden. Eines Tages passte sie nicht mehr in seinen Mund und stellte sich selbst. Nachdem die Worte ausgesprochen waren, konnte Chik-Chik nichts mehr sagen; seine Kühnheit und seine gespannte Erwartung hatten ihn stumm gemacht.

Der Mieter antwortete nicht. Aber er sah Chik-Chik lange ins Gesicht. Dann stand er auf und ging bedächtig, ohne Eile zu seinem Koffer. Er nahm einen Schlüsselring heraus. Ich möchte wetten, da sind sieben Schlüssel für sieben Kisten dran, dachte Chik-Chik, und sein Magen krampfte sich vor Aufregung zusammen. Der Mieter stellte die Kisten behutsam in eine Reihe. Dann öffnete er jedes Schloss und machte alle Riegel auf. Schließlich klappte der Mieter bei jeder Kiste rasch den Deckel hoch, wobei er mit seinem Körper Chik-Chik die Sicht verstellte. Dann trat er vom Tisch weg und winkte ihn heran.

Die Kisten waren voller Murmeln. Sie lagen aufgereiht, in weiße Baumwolle gebettet wie erstarrte Stücke eines Regenbogens. Es war, als sei alles Sonnenlicht im Zimmer in die Kisten hineingeströmt und habe sich dort verdichtet. Die Farben schrien und flüsterten. Sie waren durchscheinendes Blutrot, gesättigtes Kobaltblau, ganz helles Grün wie das Wasser am Rand eines Teichs. Sogar eine böse schwarze war darunter. Manche glänzten und schimmerten, leuchteten, als säße eine winzige

Birne darin. Andere waren opak, milchigweiß und rosa oder von einem hellen, dumpfen Gelb wie der Dotter eines gekochten Eis.

Ihre eisigen, weichen Farben schlüpften Chik-Chik in die Augen, in Kopf, Nase, Hals und Magen. Wie benommen ging er die wenigen Schritte zum Tisch, ohne dabei den Blick von den Murmeln zu nehmen, wie ein Gläubiger, der sich in seinen Gott versenkt hat. Blind streckte er eine Hand danach aus und sah nicht, wie der Mieter zuckte, hörte nicht sein leises «Nein». Chik-Chik fuhr sacht mit den Fingern über jeden Halbkreis, strich über die kurze, baumwollbedeckte Strecke zwischen zwei Murmeln, um die nächste zu erklimmen. Nur dies erste Mal, mehr wollte er nicht. Dann trat er zurück.

«Ich gehe jetzt», sagte er.

Er war plötzlich müde und ausgelaugt von zu vielen Gefühlen. Still ging er hinaus, noch immer verloren in einer neu entdeckten Landschaft. Am nächsten Tag und an allen Tagen danach, wenn er mit dem Frühstück kam, bat Chik-Chik darum, in einen der Kästen hineinsehen zu dürfen.

«Öffnen Sie nur einen», drängte er und zeigte auf den Kasten des Tages.

Der Mieter nahm eine der Murmeln heraus, eine kräftige tiefrote wie ein Rubin, und hielt sie gegen das Licht. Er sagte, es sei eine der besten Murmeln, die er je gesehen habe. Chik-Chik betrachtete die Murmel, wie sie in den Fingern des Mieters ruhte. Das Sonnenlicht schien für diesen Augenblick darin gefangen, erfasst und eingesperrt von der zerbrechlichen roten Murmel. In der Murmel war eine Blase, deren Ränder so dunkelrot waren, dass sie beinahe schwarz wirkten, ein längliches Oval, das in der anderen Rundheit festsaß. Ein Auge in einem Auge. Rot in Rot. Darum herum gespritzt waren verschiedene kleinere Blasen, eine ganze Galaxie, die zwischen dem Daumen und Zeigefinger des Mieters im Raum hing. Chik-Chik griff, ohne nachzudenken, nach der Murmel und schloss die Hand darum. Um die Murmel und die Finger des Mannes, der sie ins Licht hielt.

Der Mieter verkaufte Murmeln an die großen Spielwarengeschäfte am Connaught Place und in der South Extension. Damit verdiente er seinen Lebensunterhalt. Manchmal bekomme er bis zu fünfhundert Rupien dafür, sagte er. Chik-Chik, der noch nie fünfhundert Rupien gesehen hatte, schätzte sich glücklich, dass er mit den Murmeln spielen konnte, ohne dafür zu bezahlen. Irgendwie wurden sie für ihn dadurch noch kostbarer. Zwei Wochen nachdem Chik-Chik die Murmeln zum ersten Mal gesehen hatte, wurde eine der Kisten verkauft. Sie hatte grüne Murmeln mit gelben Adern und gesprenkelte blaue enthalten, die Chik-Chik an ein Bild erinnert hatten, das er in seiner Truhe aufbewahrte, von der Erde mit ihren Ozeanen und dunkelgrünen Wäldern. Auch eine schwarz und orange gestreifte war dabei gewesen, die aussah wie ein böses Bonbon. Alle waren sie nun weg. Von dem Mieter auf einem großen Basar verkauft. Chik-Chik vermied es, zu der leeren Stelle auf dem Tisch zu schauen. Beim Gedanken daran, dass er diese Murmeln nie wieder sehen würde, tobte es in ihm. Ob die anderen Kisten ebenfalls verkauft werden würden? Und dann würde der Mieter gehen, nicht wahr?

An manchen Abenden, nachdem er abgespült und den Fußboden des Restaurants gewischt hatte, stieg Chik-Chik auf das Dach des Hauses. Er lehnte sich gegen den Wassertank und zog sich dann am Rohr die Wand hinauf, um darüber hinweg sehen zu können. Die Pension Komal auf der anderen Straßenseite war bis auf ein paar erleuchtete Fenster dunkel. Chik-Chik fand das Fenster des Mieters, und wenn er lange genug ausharrte, sah er ihn – als großen, schwachen Schatten auf der Scheibe. Chik-Chik wartete, bis der Mieter das Licht ausschaltete, dann ging er hinunter ins Bett.

Wann immer er sich ein paar Augenblicke aus dem Restaurant fortstehlen konnte, rannte Chik-Chik zum Zimmer des Mieters. War es vormittags, drückte er leise die Tür auf und fand den Mieter mit gebeugten Knien, die Füße auseinander, auf dem schmuddeligen Balkon vor, wie er seine Atemübungen machte. Oder Chik-Chik besuchte ihn spätabends. Dann stürmte er hinein und lief schnurstracks zu den Kästen, um zu sehen, ob noch alle da waren. Darauf sah er sich schnell nach dem Mieter um, als wäre auch er so ein Kasten, der überprüft werden musste, und ging ebenso abrupt wieder weg, wie er gekommen war, raste die Treppe hinab, hinein in das dunkle Grollen der Straße. An einem Sonntagnachmittag, als Chik-Chik zu dem Zimmer ging, war die Tür offen. Er stand still auf der Schwelle und beobachtete den Mieter. Der lag auf dem Bett und schlief, ein Arm hing herab und berührte beinahe den Fußboden

neben ihm. Das kurzärmelige Hemd war hochgescho-
ben, in die Achselhöhle geknüllt. Chik-Chiks Blick
folgte der schräg abfallenden Kurve des Arms, der leichten Erhebung am Bizeps und der schmaleren Stelle am
Ellbogen. In der Armbeuge zeigte sich eine dicke, blaue
Ader. Er sah, wie sie in einem langsamen Rhythmus
pochte.

In jener Nacht hatte Chik-Chik wieder seinen Traum.
Der Mieter lag mit geschlossenen Augen mitten im
Zimmer. Chik-Chik näherte sich vorsichtig seinem
Körper. Er legte Murmeln in die Augenhöhlen und in
die Mundöffnung. Er füllte die Kuhlen seiner Schlüsselbeine mit roten und grünen Murmeln und häufte sie
handvollweise auf seinen Bauch. Auf dem ganzen Körper des Mieters brachen Murmeln hervor, so als hätten
Rubine und Diamanten, die unter der Oberfläche im
Schlaf gelegen hatten, diese durchbrochen und seien zu
spektakulären, verführerischen Pocken auf der Haut er-
blüht.

Nachdem Chik-Chik tagelang gebettelt hatte, erlaub-
te ihm der Mieter schließlich, ihm bei dem wöchent-
lichen Ritual, dem Polieren der Murmeln, zu helfen.
Chik-Chik saß auf dem Bett, platzend vor Stolz und Er-
regung, einen offenen Kasten sorgsam auf den Knien
balancierend. Drei weitere Kästen standen mit offenem
Deckel neben ihm. Der Mieter hielt ihm eine Murmel
hin, und Chik-Chik beugte sich vor, um danach zu greifen. Der Kasten auf seinen Knien geriet in eine Schräg-
lage. In dem hektischen Bemühen, ihn noch zu halten,
fuchtelte Chik-Chik herum und warf einen anderen

Kasten um. Es war, als wollten die Murmeln gar nicht mehr aufhören zu fallen. Wie riesige Regentropfen spritzten sie auf den Fußboden. Sie hüpften und wirbelten und rollten, kleine Tupfer rotierender Farbe. Bei einigen splitterte etwas ab, andere zerbrachen, enthüllten ein trübes, mattes Inneres. Der Mieter stöhnte auf, ein gedämpfter Ton im Chaos des Zimmers. Er kroch verzweifelt herum, wollte so viele wie möglich vor einer Beschädigung bewahren.

Chik-Chik geriet in Panik, jagte erst einer, dann einer anderen Murmel hinterher, kroch unters Bett, suchte in den Ecken. Er rutschte auf den Murmeln aus, fiel hin, stand auf, rutschte erneut aus. Der Mieter packte ihn und hielt ihn fest, konnte selbst nur mit Mühe aufrecht stehen. In seinen Armen stand Chik-Chik still, das Gesicht gegen die Brust des Mieters gepresst, die Brust konkav am Bauch des Mieters. Beinahe sofort fielen die Arme des Mieters von Chik-Chiks Schultern, doch Chik-Chik blieb, wo er war. Er konnte nicht anders. Langsam strich er mit den Händen die Arme des Mieters hinab. Der Mieter wollte ihn spielerisch wegschubsen. Dann blickte er auf Chik-Chiks Gesicht hinab. Der Mieter trat zurück, zog Chik-Chiks Hände bedächtig von seinem Körper und legte sie ihm an die Seiten.

«Chik-Chik», sagte er.

«Chik-Chik», wiederholte er, nun lauter.

Chik-Chiks Gesicht kehrte von einem warmen Ort zurück. Er blieb stehen, wo er war, unfähig, etwas anderes zu tun als den Mieter anzuschauen. Der Mieter war von ihm weggetreten. Er stand nun am Fenster und sah auf die Straße hinab. Lange stand er so da. Er sah Chik-

Chik nicht an und lächelte auch nicht. Auch die hinab-
gefallenen Murmeln schienen ihn nicht zu interessieren.
Schließlich bückte sich Chik-Chik wieder, um die Murmeln aufzuheben.

«Geh nach Hause, Chik-Chik», sagte der Mieter. Er
sah traurig und müde aus. Chik-Chik glaubte, er klin-
ge böse. Doch er fasste Chik-Chik sanft an der Schulter.

«Geh jetzt nach Hause», sagte er wieder.

Als Chik-Chik dem Mieter am nächsten Morgen das
Frühstück bringen wollte, stand die Tür offen. Drinnen
war die Matratze aufgerollt und ordentlich ans untere
Ende des Bettes gelegt. Chik-Chik ging zum Waschbecken und sah darunter. Die Schuhe des Mieters waren
nicht da. Er drehte sich um und sah auf das Gestell neben dem Bad, doch die Hemden des Mieters waren
weg. Auch die Kästen mit den Murmeln waren verschwunden, nur noch saubere Vierecke im Staub auf
dem Tisch waren zu sehen. Das Zimmer sah aus wie
jedes andere unbewohnte Zimmer in der Pension. Leer,
kahl, fremd. Chik-Chik stand mit dem Frühstück des
Mieters mitten im Zimmer und überlegte, wo er es abstellen sollte. Schließlich fiel es ihm ein, und er stellte
den Teller vor die Tür. Er blickte auf seine Hände, die
den Teller gehalten hatten, und fragte sich, warum sie
zitterten. Mit gesenktem Kopf stand er da und betrachtete lange seine Hände. Dann ging er zu dem offenen
Fenster und lehnte den Kopf gegen den Rahmen. Die
Autos und Lastwagen weit unter ihm auf der Straße
wirkten klein und gewöhnlich. Während er hinabblick-
te, schmolzen die beweglichen Pünktchen und liefen

zusammen, bis sie nicht mehr rot, blau oder grün waren, sondern nur noch farblose Streifen, die von ihm weg-strömten wie Tränen und irgendwo weit hinten am Ende der Straße verschwanden.

DER SANDBILDNER Als Jesu D'Costa über
das verdrehte Stück Seide stolperte, das aus dem Sand
ragte, war er schon eine halbe Stunde in einer Welt gegangen, die bar jeden Lichts war. Ein schiefer Mond hatte seinen Bus von der Stadt begleitet, doch als er dann
ausstieg, hatten die Wolken seine Strahlen verschluckt.
Selbst das Meer, anderthalb Meter unterhalb der Dünen,
hatte sich in die Schwärze der Nacht entleert. Jesu musste sich auf den matten Schaum konzentrieren, der das
Wasser säumte, um zu erkennen, wo die Wellen endeten
und das Land begann. Als er hinschlug, fluchte er nicht.
Er war ein guter katholischer Junge, und er fürchtete sich
davor, die hundert Ave-Maria zu sagen, die der Priester
nach der Sonntagsbeichte wie Bonbons verteilte. Er
setzte sich gleich auf und tastete nach seinem Fuß, um
ihn aus dem zu befreien, was er für Seetang hielt. Überrascht von der unerwarteten Pracht der glatten Seide in
seinen Händen zog er sachte daran, raffte im Vorwärtsge-
hen Schlinge um Schlinge des Stoffs vom Boden auf seine Arme; der Sand rieselte wispernd davon ab, bis das
andere Ende plötzlich festsaß und sich seinem Ziehen
widersetzte. Verwirrt, regungslos stand er unter dem
dunklen Himmel, meterweise bauschte sich Seide gegen
seine nackten Schienbeine. Dann wanderte der Mond
hinter den Wolken hervor, und die Nacht erhellte sich so
weit, dass er sehen konnte, dass das Ende des Saris unter
der halb begrabenen Leiche einer Frau feststeckte.

Erschrocken ließ Jesu sein Ende des Saris fallen, und
die Brise dehnte ihn wie eine schmale, wogende Fahne.
Automatisch bekreuzigte er sich und stand dann wie be-

täubt vor der Leiche. Das Mondlicht wurde heller, und die Wellen unter ihm spülten Lichtfunken an den Strand. So lange starrte er sie an, dass ihre Leiche schließlich Form und Kontur und die vertraute Festigkeit eines Menschen annahm. Sie lag in einer schmalen, eingekerbten Wiege, die der Wind in den Strand gegraben hatte, wie zu Hause in ihrem Bett; ihre Hüften, die Schenkel und die schräg gestellten Knöchel lagen locker und entspannt unter der dünnen Haut des Sandes. Feiner Sand war an ihre Schwünge und Kuhlen geweht, ihr bleiches Gesicht und die hohen Brüste jedoch hatte er unter dem Himmel nackt gelassen.

Während Jesu sich noch mühte, sie in dem Mondlicht klarer zu erkennen, fiel ihm seine Taschenlampe ein, die er immer bei sich hatte. Obwohl Jesu den Großteil seiner sechzehn Jahre über diesen schmalen Abschnitt der Küste Goas gegangen war, kannte er auch das Meer und seine verschlagene Art, dem arglosen Wanderer Angst einzujagen. Er war gern vorbereitet. Mit der freien Hand knipste er die Taschenlampe an und zog das eingeklemmte Ende des Saris unter der Frau hervor. Sie rutschte tiefer in die Höhlung, und der Sand floss in feinen Katarakten von ihren jäh zum Leben erweckten Armen hinab. Sein Herz war schon etwas zur Ruhe gekommen, als Jesu sich neben ihre Ruhestätte kniete, um den Strahl voll auf sie zu richten.

Ein paar lange schwarze Strähnen, von dem hemmenden Sand befreit, wehten ihr in dem salzigen Wind locker und lebendig ums Gesicht. Im gelben Licht der Taschenlampe sah er dünne schwarze Brauen und leicht geteilte Lippen und einen hellbraunen Leberfleck am linken Winkel ihres kleinen Mundes. Er lenkte den Strahl tiefer, und die schmalen Knochen ihrer Schultern, der sanfte Abschwung ihrer Brust und die glatte Senke ihres Nabels tauchten aus dem Dunkel hervor, so als habe sie erst der schwache Kreis des Lampenscheins ins Dasein gebracht. Als er den Sand wegwischte, der sie wie Puderzucker überzog, hatte ihre Haut den Schimmer, der nur im Innern einer Muschelhälfte zu finden ist, und er raubte Jesu den Atem. Am linken Knöchel trug sie eine Schnur aus gehämmertem Gold, und am Hals hatte sie einen violetten Bluterguss, als habe ein grober Dieb ihr den Schmuck abreißen wollen, sei dann aber vertrieben worden. Sie wirkte vornehm und, bis auf den Bluterguss, unversehrt. Sie sah aus, als sei sie nicht aus der Gegend, sondern von einem anderen, weit entfernten Ort, befand Jesu. Einem Ort, wo Frauen Süßigkeiten aus dicker Sahne aßen und zum Zeitvertreib Seide flochten. Er war überzeugt davon, dass sie niemals, auch nicht einen Tag, auf einem sonnenversengten Markt vor einem Haufen stinkender Fische gesessen hatte, den Sari bis zu den Schenkeln hochgezogen, wie die Frauen aus seinem Dorf. Ein kleiner, geisterhafter Krebs lief über ihre Zehen, und Jesu fegte ihn weg. Das riss ihn aus seinen Träumen. Ein langer, schmaler Lichtstreifen dehnte sich am Horizont, stemmte grauen Himmel und Meer auseinander. Die Morgendämmerung.

Jesu erhob sich rasch von seinem Platz zu ihren Füßen und machte sich daran, alles Mögliche aufzuheben, was in den Dünen verstreut lag – getrocknete Algen, herabgefallene Kokosblätter und zähe Strandfarne, die sich ab und an durch den Sand zogen. Er arbeitete hektisch, im

Wettlauf gegen das Licht, streute die Blätter und Farnwedel über sie, als wären es Grabblumen. Vorsichtig ließ
er Sand über das Laub rieseln, strich ihn glatt und verließ sie dann, die schönste Frau, die er jemals gesehen
hatte, unter Sand begraben an einer Stelle, die von allen
Männern auf der Welt allein er wieder zu finden wusste.
Dann rannte Jesu, den zusammengefalteten Sari unterm
Hemd, den Rest des Weges in sein Dorf und langte dort
gerade an, als die ersten Fischer unter derben Rufen aufs
Meer fuhren.

Jahre und Jahre später war die Geschichte von Jesu und
der Frau zu einer Legende geworden, und die Touristenführer verkauften sie jeden Tag gegen ein vereinbartes
Entgelt von fünf Rupien an die rosigen und weißen
Deutschen und die langhaarigen Amerikaner. Sie sagten,
ungefähr um diese Zeit, bald nachdem Jesu die Frau gefunden habe, sei er Sandbildner geworden. Aber schon
damals wussten die Frauen noch andere Legenden zu erzählen. Wenn der Monsun die Touristen vom Strand vertrieb und ihre Männer vom Meer fern hielt, flochten die
Frauen, da sie nun keine Fische zu verkaufen hatten, auf
der Schwelle vor ihren Häusern Körbe und erzählten
einander Geschichten. Jesu habe schon Sand geformt, als
er nackt im Garten seiner Mutter spielte, sagten sie, geröstete Tamarindensamen zwischen den Zähnen knackend. Wisst ihr noch, die Statue von der Heiligen Jungfrau Maria, die er machte, als er sieben war? Fatima, seine
Mutter, sei fast in Ohnmacht gefallen, als sie, zurück vom
Markt mit ihren unverkauften Fischen, die Heilige Mutter vor ihrer Tür stehen sah. Sie habe geschworen, gese

hen zu haben, wie sich in dem schwachen Licht jenes Abends im Juni der Schleier der Jungfrau bewegte. Am Ende war es nicht mehr wichtig, ob er nun ein Wunderkind war oder nicht – jeder, der an diesen Strandabschnitt kam, wusste, dass Jesu der Einzige aus dem Dorf war, der Statuen aus dem Sand zaubern konnte.

Doch die Legenden entstanden später, nachdem Jesu aus dem Dorf verschwunden war.

In den Tagen, nachdem er die Tote gefunden hatte, ging Jesu mit den übrigen Männern auf See. In seinem Dorf musste selbst der beste Bildner seinen Lebensunterhalt verdienen. Die älteren Fischer lachten ihn aus.

«Zieh dir dein *lungi* nicht zu hoch, verrückter Jesu», hänselten sie ihn, als er in ein Fischerboot stieg, die knochigen Beine fast bis zum Schritt entblößt. «Sonst kommt ein großer Hai und frisst dir deinen kleinen Shrimp weg.»

Sebastian, der erste Ruderer, schüttelte gespielt traurig den Kopf. «Das macht gar nichts. Der wird sich sowieso keine Frau halten können, auch wenn er glaubt, er sei ein Künstler. Eine Frau will eine große Schöpfkelle, um ihren Porridge zu rühren, nicht so einen kleinen Löffel, wie der einen hat.»

Jesu konzentrierte sich darauf, an seinem Ende des Boots aufrecht zu stehen, und sagte nichts. Einmal versetzte ihm der große Francis, vermeintlich aus Versehen, einen Tritt ans Bein und stieß ihn so aus dem Boot ins Meer, aber selbst da hielt Jesu den Mund. Als die Boote heimkehrten und die Frauen mit ihrem Fang japsender Makrelen zum Markt gingen, machte er sich zu den Stränden davon, die weit weg von den Netzen und Booten des Dorfs lagen. Dort grub er die Hände tief in den Strand und schuf Wunder aus dem Sand: ein Paar Schuhe mit aufgebogenen Spitzen, die sich über viele Meter erstreckten und dreizehn der kleinsten Kinder aufnehmen konnten, wenn sie sich in gerader Linie aufstellten; einen ganzen Zirkus mit traurigen Clowns und zotteligen Tigern, die durch Reifen sprangen, und in der rechten Ecke einen an der Taille abgeknickten Trapezartisten, dessen Hochseil über ihm gerissen war; eine Prozession behelmter Männer, die krausköpfige Sklaven auf ihrem Marsch entlang dem gischtgetränkten Schwung der Dünen führten, bis sie hinter einer Ecke verschwanden; und hundert weitere Szenen, die dann allesamt von der Flut davongespült wurden.

Abends grummelte sein Vater dann in seinen Bart. Jesu hatte die Netze nicht geflickt. Jesu hatte vergessen, Treibholz fürs Feuer zu sammeln. Jesu war nie da; wo ging der Junge nachts nur hin?

«Lass den Jungen in Frieden … siehst du denn nicht, was er mit dem Sand macht?» Jesus Mutter ließ ihn verstummen. Da versuchte sein Vater, in seinem Herzen Vergebung für seinen seltsamen Sohn zu finden, indem er sich die vielen ausländischen Touristen vor Augen führte, die häufig zu Jesus Werken geführt wurden.

Jesu blickte nicht auf, wenn die weißen Mädchen neben seiner Arbeit standen und Vogelgeräusche machten, zerknüllte Geldscheine in den Händen. Vielmehr konzentrierte er sich darauf, was ihm der Sand mit seiner nassen, körnigen Stimme in seine Hände flüsterte. Nur manchmal, wenn er den Duft ferner Orte nicht mehr ertragen konnte, der von den glatten Bäuchen und bloßen Elfenbeinschenkeln so dicht an seinem gesenkten Kopf aufstieg, stürzte er sich keuchend in das kühle, versöhnliche Meer.

Nachdem er begonnen hatte, Frauen zu formen, verdreifachte sich sein Publikum. Die erste war beinahe nicht zu erkennen. Sie war eine bloße Andeutung von Weiblichkeit, bestand nur aus wenigen mäandernden Linien, etwas Vertrautem im Bogen des Sands. Keine Augen, keine Nase, keine Brüste. Die Statue, die danach kam, war verschleiert, das Gesicht unter dem Spitzenschleier kaum sichtbar. Und dennoch war etwas an der Art, wie sie saß, an die Düne gelehnt, aus der sie geformt war, etwas in dem Kummer in ihrem Gesicht, das aufs Meer blickte, ein undefinierbares Gefühl im Winkel ihrer Schultern, das die Frauen, die davor stehen blieben, ansprach.

Die Frauen aus dem Dorf, die kamen, um sie zu betrachten, Frauen, die unaufhörlich gearbeitet hatten, seit man ihnen als Vierjährige gezeigt hatte, wie sie mit ihren knubbeligen Händen eine Sardine ausnehmen sollten, seufzten mit einer Traurigkeit, die sie nicht benennen konnten. Da sie sich die großen Dinge nicht vorstellen konnten, dachten sie daran, wie hart die Steine um das Dorf herum waren, an denen ihre Kinder sich die Füße aufstießen; sie empfanden wieder die Sehnsucht in den Stimmen ihrer jungen Brüder, als sie vor so langer Zeit das *mando* gesungen hatten; sie erinnerten sich an die Väter und Onkel und die jungen Männer mit den kräftigen Armen, die sie ans Meer verloren hatten; und sie weinten. Bald war eine Frau aus dem Dorf, die vor einer von Jesus Statuen stand und hemmungslos

61

schluchzte, ein ganz gewöhnlicher Anblick. Was die weißen Mädchen anging, so wurden einige von ihnen,
wenn sie die Statuen sahen, von einer solchen Sehnsucht
nach den schneebedeckten Hecken und dampfenden
Küchen ihrer Heimatstädte ergriffen, dass sie sogleich in
ihre heruntergekommenen Hotels gingen, ihre Kaftans
und Perlen einpackten und die nächste Maschine nach
Hause nahmen.

Abends dann, als es ihnen nach dem Weinen besser
ging, dachten manche der Frauen an Jesus Hände. Er ist
ja noch ein Junge, dachten sie, doch seine Hände kennen
die Dinge, die eine Frau fühlt; das stille, zornige, lieben-
de, ungezogene, zweifelnde, grausame, gebärmutterkit-
zelnde Mahlen tief in ihrem Innern, das sie niemandem
sonst anvertrauten, nicht einmal ihren Schwestern. Bestimmt begriffen seine Hände mehr als Sand. Sonst hätte
er es nicht verstanden, diese Frage in die Brauen seiner
geformten Frauen oder den Trotz in das Schwellen ihrer
Brüste oder die Sehnsucht in den Winkel ihrer lächeln-
den Münder zu legen. Dies waren die Gedanken der
Frauen, bis die älteren, verheirateten seufzten und ein-
schliefen.

Die jüngeren, kühneren dagegen, die noch nicht gelernt hatten aufzugeben, zogen ihre Kreise um ihn, den
Wirbelwind in ihrem Herzen mit einem Lächeln zü-
gelnd, und erboten sich, ihm den Riss in seinem Hemd
zu flicken oder ihm ein Hühner-Shakuti zu kochen. Als
er sie ignorierte, schworen sie, ihn auf immer zu hassen,
und kamen am nächsten Tag wieder, um zuzusehen, wie
seine Finger den Sand streichelten.

62

Abends, wenn sie auf der Veranda saßen und einander

die Haare einölten, erzählten sich die Mädchen ihre Geschichten über Jesu. Er schlief nie, weil der Sand nachts lauter redete und er ihn hören konnte. Nie trank er *feni* wie die anderen Männer, weil es einem angeblich die Gefühle im Herzen faulen ließ, und jeder weiß ja, dass man mit einem implodierten Herzen kein Künstler sein kann. Einmal war er spät abends zu den Dünen gegangen, sagte Manuela. Sie hatte ihn gesehen, als sie aufgewacht war und zum Pinkeln hinausging. Von allen Geschichten war nur die Manuelas wahr, doch zum Glück für Jesu glaubte ihr keiner, weil sie außerordentlich dick war und verzweifelt Freunde suchte. Daher sah eigentlich niemand Jesu nachts zu der schönen Frau schleichen, die an seinem geheimen Ort in den Dünen auf ihn wartete.

Niemand sah, wie er ihr eine Korallenkette um den Hals legte, um den Bluterguss zu verdecken, oder beobachtete, wie er den Seidensari über ihre Blöße legte. Niemand roch den Jasmin, den er ihr ins Haar flocht, um es zu bändigen. Niemand hörte die Worte, die er ihr jede Nacht ins Ohr sang. Je öfter Jesu sie begrub und freilegte, um so schöner wurde sie, als polierte sie der Sand und brachte sie zum Strahlen.

So ging es mehr oder weniger über Monate und wäre auch so geblieben, weil sich in dem Dorf mindestens ein halbes Jahrhundert lang eigentlich nichts verändert hatte. Nur dass die Seufzer der Ehefrauen, wenn sie von Jesu träumten, schließlich in den Schlaf ihrer Männer wehten und sie rasend eifersüchtig machten. Den Gerüchten wuchsen hässliche grüne Flügel und Klauen und sie flogen immer schneller im Dorf herum. Manuela wurde zum Mittelpunkt des Interesses, und die Männer, die sich um ihr Haus drängten, verstummten nur, wenn Jesu vorbeiging. Manche spuckten aus und schlugen hinter seinem Rücken ein Kreuz. Dann starb ein Mann, der immer mit Jesus Gruppe aufs Meer fuhr, an einer Fischgräte im Hals, worauf der große Francis sich weigerte, Jesu noch einmal aufs Boot zu lassen.

«Du bringst Unglück», sagte er. «Such dir ein anderes Boot.»

Es gab Gerede, dass Hexen von jungen Männern Besitz ergriffen, die sich nachts am Strand verlaufen hatten, und dass der Teufel, maskiert als makellos gekleideter alter Mann, am Brunnen saß, und weitere schaurigschöne Geschichten, bis Vater Masceranhas schließlich bei der Sonntagsmesse donnernd seine Missbilligung kundtat.

Jesu wurde vor das Dorf-Panchayat zitiert, wo ihm von den Ältesten beschieden wurde, er müsse mit seinen Statuen aufhören, wenn er im Dorf bleiben wolle. Sie erzeugten in den Frauen eine Sehnsucht nach etwas, was sie nicht haben könnten, und das sei nicht gut, verfügten die alten Männer des Volksgerichts. Ob er denn wisse, dass manche schon gegen ihre Ehemänner und Väter aufbegehrten? Jesu hörte sich das Urteil ruhig an, doch die Frauen spürten, wie eine große Trauer sich über sie senkte. Manchen kam es vor, als seien sie wieder sieben, das Jahr, in dem sie sich von ihrer Kindheit verabschiedeten. Jesus Mutter schluchzte still in ihrer Hütte und schwor, sie werde nie wieder das *bibinca* machen, das ihr Vater so sehr mochte.

Nach der Versammlung tagten die Männer des Panchayat bei Tantchen Esmeralda bei ein paar Gläsern *feni*, wie es der Brauch war.

«Immerhin hat er keine nackten Frauen am Strand gemacht», sagte einer, der noch mehr Zähne als die anderen im Mund hatte, nach ein paar Runden.

Die anderen stimmten alle darin überein, dass Jesu den Anstand gewahrt hatte, und während sich der Nachmittag hinzog und Tantchen Platten mit würzigen Bratwürstchen brachte, wurden sie immer milder und nachsichtiger. Bis sie sich Geschichten über Jesu als kleiner Junge erzählten und sich an den Affen mit Hut erinnerten, den er für den Sohn von Soundso zum Geburtstag geformt hatte. Bald waren sie so voll von gutem *feni* und ihren Erinnerungen, dass sie Jesu mit freundschaftlichen Knüffen willkommen hießen, als der um fünf Uhr in ihrer Mitte erschien.

Er habe eine Bitte, sagte er, als die alten Männer sich wieder beruhigt hatten. Er würde gern noch eine letzte Skulptur machen, nur noch eine, wenn die Herren so freundlich wären. Die Ältesten sahen einander eine Weile schweigend an. Jeder wartete darauf, dass der andere etwas sagte. Dann warf der Fröhlichste unter ihnen die Hände in die Luft und schrie: «Warum nicht? Was kann das schon schaden?» Und alle anderen stimmten überein, dass Jesu es tun solle.

«Wir werden sie uns sogar ansehen», meinten sie großzügig.

Die Nachricht von Jesus letzter Skulptur verbreitete sich in Windeseile im Dorf, und die Frauen sahen einander an und lächelten. Die Vorstellung, noch einmal vor einer Sandstatue zu weinen, die von Jesus Händen geformt worden war, machte es ihnen schwer, in jener Nacht zu schlafen. Am Morgen putzten sie sich heraus, als sei das Fest des heiligen Francis Xavier schon gekommen, und machten sich zu den entfernter gelegenen Stränden auf. Die Männer beschlossen, es sich anzusehen, noch bevor sie die Boote herauszogen. Die Leute gingen den Strand entlang und suchten nach einer Form im Sand. Als Manuela und die anderen Mädchen sie fanden, wussten sie nicht, ob sie bleiben oder die Augen bedecken und davonlaufen sollten. In ihrer Verwirrung standen sie dort, bis die Übrigen herbeigeströmt waren.

Die Statue lag nur wenige Schritte von der Wasserlinie entfernt, und das Weiche und Flache und Runde ihrer Nacktheit war mit solcher Sorgfalt in den Sand geformt, dass sie auf der Stelle die schönste Frau wurde, die die Leute je gesehen hatten. Die Spange um ihren Fuß war so vollkommen gestaltet, dass sie die Glieder, die sie zusammenhielten, erkennen konnten, und die Blumen, die Jesu in ihr Haar modelliert hatte, wirkten so zart, als wollten sie gleich in der Morgensonne schmelzen. Die Leute standen da und schauten und vermochten die Augen nicht von den langen schmalen Fingern oder dem Schwung ihrer Wangenknochen zu wenden.

Die Männer spürten es als Erste. Eine große Woge der Trauer darüber, dass sie eine solche Frau nie kennen würden, erhob sich aus den Tiefen ihres Bauchs und hinterließ in ihrem Mund den Geschmack getrockneter Blätter. Und die Frauen dachten an die lange vergangenen Tage, als sie sich in jedem Spiegel, in jeder Fensterscheibe, an der sie vorübergingen, betrachtet hatten, und schluchzten in ihre Spitzentaschentücher. In ihrem Kummer sahen sie sich suchend nach Jesu um, in der Hoffnung, er habe die Antwort auf die Fragen, die sie ihrem Gaumen nicht entwinden konnten. Aber Jesu war nirgendwo zu finden.

Niemand sah, wie er sie von seinem Versteck in den Dünen hoch über ihnen beobachtete. Die Leute standen nur da und starrten die Statue der Frau an, bis sie ihre Gefühle nicht mehr beherrschen konnten. Zu einem bestimmten Zeitpunkt seufzten sie alle gemeinsam auf, und es war ein Seufzer von einer solchen Tiefe und Intensität, dass er die fernen Wellen der nahenden Flut früher als gewöhnlich von der Meeresoberfläche heranzog. Als das anschwellende Wasser ihre ausgestreckten Finger berührte, wussten die Leute nicht, was sie tun sollten. Ein paar Frauen traten instinktiv vor und verlegen wieder zurück – schließlich war sie doch Sand. Genau im selben Augenblick bemerkten einige Männer, dass ihre Brüste schamlos gereckt waren und dass darin, wie sie hingebreitet lag, eine gewisse lüsterne Hingabe war. Sie brummelten vor sich hin.

Als die erste Welle sie überrollte, empfand die Menge eine schleichende Erleichterung. Dann brachen sich die Wellen zunehmend gefährlich nahe an ihren Kirchenschuhen, und die Väter und Mütter hoben ihre verwirrten Kinder auf und liefen mit ihnen vom Wasser weg.

Inmitten dieses Durcheinanders sahen nur Jesu und Manuela, wie die Wellen sie wiegend vom Strand trugen. Als die Menge es merkte und hinsah, die Augen gegen das Gleißen des Wassers beschirmend, war die Statue schon weiter weg, schaukelte sanft auf der Dünung, die immer schneller hereinströmte. Einige Frauen, die blieben, behaupteten, die Statue als langen, schlanken Fleck auf der Wasseroberfläche gesehen zu haben, lange nachdem der Sand, aus dem sie gemacht war, auf dem Meeresgrund hätte geschmolzen sein müssen. Später, nachts im Bett, überzeugten ihre Männer sie, dass sie es sich eingebildet hatten. Nur Manuela hielt an ihrer Geschichte fest und schwor bis ans Ende ihrer Tage, sie habe gesehen, wie sich ein blasser, cremefarbener Arm aus der Brandung gereckt habe, als die Frau sich auf ihre Reise machte.

SECHZEHN TAGE
IM DEZEMBER
Mein Vater besaß jedes einzelne
Buch, das P. G. Wodehouse je geschrieben hat. Von *Aunts
Aren't Gentlemen,* über *Carry on, Jeeves* und *Pigs Have
Wings* zu *Sunset at Blandings,* schließlich *Ukridge* – die
Titel waren in seinem Regal in alphabetischer Reihen-
folge aufgestellt. Sie waren so ungefähr das Einzige im
Leben meines Vaters, an dessen Ordnung ihm gelegen
war.

«Kala, komm mal», brüllte mein Vater manchmal, wenn
ich an der Tür seines Arbeitszimmers vorbeikam. Im
Hineingehen wusste ich schon, was er von mir wollte.

«Hör dir das mal an», begann er. «Sie spannte den
Schirm auf, mitten ins Gesicht des Hundes, der drei Pur-
zelbäume schlug und sich aus dem öffentlichen Leben
zurückzog.» Er hielt das Buch mit dem orangefarbenen
Penguinrücken unter die Lampe, die Brille lag vergessen
daneben.

«Zog sich vom öffentlichen Leben zurück. Ein Hund!
Zog sich zurück, sagt er!» Tränen standen ihm in den Augen, so sehr lachte er, dass er kaum den Satz herausbrach-
te. Häufig kam auch mein Bruder Raj dazu, dann lachten wir alle zusammen, weniger über die altmodische
Komik als über die laute, keuchende Freude meines Vaters an den Worten.

Die öffentliche Person, die mein Vater am meisten be-
wunderte, war Richter Krishnamurti vom Indischen
Gerichtshof. Offenbar hatte der Mann sich entschieden,
seine Urteilsbegründung auf Wodehouseisch zu schreiben. Als ich zehn war, saß ich still in der Ecke und sah

Daddy zu, wie er die Geschichte seinem Publikum erzählte, zumeist Jungredakteure von seiner Zeitung, die vorbeigekommen waren, um ihm zu huldigen. Der bekannte Richter nannte den Kläger dann «ein prächtiges Ei» oder verkündete, die Angeklagte sei eine «alte Dampfnudel». Wenn seine Jünger dann lachten, freute ich mich, dass mein Vater der Einzige war, der wusste, woher diese seltsamen englischen Wendungen kamen, die aus Leuten Sachen zum Essen machten.

Nach den ersten paar TIAs (inzwischen kannten wir uns im Medizinjargon aus) konnte sich Daddy nicht mehr so gut konzentrieren. Manchmal kam ich herein, da blätterte er hektisch durch seinen Wodehouse der Woche auf der Suche nach der Stelle in der Geschichte, wo er seine Lektüre erst wenige Minuten zuvor unterbrochen hatte. Eines Abends hielt er mir das Buch hin.

«Ich weiß es nicht mehr. Wo habe ich aufgehört? Kannst du mir zeigen, wo ich aufgehört habe?», sagte er, und plötzlich waren seine Künsteleien weg, und sein Gesicht flehte nur noch ohne Scham.

Ich blätterte in dem Buch, schlug eine Seite auf und zeigte auf einen Absatz. «Hier, Daddy, genau hier hast du aufgehört, siehst du?»

Meine Mutter verbot mir, Journalist zu werden wie er. Sie fand es nicht passend für eine junge Frau, in Nachtschichten zu arbeiten. Dies war schließlich immer noch Indien. Die achtziger Jahre, na und? Dann will dich keiner heiraten, warnte sie mich. Ich wusste, es gab auch noch anderes, was sie an diesem Beruf auszusetzen hatte. Doch was das war, sagte sie nie.

Wie damals, als ich elf war und mein Vater mit mir zum Zahnarzt ging. Der Arzt beugte sich über mich, zog einen faulen blauen Zahn und legte ihn in eine Metallschüssel. Dann schob er mir die Schüssel mit großer Gebärde unters Kinn in der Erwartung, dass ich ebenso erfreut über seine Arbeit sein würde wie er. Aber ich konnte nur jede Menge Blut auf den Zahn spucken, wollte unbedingt diese Quelle meiner blöden, unbeherrschbaren Tränen ertränken.

Kaum hatte der Zahnarzt seine Instrumente über meinen Mund gehalten, war mein Vater blass geworden und ins Wartezimmer hinausgegangen. Dort spielte ein Radio. Bald kam er, strahlend vor Aufregung, wieder hereingestürzt.

«Gerade ist in UP die Armee aufmarschiert. Krawalle Moslems gegen Hindus, Befehl, sofort zu schießen, Hunderte Tote. Die ganze verfluchte Chose explodiert. Sind Sie fertig, Doc?»

«Sir, hier drin dürfen Sie nicht rauchen», sagte der Arzt.

Daddy schickte mich im Taxi allein nach Hause, ich drückte mir das blutige Taschentuch auf die geschwollene Wange. Das war eine sensationelle Nachricht. Er musste zur Arbeit. Ich sollte es meiner Mutter sagen. Er wusste nicht, wann er nach Hause käme.

Den ganzen Weg zur Redaktion politisierte er mit dem Taxifahrer.

«Einen kommunistischen Umsturz, das braucht das Land», sagte mein Vater. Das hatte ich ihn schon ganz oft sagen hören. Ich stellte mir Soldaten in Pelzmänteln und -mützen vor, die durch unsere Straßen marschierten, wie in dem Film *Doktor Schiwago*. Mein Vater hatte vergessen,

dem Fahrer zu sagen, wo er hinfahren sollte, als er her-
aussprang. Der Fahrer musste die Frage hinter ihm her
brüllen. Ich protestierte nicht. Ich musste mich noch von
dem Anblick des vielen Bluts erholen.

Als ich nach Hause kam, war meine Mutter stinksauer.
Das sah ich an der Form ihres Munds.

«Dein Vater musste da hin. Das ist seine Arbeit – die
Zeitung muss jeden Tag zu einer bestimmten Zeit er-
scheinen. Und das ist eine große Neuigkeit, die in die
Zeitung kommen muss.»

Später, als sie glaubte, ich schliefe, hörte ich sie dann
nebenan mit ihrer Freundin Chandini sprechen. Man
schickt ein kleines Mädchen doch nicht allein im Taxi
mit einem Fremden nach Hause. War dieser Mann denn
verrückt? Man hörte doch solche Geschichten. Was fängt
man nur mit so einem Mann an?

«Hat die Armee sie erwischt?», fragte ich meinen Vater,
als er am folgenden Nachmittag nach Hause kam.

«Wen?» Er wirkte müde in seinem Hemd, das er den
ganzen Tag getragen hatte. Er gab mir *The Last Term at
Malory Towers* von Enid Blyton. Er war unterwegs bei der
Bücherei vorbeigefahren.

Ich war süchtig nach diesen Geschichten und stellte
mir immer vor, dass sie mich in ein Internat genau wie
das britische schickten. Aber jetzt warf ich kaum einen
Blick darauf.

«Die Leute, die es getan haben.» Ich war früher aufgestanden, um auf den Zeitungsmann zu warten. Ich hatte
die Bilder vor allen anderen im Haus gesehen. Die Reihen belegter Krankenhausbetten. Die Männer, die den
brennenden Bus angafften. Die schwarz verschleierten

Frauen, die wie riesige traurige Krähen neben ihren ver-
wundeten Kindern hockten.

Bevor er antwortete, sah mein Vater zu meiner Mutter
hin. Als ich ihr die Zeitung zeigte, fragte meine Mutter,
warum sie solche Bilder auf der ersten Seite brachten.

«Nein. Die Armee hat sie nicht erwischt, Kala.» Er
rieb sich mit den Knöcheln über die Schläfen. «Da hätten sie schon ganze Dörfer festnehmen müssen, in manchen Städten jeden einzelnen gesunden Mann. Verstehst
du?»

Ich verstand es nicht. Ich wollte ihn schon um eine
Erklärung bitten, aber er sah derart wütend aus, ganz anders als mein sonst so gelassener Vater, dass ich lediglich
nickte.

Meine Mutter sagte immer gern, das Haus, in dem wir
lebten, sei die einzige Sache von bleibendem Wert, die er
ihr gekauft habe. Wenn er das zufällig hörte, antwortete
er: «Wer hat dir gesagt, du sollst einen Journalisten heiraten?» Sie hatte gemeint, sie wolle Nachbarn, andere
Frauen in der Nähe, mit denen sie sich unterhalten könne, darauf hatte mein Vater dieses Haus ausgesucht.

Es war klein und hatte große Fenster, aus denen man
auf hohe Tamarinden- und Neembäume sah. In der
Nähe standen fünf weitere Häuser genau wie unseres.
Alle hatten Vordertüren und Veranden, die auf denselben
zementierten Hof hinausgingen. Im Sommer nutzten
die Frauen den offenen Raum, um Chili zu trocknen
und in großen Glaskrügen Pickles einzulegen, die Männer lasen abends im Unterhemd Zeitung und diskutierten über Politik, bis es zu dunkel wurde, um noch etwas

zu sehen, und ihre Frauen sie zum Abendessen herein-
riefen.

Wenn mein Vater von seinem Umtrunk in der Bar
nach der Arbeit heimkam, unterhielt er sich noch mit
den Männern, ein wenig schwankend, und die Wörter
verschwammen ineinander, wenn er dieselben Sachen
immer wieder aufs Neue sagte. Die anderen Männer taten, als sei er einer von ihnen, ein bürgerlicher Familien-
vater, der gleich nach der Arbeit um halb sechs nach
Hause kam mit Stofftaschen voller frischem Gemüse, die
an seinen Händen schaukelten. Ich beobachtete ihn von
meinem Fenster aus, mir war ein wenig flau im Magen,
und ich wünschte, er käme herein, weg von ihren höf-
lichen, wissenden Gesichtern.

Um die Häuser lief eine niedrige Steinmauer, und es
gab nur ein Tor, durch das man hineinkonnte. Die Mauer
und das Tor schufen den Eindruck, als lägen die Häuser
in einem ruhigen, privaten Raum, abgetrennt von der
Stadt draußen. Das brachte die Menschen, die hier lebten, einander näher.

Doch Raj und ich saßen nicht mehr mit den anderen
Kindern auf unseren Verandastufen. Wir wollten keine
neugierigen Fragen über Daddy beantworten oder warum ich noch nicht verheiratet war. Das war Mutters Auf-
gabe. Auch wenn die Fragen nach seinem Schlaganfall
aufgehört hatten.

An einem Sonntagmorgen 1988, ein paar Wochen
nachdem ich meine erste Stelle als Journalistin bei einer
Frauenzeitschrift angetreten hatte, wachte mein Vater auf,
noch ganz verschlafen, nachdem er bis morgens um zwei

Uhr Fußballweltmeisterschaft geguckt hatte, langte nach der Kaffeetasse neben ihm und hatte einen Anfall. Er fiel aus dem Bett und lag zitternd da, Speichel rann ihm aus dem Mund, während meine Mutter und ich, noch am Frühstück kauend, voller Panik über ihm standen. Er war zweiundfünfzig Jahre alt. Offensichtlich halfen die Pillen, die man ihm wegen seiner TIAs verschrieben hatte, nicht sehr gut.

Nachdem wir ihn aus dem Krankenhaus abgeholt hatten, durften mein Bruder Raj und ich nicht zu ihm ins Zimmer. «Rausch da, ihr Idjodn», brüllte er, wenn er uns vor der Tür sah. Als Raj einmal hineinschleichen wollte, warf er ihm ein gerahmtes Foto von uns vieren im Urlaub an den Kopf. Für einen Mann, der nur noch eine Seite bewegen konnte, war es ein kräftiger Wurf. Aber nichts, was er tat, hielt meine Mutter auf.

Eines Nachmittags stand ich vor der Tür und beobachtete sie, zwölf Jahre jünger als er war sie, wie sie sich am Bett meines Vaters die Haare kämmte, das Gesicht angespannt, weil sie den verzerrten Geräuschen, die aus seinem Mund hervorgurgelten, einen Sinn entreißen wollte. Das Haar unter ihren zerstreuten Bürstenstrichen war schwarz und kräftig und knisterte von statischer Elektrizität. Für mich sah es aus, als verspotte ihre Weiblichkeit den Mann vor ihr.

Auf einmal protestierte er nicht mehr, wenn er uns sah. An dem Tag, als wir schließlich zu ihm hineindurften, saßen Raj und ich stundenlang bei ihm. Raj las ihm mit fröhlicher Stimme aus *Pigs Have Wings* vor. Daddy schlug nicht einmal die Augen auf. Mir fiel nichts ein, was ich sagen konnte. Als wir dann aus seinem Zimmer kamen, gingen Raj und ich in mein Zimmer und schlossen die Tür hinter uns. Er hielt mich fest, als ich weinte, ganz leise, damit Mam es nicht hörte.

Eine Woche später rief sie mich in der Arbeit an.

«An der Decke klebt Dal und Reis. Er hat mich getreten und den Teller quer durchs Zimmer geschmissen.» Sie ließ ihr nervöses, verblüfftes Lachen hören, das sie sich in letzter Zeit angewöhnt hatte. Es war, als könne sie sich nur noch wundern, was aus ihrem Mann geworden war.

«Ist alles in Ordnung, Mam?»

«Ja. Ja. Was soll schon mit mir sein? Wenn ich mich hinlege, geht es schon.» Wieder dieses Lachen. «Was mache ich denn, wenn er sich so weigert zu essen?»

Meine Mutter stand nachts ein Dutzend Mal auf, um nach ihm zu sehen, zerrte das unnachgiebige, tote Gewicht seines Körpers auf die Toilette. Sonst durfte das keiner. Einmal hatte sie sich von ihrem Spiegelbild zu mir umgedreht und gesagt, als stelle sie eine interessante Tatsache über jemand anderes fest: «Ich hab wieder die gleiche Größe wie vor fünfzehn Jahren. Wahrscheinlich würden mir deine Blusen passen.»

Die meiste Zeit lag Daddy stumm leidend da, schlug nur mürrisch nach den Löffeln, die an seinen Mund geführt wurden, und glotzte auf die zuckende Anarchie seiner Hand.

Schließlich gab es auch noch das, was meine Mutter so feinsinnig «Episoden» nannte. Er trat ein Beistelltischchen voller Medikamente um. Ich sah zu, wie sein linker Fuß wie ein Metronom wild hin und her tappte, während ich das Chaos aus zerbrochenen Flaschen und streng riechenden Flüssigkeiten vom Boden aufwischte. Danach hielten wir alles Zerbrechliche von ihm fern.

Zu ihren Schreien zog er meine Mutter an den Haaren, bis er beinahe ein Büschel herausgerissen hatte. Raj und ich erfuhren das erst, als wir von der Arbeit nach Hause kamen.

«So geht das nicht weiter – er bringt sie ja noch um. Es muss etwas geschehen», flüsterte Chandini, während sie mich in ihr dunkles, voll gestelltes Wohnzimmer zog. Ich wollte ihr sagen, dass sie nicht gesehen hatte, wie Daddy meiner Mutter mit Blicken folgte, während sie in seinem Zimmer herumfuhrwerkte.

Dennoch versuchte ich, mit ihm zu reden. Er starrte aus dem Fenster, als wäre ich gar nicht da.

«Sprich nicht in dem Ton mit deinem Vater. Er weiß nicht, was er tut. Das weiß ich doch», sagte meine Mutter.

Die Krawalle zwischen Hindus und Moslems, die in Nordindien ausbrachen, brachten ihn uns zurück. Jetzt scheint es offensichtlich. Jeder hätte die Verbindung herstellen können, dass ein ehemaliger Journalist an dieser Nachricht Interesse hatte. Irgendwie fiel uns das erst ein, als ich sah, wie Daddy gespannt und leise murmelnd im Wohnzimmer Radio hörte. Jene ersten Monate versuchten wir alle nur, damit fertig zu werden.

An dem Tag, als allgemeine Wahlen ausgerufen wurden, stellten wir ihm das Sony-Radio, das Raj von seinem ersten Verdienst gekauft hatte, ins Zimmer. Ich beobachtete ihn, während ich daran drehte. Wenn die Einstellung kurz einen Musiksender aufrief, schloss er die Augen. Wenn ich einen Nachrichtensender hereinbekam, auf dem ernst die Nachrichten vorgetragen wurden, schlug er sie auf. Also ließen wir ständig diesen Nachrichtensender laufen. Er hörte alles – sogar die Nachrichten für die Landwirtschaft um fünf Uhr nachmittags.

In der heißen Phase des Wahlkampfs hatten fundamentalistische Hindu-Parteien eine erfolglose Kampagne für die Zerstörung einer 500 Jahre alten Moschee in Ayodhya namens Babri Masjid gestartet. Sie behaupteten, sie stehe an der Stelle eines heiligen Hindu-Tempels, wo, der Legende zufolge, Ram, der göttliche Held des Ramayana-Epos, geboren worden sei. Es kam zu Ausschreitungen zwischen Hindus und Moslems, in deren Verlauf in Nordindien über 800 Menschen getötet wurden. Als der Sprecher die Zahl der Toten zum ersten Mal nannte, flüsterte Daddy «Dreckschpolitisch», immer und immer wieder. Es war das erste Wort, das er nach Wochen gesagt hatte. Er hatte immer eine große Verachtung für Politiker gehabt.

In den darauf folgenden Monaten wurde V. P. Singh Premierminister und schaffte es irgendwie, die Absicht der fundamentalistischen Hindus zu vereiteln, das umstrittene Gelände zu besetzen und zu zerstören. Eine Krise mündete unausweichlich in die nächste, und das ganze Land hielt den Atem an. Mein Vater saß nun, von Kissen gestützt, aufrecht im Bett, und manchmal unternahm er sogar den Versuch, die Zeitung mit der linken Hand umzublättern. Meine Mutter hatte ihm auch einen Block mit Bleistift auf den Nachttisch neben ihm gelegt. Sie sagte, sie habe gesehen, wie er beim Radiohören mit den Fingern Schreibbewegungen machte.

Dann, an einem stürmischen Tag im November 1990 stürzte die Regierung, und mein Vater begann einen Kommentar.

«Seit Tagen schreibt er schon an etwas», flüsterte mir meine Mutter zu, als ich von der Arbeit nach Hause kam. Sie sah ganz aufgeregt aus. «Frag ihn nicht danach, du weißt ja, wie er dann ist.»

Ein paar Tage später ging ich mit der Zeitung zu ihm ins Zimmer, um ihm vorzulesen. Mein Vater saß aufrecht da, wie immer leicht nach rechts geneigt. Er hatte den Block auf dem Schoß.

Als er mich sah, gab er dem Block einen kleinen Stups und sagte: «Kala.» «Soll ich es lesen?», fragte ich ihn. Als ich jünger war, hatte ich ein Album, in das ich alles einklebte, was er schrieb, sorgfältig schnitt ich seine Zeitungsartikel aus. Ich blätterte immer gleich auf die Kommentarseite und war stets aufs Neue überrascht, dass jemand, den ich täglich sah, seinen Namen über einen besonders eingerahmten Kommentar drucken lassen konnte, so dass die ganze Welt ihn las.

Er nickte. «Redigier», sagte er.

Ich nahm den Block. Die Sätze, die da standen, waren mit großer Mühe auf das Blatt gekritzelt, und an manchen Stellen war das Blatt tief eingedrückt. Die Buchstaben waren gespreizt und zittrig wie bei einem Kind, das Schreiben lernt. Aber trotzdem konnte ich sie entziffern.

Die jüngste Gewalt in Nordindien sollte als Warnung künftiger Ereignisse betrachtet werden. V. P. Singh in seiner Weisheit hat es für angebracht gehalten, das Landrecht heranzuziehen, um die unverantwortlichen

Parolen der rivalisierenden Gruppierungen im Keim zu ersticken. Er ist ein prächtiges Ei. Er bemüht sich, verdammt. Schweine alle Politiker. Pscht. Zu viel Lärm. Im Westen nichts Neues. Die Kinder spielen. Hier ist All India Radio. Die Nachrichten. Hier ist All India Radio. Die Nachrichten. Die Nachrichten. Am Mikrofon Ranjit Rathod.

Danach folgten verschlungene Zeichen, die keine erkennbaren Buchstaben bildeten. Auch Schnörkel und eigenwillige Linien, manche mit sauberen Abständen wie Sätze, die jeweils mit einem sorgsam gesetzten Punkt endeten. Ich blätterte weiter. Es waren fünf Seiten, alle voll mit unverständlichem Gekritzel.

Ich schaute zu meinem Vater auf. Ich wollte ihn nicht belügen. Diese Demütigung wollte ich ihm nicht antun. Er beobachtete mich, wie ich mich vorbeugte und den Block auf seinen Tisch legte. Mit wachem Blick. Streng mein Urteil erwartend. Vielleicht hatte er ja eine gut begründete Analyse der gegenwärtigen politischen Lage im Kopf. Vielleicht war das für ihn ja völlig plausibel.

«Sollen wir die Zei…», begann ich, dann brach meine Stimme. Ich tat, was ich mir geschworen hatte, nie vor ihm zu tun. Ich weinte.

«Pscht. Pscht», sagte er, und plötzlich war er ein alter, kranker Mann mit wirren Haaren und Augen, die noch immer alles begriffen.

Als ich mich Monate später von meinem Vater verabschiedete, sah er mich, die Augen leer über dem schiefen Mund, lange an. Dann drehte er den Kopf weg und schloss die Augen. Aus einem Mundwinkel lief ein feiner Speichelfaden, und ich nahm das Handtuch, das meine Mutter ans Kopfbrett gehängt hatte, und wischte ihn weg. Ich erklärte ihm alles – meine Versetzung zum Bangalorer Büro meiner Zeitschrift, meine neue Stellung, die es mir erlauben würde, mehr Geld für die Medikamentenrechnungen nach Hause zu schicken, das neue Auto, das ich mir kaufte – ich brachte ihm die Wörter wie Opfergaben dar. Und er schaute nur neugierig auf meine Lippen, als sehe er seltsame Gegenstände aus meinem Hals kommen. Ich wusste nicht, was er – wenn überhaupt – noch verstehen konnte. Über ein Jahr lang hatte er kein einziges Wort mehr gesagt. Die Ärzte vermuteten, dass sich die Lähmung ausbreitete.

Acht Monate später stand im Telegramm meiner Mutter einfach: «Vater krank. Komm sofort.» Seit ich meine Arbeit in Bangalore angetreten hatte, war ich nicht mehr zu Hause gewesen. Ich hatte mir eingeredet, ich sei zu beschäftigt.

Die gesetzte Angestellte hinterm Tresen von Jet Airways hatte keinen Platz für mich, auch nicht, als ich ihr das Telegramm zeigte.

«Wenn da ‹Vater tot› stehen würde, hätten wir etwas tun können, aber wegen dieser Ayodhya-Geschichte wollen viele nach Hause fliegen», flüsterte sie.

Der Konflikt um die Moschee in Ayodhya war wieder aufgeflammt. Die Parolen waren seit ein paar Wochen hässlicher geworden. In den letzten Tagen hatten sich Tausende jugendlicher Hindus in Ayodhya versammelt, und überall gab es Gerüchte von potenzieller Gewalt und Krawallen. Verängstigte Familien beeilten sich, zusammenzukommen. Ich versuchte, zu Hause anzurufen, doch die Leitung war tot.

Der Zug hatte sechs Stunden Verspätung, und als wir schließlich in Hyderabad ankamen, herrschte in der Stadt Ausgangssperre. Ich fuhr im Taxi nach Hause, hinter uns ein Polizeijeep mit heulender Sirene. Diesmal hatte das Telegramm gewirkt.

«*Masjid ko thod diya*», sagte der Fahrer, ein junger Moslem mit schwarzem Mascara um die Augen. Er fuhr kurz langsamer, um mit verachtungsvoller Wucht einen Strom Tabaksaft auf die Straße zu spucken, und wischte sich mit dem Tuch um dem Hals den Mund ab. Sie hatten die Moschee zerstört. Ich sah, wie er mich in dem schmalen Spiegel über der Windschutzscheibe beobachtete.

«Ich muss rasch nach Hause, mein Vater ist sehr krank», teilte ich diesem Fremden mit. Danach sagte er kein Wort mehr, fuhr aber auch nicht schneller.

Erst hinterher, als ich im Fernsehen sah, wie die rasenden, ekstatischen Hindu-Männer über die alte verwitterte Kuppel der Babri Masjid-Moschee schwärmten, einen Ziegel nach dem anderen herausbrachen und in die schreiende Menge hinabwarfen, dachte ich wieder an ihn, den Moslem, der mich widerspruchslos nach Hause gefahren hatte.

Ich bat den Fahrer, am Anfang der langen Zufahrt, die zum Haus führte, anzuhalten. Der Polizeijeep stand mit laufendem Motor hinter uns, die klagende Sirene meldete mein Kommen.

Als ich durchs Tor ging, traten die leise miteinander redenden Frauen und Kinder beiseite. Jemand nahm mir meinen Koffer aus der Hand. Daddy muss ja sehr krank sein, dass so viele Leute da sind, dachte ich.

Im Schlafzimmer ruhte sich meine Mutter in Gesellschaft ihrer Schwestern und Freundinnen auf ihrem Bett aus. In meinen Armen fühlte sie sich klein und unvertraut an, ihr feuchtes Gesicht drückte sich wie das eines müden Kindes an meinen Hals. Warum sie wohl nicht bei meinem Vater im Krankenhaus war, überlegte ich.

«Ich hab doch alles getan, was ich konnte, oder? Ich war doch bis zur letzten Minute bei ihm, oder?», sagte sie, als hätte ich ihr Vorwürfe gemacht. Erst da wurde mir klar, dass mein Vater tot war.

«Vor zwei Stunden haben sie ihn abgeholt», sagte meine Tante Vani. «Länger konnten sie nicht warten. Das haben die Priester nicht zugelassen.» Tante Vani hatte die gleiche hohe Stirn, das gleiche kantige Kinn wie meine Mutter und ich. Alle machten Bemerkungen über die Familienähnlichkeit.

«Aber das Telegramm? Was war denn mit dem Telegramm?» Ich ließ meine Mutter los und kramte in meiner Handtasche.

«Sie wollte nicht, dass du in Panik gerätst. Sie dachte, du fliegst sowieso.» Tante Vani legte mir den Arm um die Schulter. Ich war sechsundzwanzig, und dennoch hielt es meine Mutter für nötig, mich vom Leben abzuschirmen, mir ihre Lügen aufzutischen.

«Der Zug hatte sechs Stunden Verspätung … Flüge gab es keine … wegen dieser Ayodhya-Geschichte. Alles fuhr zurück zur Familie», sagte ich. Es erschien mir wichtig, Erklärungen abzugeben.

«Vielleicht ist es besser so, dass du die Leiche nicht ge-

sehen hast. Er war am Ende ja so dünn, wie ein Skelett»,
sagte eine der Frauen, die Augen rot vom Weinen.

Bei uns ist der Tod keine Privatangelegenheit. Ich war
da anders, wie eine Fremde, weil ich nicht wusste, wie
ich vor allen anderen klagen sollte.

Meine Mutter löste sich von mir, um sich wieder hin-
zulegen. Sie drehte den Frauen im Zimmer den Rücken
zu – den Nachbarsdamen, wie Raj und ich sie nannten.
«Du darfst nicht weinen. Er muss jetzt nicht mehr leiden.
Denk an ihn, wie du ihn zuletzt gesehen hast», murmelte sie gegen die Wand, schon wieder in ihrem Schmerz.

Stunden später zwang ich mich, ins Arbeitszimmer
meines Vaters zu gehen. Man hatte mir gesagt, dort sei er
aufgebahrt gewesen, bis man ihn fortgebracht hatte. Die
Wände des Zimmers waren voll mit den Büchern, die
mein Vater auf Bahnhöfen, an Straßenständen, in muffi-
gen Buchhandlungen gekauft hatte.

Ein alter Mann, den ich nie zuvor gesehen hatte, vermutlich jemandes Großvater auf Besuch, döste im Sessel
meines Vaters. Ich stand in der Tür und sah, wie er atmete; die zierliche Brust bewegte sich kaum. Als ich hineinging, erwachte er mit einem Grunzen und starrte mich
mit wirrem Blick an.

«Bist du die Tochter? Grade erst gekommen?», fragte
er mich, als habe er mich erwartet. Beim Hinausgehen
tätschelte er mir zerstreut den Kopf.

Der alte Rollschreibtisch meines Vaters war etwas verschoben von seinem üblichen Ort mitten im Zimmer;
er verstellte mir den Blick auf den übrigen Fußboden.
Es roch schwach nach Weihrauch. Das Zimmer wirkte
unordentlich und fremd. Die Stühle waren an die Wand

gestellt, der schäbige Teppich lehnte aufgerollt in einer Ecke.

Ich ging um den Schreibtisch herum und blieb stehen, zog den Fuß zurück. Ich zögerte am Rand der Stelle, wo sie vor wenigen Stunden den Leichnam meines Vaters hingelegt hatten. Die Gefäße für die letzten Riten schimmerten matt auf dem Boden, reflektierten das diffuse Licht des frühen Abends, das durch die zugezogenen Vorhänge drang. Da waren leere Messingtöpfe und große Teller, die nur noch ein paar übrig gebliebene Halme des heiligen Darbagrases enthielten. Außerdem standen Schalen für Öl und Urnen mit Reis da, nun entleert, die Körner ausgeschüttet und verstreut. Verschlungene Bahnen weißen Musselins lagen dort, wo sie neben Weihrauchständer mit Aschekreisen auf dem Boden hingeworfen waren, und hier und da waren Blütenblätter abgefallen, die Ränder schon trocken und eingerollt. Hier waren die Trümmer des Rituals, verlassen in der Hektik des Aufbruchs. Das wüste, achtlose Arrangement hatte die Grenze um den Leichnam meines Vaters markiert. Jetzt spürte die Linie des Durcheinanders nur dem leeren Raum nach, die Leere und Abwesenheit umreißend, welche von den kleinen Flecken des völlig gewöhnlichen Mosaikbodens bewahrt wurden.

In den gemeinsamen Stunden mit meiner Mutter erzählte sie mir immer wieder von seinen letzten Augenblicken, von dem Essen, mit dem sie ihn gefüttert, von dem Schluckauf, den er gehabt, dem heiligen Gangeswasser, das sie ihm geistesgegenwärtig in den Mund gegossen hatte. Am Ende habe er dann friedlich ausgesehen, sagte sie.

Mein Vater war sieben Zentimeter kleiner als ich gewesen. Einmal, lange nachdem ich aufgehört hatte zu wachsen, hatten wir uns gemessen. Die Bleistiftstriche waren noch immer an der Wand neben seinem Schreibtisch. Vorsichtig schob ich die Lampe mit den geschwärzten Dochten, die brennend zu seinen Füßen gestanden haben musste, beiseite und kniete nieder, um die Hände auf den leeren Boden zu legen, wo mein Vater gelegen hatte. Dann stand ich wieder auf und stieg über die Gefäße, legte mich in die Mitte und streckte mich aus.

Später sagte Raj, das Allerschwierigste sei es gewesen, die Zähne meines Vaters zu suchen.

«Es soll Glück bedeuten, wenn der Sohn sie findet», erklärte er mir mit seinen frisch erworbenen Kenntnissen über die Begräbnisriten.

Sogleich stellte ich mir vor, wie meine Fingerspitzen in der noch warmen Asche herumstrichen, scharfkantige Knochen beiseite schoben, nach einer zahnartigen Form suchten. Lösten sich die Zähne aus dem Gaumen, in dem sie saßen, gerieten sie in der Hitze irgendwie auseinander?

«Onkel Mohan und die übrigen Männer sammelten Knochen wie Zweige, kippten jedenfalls alle möglichen Sachen in die Urnen. Ich hab bloß zugesehen, ich hab nicht gewusst, was ich tun sollte.» Rajs Haare waren nach seinem Nickerchen seitlich an den Kopf gedrückt. Er war in mein Schlafzimmer gekommen, das Gesicht vom Schlafen noch verquollen.

«Ziemlich barbarisch, dass der Sohn den Scheiterhaufen seines Vaters anzünden muss … dass er zusehen muss», sagte er, und selbst jetzt noch, sieben Tage nach der Verbrennung, zitterte seine Stimme leicht. Er räusperte sich.

Als er um drei Uhr morgens vom Verbrennungsplatz zurückgekehrt war, hatte er hoch über dem linken Auge einen Streifen Ruß gehabt. Es schien so lange her.

«Hast du gerade davon geträumt?» Ich legte mein Buch beiseite.

«Nein», sagte er und ging, sich an seinem neuen Bart kratzend, zur Tür. Bis zum sechzehnten Tag durfte er sich nicht rasieren. Wir hatten uns bis jetzt noch nicht richtig unterhalten. Das Haus war voller Leute gewesen, und Mutter hatte Zuwendung gebraucht.

«Möchtest du Tee?», fragte Raj aus dem Esszimmer.

«Es ist, glaube ich, gar keiner da. Uns ist fast alles ausgegangen. Vielleicht kaufst du ja ein paar Sachen, wenn sie heute Abend die Ausgangssperre aufheben.» Ich sprach lauter, dann fiel mir ein, dass Mutter schlief.

Im lokalen Nachrichtensender hatte es geheißen, die Ausgangssperre werde um fünf Uhr für zwei Stunden aufgehoben. Die Kamera zeigte die gelangweilten Soldaten, die auf dem Nampallymarkt über Holzkarren mit Tomaten und Zwiebeln Wache hielten. Ausnahmsweise zeigten sie uns auch einmal, wie es bei uns in Hyderabad stand, nicht nur im fernen Bombay oder Delhi. Während die Kamera über einen verlassenen Bahnsteig schwenkte, auf dem streunende Hunde ungestört herumtollten, hieß es aus dem Off, die Regierung unternehme alle Anstrengungen, damit die Menschen wieder ein normales Leben führen könnten. Offenbar hatte da jemand beim Sender etwas durcheinander gebracht.

Raj kam wieder herein und setzte sich, einen Becher in der Hand.

«Tante Vani sagt, Mutter schläft», sagte er. «Sie isst endlich wieder, hat was zu Mittag gegessen.»

Er sah vor sich hin, die Finger seiner anderen Hand trommelten unruhig auf seinem Knie, seine Augen zuckten zwischen meinem Gesicht und den Asokabäumen mit ihren schlaff herabhängenden Blättern vor dem Fenster hin und her.

Am Tag, als mein Vater starb, hatten die Nachbarn Tee, Essen und Stühle für die Besucher herübergeschickt. Sie hatten Raj geholfen, alle unsere Verwandten anzurufen. Trotz der Ausgangssperre hatten unsere Onkel und Tanten es geschafft zu kommen. Die Methoden, die sie dabei angewandt hatten, die Polizisten, die sie bestechen mussten, die Lokalpolitiker, die sie hatten anrufen müssen, das brachte das Gespräch in Gang, und jeder Neuankömmling knüpfte es weiter. Ayodhya war dabei immer in ihren Gedanken.

Als ich in den Stunden nach meiner Ankunft allein in dem stillen Wohnzimmer saß, hatte ich sie gehört, die Nachbarn und meine Onkel, wie sie im Hof diskutierten.

«Die Regierung hätte das stoppen müssen – die wussten doch, dass die Vishwa Hindu Paishad sie niederreißen wollte. Die hätten wissen müssen, dass da die Hölle los ist», fing einer an.

«Das ist doch lächerlich, haben diese Leute jetzt plötzlich entdeckt, dass es Lord Rams Geburtsstätte ist? Die Moschee hat da doch schon elf Jahrhunderte gestanden, Herrgott nochmal.» Mr. Jaganathans starker Tamilenakzent war nicht zu überhören.

«Es wird Zeit, dass man diesen Muslimen mal eine Lektion erteilt – schließlich ist das hier ein hinduistisches Land.» Das war wohl Mr. Krishnan, dieser eklige Konservative. Allgemeine Zustimmung folgte.

Ich hatte hinausgehen und sie anschreien wollen, wie könnt ihr nur, wie könnt ihr nur. Mein Vater hätte sie aus dem Haus geworfen. Aber meine Mutter wäre schockiert und beschämt gewesen; in einem Haus des Todes machte man keine Szenen. Also stand ich ein wenig keuchend mitten im Zimmer und wünschte mir, ich weiß nicht, was … dass dieses ganze Gerede irgendwie aufhörte, ich brauchte Ruhe.

Raj sagte: «An dem Tag habe ich Mutter angeschrien. Sie warf sich auf Daddy, als ich ihn gerade hochhob, um ihn wegzubringen … ihre Haare verhedderten sich in meinem Uhrarmband. Ich musste sie wegzerren.» Raj hatte «Hör auf, hör auf» gebrüllt und sie hatte ihm ihr rotes, tränenüberströmtes Gesicht zugedreht, wie eine Fremde, die sich im Bus zu einem umdreht, wenn man hinter ihrem Rücken Pardon sagt. War es so gewesen? Der arme Raj. Er hatte alles ganz allein gemacht.

«Raj, warum hast du nicht gewartet?», fragte ich meinen Bruder, der still am Fußende meines Bettes saß und nicht einmal Konversation von mir erwartete. Er hatte immer willig den kleineren Bruder abgegeben, mich bei allem um Rat gefragt – bei seinen Jobs, seinen Kleidern, seinen Frauen.

«Wegen dieser verdammten Onkel und wegen der Priester. Die haben alles einfach in die Hand genommen. Aber du hättest auch nichts tun können. Du weißt doch, Frauen sind bei Verbrennungen nicht zugelassen», sagte er schnell, als hätte er den Satz schon im Kopf geprobt. Es stimmte ja, es gab nichts, was ich hätte tun können.

«Mutter wollte …», fing er an.

«Ich glaube, ich sehe ein bisschen fern», sagte ich und ging hinaus. Ich wollte mit Raj nicht mehr sprechen. Ich wollte nicht, dass er die Sachen in seinem Innern Stück für Stück hervorzerrte, damit ich sie begutachtete und verzieh.

Ich schaltete BBC ein. Nur deren Auslandskorrespondenten schienen die korrekte Anzahl derjenigen zu wissen, die seit Ausbruch der Krawalle in den ersten Stunden nach der Zerstörung der Moschee getötet worden waren. In den indischen Nachrichten erschienen die Moderatoren und verlasen in passend düsterem Ton die aktuelle Unwahrheit.

«Die Lage ist angespannt, aber unter Kontrolle», sagten sie immer wieder.

Nun las der englische Nachrichtensprecher Zahlen herunter wie ein Buchhalter. Tausende waren in Bombay umgebracht worden, Moslems wie Hindus. Antioc Hill, Crawford Market – die bekannten Namen waren nun Markierungen der Orte, wo die schlimmsten Massaker stattgefunden hatten.

Im Fernsehen sah man keine Menschen auf der Straße, aber nicht einmal die Armee hatte die Massen in den Krankenhäusern im Griff. Die Leichen waren aus den Leichenschauhäusern auf die Höfe und Parkplätze gequollen. Die Kamera strich in einem diskreten Abstand darüber hinweg, und das Einzige, was man sah, waren endlose Reihen weißer Formen auf dem Boden. Das konnte alles Mögliche sein – Wäschebündel oder Kissen.

Die Kamera folgte einer jungen Frau. Sie hielt sich mit einer Hand das Ende ihres Sari vor die Nase, so lief sie die Reihen entlang und blieb häufig stehen, um ein Tuch anzuheben und auf das Gesicht darunter zu schauen. Sie suchte methodisch, beharrlich nach dem einen Leichnam, der zu ihr gehörte. Später, am Ende der Nachrichten, zeigten sie uns die Lage in anderen, kleineren Städten. In den unterbesetzten Bezirkskrankenhäusern gab es keine Laken, und gewöhnliche Männer und Frauen gingen die Leichen ab, die in den Korridoren aufgehäuft lagen. Ein ganzes Land war auf der Suche nach seinen Toten.

Sechs Tage nach Verhängung der Ausgangssperre beschloss Raj, einkaufen zu gehen. Mir schwante nichts Gutes. Wir hatten von einem Nachbarn gehört, dass die Leute an Straßenkreuzungen erstochen wurden. Mr. Jaganathans Vetter stand mit seinem Motorroller an der Ampel, als er einen scharfen Schmerz verspürte und sah, dass sein Schoß voller Blut war – jemand hatte ihn, als es grün wurde, mit einem kleinen verborgenen Dolch quer über den Unterbauch geschlitzt und war dann davongerast.

Raj war immer noch nicht da. Ich stellte mir vor, wie er hereinkam, mit den Fingern den roten Bauch zusammenhielt, seine Eingeweide bunt und glitschig in der Hand, wie er mit wütendem Gesicht in der Tür stand und sich darüber aufregte, dass er so unvorsichtig gewesen war.

«Sie verkaufen die Tomaten für sechzig Rupien das Kilo, aber die Leute kaufen sie trotzdem», sagte er, als er

91

wiederkam, die Hände voller Tüten, die neue Gürtel-
tasche, mit der er seit einiger Zeit herumlief, um die un-
versehrte Hüfte geschlungen.

«Hoffentlich hast du keine gekauft», sagte meine Mutter, die wieder halbwegs die Alte geworden war; immerhin konnte sie sich jetzt ab und zu mit uns an den Esstisch setzen.

«Ich esse nie wieder Fleisch», fügte sie hinzu, völlig be-
zugslos.

Frauen gaben etwas auf, wenn ihr Mann starb. Wir hatten Mutter überzeugt, kein Witwenweiß zu tragen, sie
aber fand es trotzdem nötig, um eine Art Opfer zu bringen. Vielleicht gaben in einer anderen Kultur, einem fernen Land auch Töchter etwas auf, eine bevorzugte Spei-
se oder Angewohnheit, die sie dann täglich an ihren
Verlust erinnerte. Es war nur angemessen, dass man eine
konkrete, merkbare Geste der Trauer machte.

Raj und meine Mutter unterhielten sich nun darüber,
wie sie meinen Vater gebadet hatten, als er gestorben war.
Sie hatten ihn auf die Veranda hinterm Haus gelegt und
ihn genau so wie in den vier Jahren davor gebadet. Zurückgeblieben mit nichts als dem stetig wachsenden
Worthaufen der beiden, wollte ich meinen Bruder fragen, wie war das, Raj? Beschreibe genau, wie sich das
anfühlte.

Raj hatte Daddy immer beim Ausziehen geholfen,
wenn er ihn lallend aus einer der Bars, in die er immer
ging, abgeholt hatte. Nach den ersten TIAs hatten die
Ärzte gemeint, er solle nicht mehr trinken, rauchen und
Auto fahren. Was das Fahren anging, hatte er ihnen gehorcht. Raj hielt meinen Vater mit einem Arm um seine

Schultern aufrecht, während er ihm mit der anderen Hand das Hemd aufknöpfte und den Gürtel aus der Hose zog. Manchmal lachte mein Bruder ein wenig über diesen erwachsenen Mann, der da in seinen Armen wankte, worauf Daddy, dankbar, dass ihm vergeben wurde, eifrig grinste und stets dieselbe Entschuldigung vorbrachte.

«Bisschen zu viel heute Abend … die Jungs vom Satz wollten mich ausführen.»

Erst waren es seine Kollegen gewesen, dann die jüngeren Redakteure, dann die Boten und Setzer – schließlich jeder, der ihm einen ausgeben wollte. Gestern hatte mir mein Bruder erzählt, was er seit Jahren gewusst hatte – Daddy war meistens allein, wenn er ihn in der Bar abholte.

Als in der siebten Nacht das Wimmern anfing, stürzte Raj zu mir ins Zimmer, die Augen voller Panik.

«Mutter! Ist alles in Ordnung mit ihr?», schrie er.

Zu dritt saßen wir im Schlafzimmer, zu verängstigt, um auch nur Licht zu machen. Die angstvollen Schreie von Frauen und Kindern schlugen gegen die geschlossenen Fenster, so laut und nahe, als wären sie nur wenige Meter außerhalb der Mauern unserer Häusergruppe.

«In Allahs Namen, habt Mitleid, bringt nicht meine Kinder um! Habt Mitleid, Brüder.» Die Frauen flehten mit lang gezogenen, schluchzenden Schreien mysteriöse Killer an.

«Sie vergewaltigen unsere Mütter, die Hinduhunde bringen unsere Männer um! Helft uns! Helft uns!», kreischten andere.

Als das Wehklagen der Frauen einen Augenblick lang auf ein verzweifelndes Murmeln herabsank, hörte ich ein Baby weinen, seine regelmäßigen Schreie wogten im Hintergrund auf und ab. Dann fing das Kreischen wieder an, und sein dünnes Stimmchen ging darin unter. Es war ein furchtbares Geräusch, wie der körperlose Widerhall des Todes, der anderswo, im Dunkeln, ungesehen stattfand. Wie erstarrt von dieser heulenden Anklage gegen das unerbittliche Vordringen des Verlusts bebte ich vor Verlangen, mit meinen Fäusten vergeltend auf einen Angreifer einzuschlagen, triumphierend ein Messer in widerstrebendes Fleisch zu stoßen.

Raj saß zwischen uns auf dem Bett, die Arme um unsere Schultern. Ich spürte, wie sein Herz gegen meine Seite hämmerte. So leicht tat er das Richtige, ohne jedes Nachdenken. Unablässig sagte er «Pscht, pscht», als wollte er nicht nur uns beruhigen, sondern auch die Frauen draußen. Ich wollte allein sein in einer dichten Finsternis, umgeben nur vom beunruhigenden Schweigen fühlloser, tierischer Wesen, die irgendwo nahe im Schlamm herumkrochen.

Nach vielen Stunden, so schien es jedenfalls, brach das Wehklagen jäh ab, und in der Ferne waren Sirenen zu hören. Mutter konnte nicht schlafen, und sie und Raj flüsterten zusammen in ihrem Zimmer, bis es hell wurde.

Am Morgen hielt der für unseren Bezirk zuständige Polizeiinspektor mit den Männern ein Treffen auf unserem Hof ab. Die Geräusche, die wir gehört hatten, waren Aufnahmen, die aus Lautsprechern auf geparkten Autos dröhnten. Religiöse Fundamentalisten hatten die Bänder mit einer Tonspur hergestellt, die sie bei Musikstudios in Bombay gekauft hatten. Die schwarz vertriebenen Bänder überschwemmten die Märkte.

«Sie werden von skrupellosen Elementen benutzt, um muslimische Viertel zur Gewalt aufzuhetzen. Als Reaktion darauf werden ganze Hinduviertel ausradiert. Aber wir tun alles, was wir können, um diese Bedrohung in den Griff zu bekommen», versicherte der Inspektor uns, als zitiere er aus einem Bericht, der Mund spitz unter seinem ordentlichen Schnurrbart.

«Die Hindus machen das Gleiche», sagte er, nur dass auf deren Bändern die Frauen Rama und Krischna um Hilfe anriefen. Er rückte seine Kappe zurecht und ging.

Es war also nur clevere Technologie, bloße Mimikry des Terrors. Wir waren ihnen auf den Leim gegangen. Ich dachte an die abgehackten, atemlosen Gebete meiner Mutter und an meine Angst in der vergangenen Nacht in dem dunklen Schlafzimmer. Nur die Wirkungen ihres Spiels waren echt – schlafende Männer und Frauen wurden widerstandslos aus ihren zerwühlten Betten gezerrt und mit Dolchen und Küchenmessern durchbohrt.

Später kam Tante Vani vorbei und bat mich, ihr zu helfen, Daddys Sachen zu lüften – die Hemden und Hosen, die er jahrelang nicht mehr getragen hatte, weil er, bis auf ein paar Mal ins Krankenhaus, nirgendwo mehr hingegangen war –, damit sie sie weggeben konnte. Wir hängten die Sachen draußen auf die Leine, und ich betrachtete die Hemden an ihren Bügeln in der Sonne, wie sich Ärmel und Rümpfe blähten und wieder erschlafften, mal voll und rund, mal leer, gefüllt nur mit dem

Wind. Am Abend, als wir sie hereinholten, war kein Geruch mehr darin, nur der vom Hängen in der Sonne, und ich konnte mich nicht mehr erinnern, welche ich an Daddy gesehen hatte.

Als die Ausgangssperre tagsüber aufgehoben wurde, sagte meine Mutter, es sei ein Wunder. «Als wüsste der Herr Krischna, dass wir die Zeremonie des sechzehnten Tages begehen müssen», sagte sie zwei Tage später zu meinem Onkel im Auto. Mit den zwei letzten irdenen Urnen, die für diesen Tag reserviert worden waren, waren wir auf dem Weg nach Vijaywada. Wenn die Asche dem Zusammenfluss zweier Flüsse übergeben wurde, war die Trauerzeit offiziell vorüber, dann konnte Raj sich rasieren und ich wieder zu meiner Arbeit zurückkehren.

Auf den Stufen des Damms zum Fluss hinab saß der dünne, barbrüstige Priester im Schneidersitz vor uns, die nassen Sachen klebten an seinen knabenhaften Hüften. Er zitterte leicht von seinem kurzen Bad im Fluss. Inmitten der ruhelosen Menge, die die Stufen auf und ab lief, saßen wir drei schweigsam, eng beieinander dem Priester gegenüber. Er löste die Tücher, die straff über die Öffnung der Urnen gebunden waren, und schüttete ihren Inhalt, ein paar kleine, verkohlte Knochenstückchen und Asche, auf die grünen Bananenblätter vor mir. Ich, die ich noch nie im Leben eine Leiche gesehen hatte, vollzog nun das einzige Bestattungsritual, das mir erlaubt war.

Während der Priester seine Gebete leierte, hielt ich die Knochen in den Händen und wartete darauf, dass etwas geschah – dass der vertraute Vatergeruch aus Tabak und Rum mich durchdrang oder dass deren spröde, löcherige Oberfläche mir eine vergessene, aber kostbare Erinnerung mitteilte. Die Knochen blieben fern, bar jeder Magie oder Kraft, unvertraut wie Treibholz. Schließlich ließ ich sie auf das Blatt zurückfallen, dann warf der Priester alles ins Wasser. Die Knochen versanken sofort, zurück blieben nur treibender grauer Staub und ein paar weiße Blütenblätter auf den Wellen als Markierung, wo sie gewesen waren. Während ich die Treppe wieder hinaufstieg, vorsichtig hindurchschlüpfte zwischen schwatzenden Frauen, die sich nach ihrem Bad aus triefenden Saris schälten, und Kindern, die streunende Hunde anschrien, dachte ich an die Asche und die Knochen, die irgendwann in den alten Schlamm am Grund des Flusses einsanken.

Als wir zurückkamen, war Sonntag, und hinten im Hof stand eine Gruppe Männer. Es war frisch und kühl, und in dem lichten, blauen, von der Sonne beschienenen Morgendunst war das einzige Geräusch das trockene Scharren des Laubs, das auf die Erde fiel. Der Kreis der Männer riss lautlos auf, um Platz zu machen für unser Eindringen, und schloss sich wieder. Stumm und gebannt standen sie da, die Füße in Latschen und offenen Sandalen zu einem weiten Kreis gruppiert, so als wären sie an einer unsichtbaren, unüberschreitbaren Grenze festgehalten. Und mitten in diesem kahlen Betonrund lag der Leichnam des Arbeiters, den unser Nachbar, Mr. Rao, angestellt hatte, um das neue Arbeitszimmer, das er an sein Haus anbaute, zu mauern. Wir hatten den dünnen Mann hin und wieder gesehen, wie er mit seiner unscheinbaren Frau unter den Bäumen saß und sein

Mittagessen aß. Er hatte es geschafft, auch während der Ausgangssperre zur Arbeit zu kommen. Seine Frau war ihn suchen gegangen, als er abends nicht nach Hause kam, und fand ihn, wo seine Killer ihn hatten liegen lassen, ein paar Meter von unserem Tor entfernt. Sie saß neben ihm und sagte nichts, hob nur immer wieder die Arme hoch, als bitte sie wortlos um Antworten.

Der kleine Mann lag auf dem Hof, ordentlich ausgestreckt, die Arme ein wenig vom Körper abgewinkelt, als hätte er damit wedeln wollen, als der Dolch ihn fand. Sein schmaler grauer Kopf saß auf einem Hals und Schultern, die knotig und faserig waren, Sehnen und Muskeln über den Knochen deutlich sichtbar unter der Haut. Es war ein Körper der Höhlungen, und selbst im hellen Sonnenlicht lagen Schatten in den tiefen Senken seines Schlüsselbeins, in der Mulde unter seinem hervorstehenden Adamsapfel und dem konkaven Bauchansatz. Seine Frau hatte ein Tuch über seine Taille gelegt, es bedeckte den verletzten, offenen Bauch und die Schenkel. Das schmutzige, gelbliche Gewebe seiner Beine und die dreckigen Sohlen seiner Füße ragten gespreizt darunter hervor. Sein Gesicht wirkte ruhig, unberührt von Schmerz oder Entsetzen, als habe er sich zu den Killern umgewandt und heiter grüßend die Hand gehoben, als habe er ruhig dagestanden, als sie den vertikalen Schnitt quer über seinen Bauch zogen. Da war er nun also – der Leichnam. Verstümmelt, und dennoch ein Ort, von dem man sagen konnte, hier war es, hier ist es geschehen. Hier war der unabänderliche Beweis eines Endes festgelegt und konzentriert, sichtbar gemacht in der schmalen Brust und den pelzigen Ohren dieses Fremden, der da in

der Sonne lag, das unbeschwerte Gesicht zu uns empor-
gewandt.

Raj kam und hob mich auf, zwischen den Füßen der
Männer, wo ich gekniet hatte, als ich nicht mehr stehen
konnte, und führte mich ins Haus. Ich lehnte mich an
ihn, dann schlief ich. Später, als es mir besser ging, sagte
er mir, die Polizei sei gekommen und habe die Leiche
mitgenommen; sie wollten eine Untersuchung durch-
führen. Ich erkundigte mich nach der Frau des Toten mit
der vagen Vorstellung, ihr irgendwie zu helfen, aber niemand wusste, wohin sie gegangen war.

Einige Tage danach verriegelten wir das Haus und
fuhren nach Bangalore, wir alle zusammen. Ich hatte beschlossen, dass Mutter eine Veränderung brauchte. Als ich
mit Raj und Mutter den Hof verließ, drehte ich mich
noch einmal zu der Stelle um, wo der Mann gelegen
hatte. Sie wirkte vertraut und unauffällig, nur rauer Be-
ton unter den flackernden Schatten der Blätter.

SOMMER Als der Bus, der sie drei Stunden lang in seinem Gerumpel und Geächze eingesperrt hat, schließlich an dem großen Baum hält, der als einzige Haltestelle für das ganze Dorf dient, springt Rani die letzte Stufe hinab und rennt los. Der düstere Onkel, der froh ist, sie für den Sommer ihren Eltern zu übergeben, stolpert hinter ihr her aus dem Bus. «Warte, du dummes Mädchen, so warte doch!», brüllt er.

Sie schaut sich nach ihm um, wie er ihren schweren Koffer hinter ihr her schleppt. In wenigen Minuten wird sie seinen Händen entkommen sein. Dann wird sie für die Sommermonate frei sein von seinen Wutanfällen und seinem kalten grauen Haus. Sie bleibt nicht stehen. Als sie ans Ende des Feldwegs kommt, dehnen sich vor ihr grüne Reisfelder wie ein See. Die Sonne lässt alles blau und golden erstrahlen. Sie taucht darin ein. Die leuchtenden Felder riechen nach Kuhmist und Schlamm, der langsam in der Sonne trocknet. Es ist ein Geruch, den sie in den lärmenden Klassenzimmern in der Stadt vergisst. Wie stets überrascht er sie jetzt.

Sie rennt fröhlich, ungestüm, die Arme ausgestreckt. Ihr verschlissener Schulranzen mit den Hausarbeiten für die Ferien, die sie gemacht haben will, bevor die Vettern kommen, hüpft auf ihrem schmalen Po, und ihre langen Affenschaukeln schwingen schwer über ihren Schultern. Ein Eisvogel streicht vor ihr mit blitzenden blauen Flügeln wippend über den schmalen Damm festgebackenen Schlamms, der die Felder säumt. Es ist Ende April im Jahr 1957, und Rani ist elf Jahre alt.

Keuchend erreicht sie das schmale Eisentor an der

Rückseite des Hauses. Zunächst will es nicht aufgehen, und sie gerät in Panik. Und wenn sie – Vater, Mutter, Großeltern, kleine Schwester – nun alle weggegangen sind und sie verlassen haben? Wie in dem Traum, den sie manchmal hat. In dem Traum scheint die Sonne hell in die leeren Zimmer des Hauses ihres Großvaters. Sie schaut in die Spiegel, die neben den Betten hängen, doch sie kann sich nicht sehen. Sie drückt fester gegen das Tor, nun geht es auf, und sie rennt in den laubbedeckten Garten und schreit nach Mutter und Großmutter.

«Amma! Amamma! Ich bin zu Hause!»

Niemand hat sich verändert, darüber ist Rani froh. Solche Dinge bereiten ihr Sorgen. Ihre kleine Schwester auf der Hüfte ihrer Mutter ist runder geworden, aber immer noch klein. In ihrem Mund fühlt Rani die gezackte Kante eines neuen Zahns. Ihre Großmutter riecht noch immer nach Kampfer und Weihrauch von ihrem Gebetszimmer. Ihr Vater nennt sie Hündchen, Stupsnase, Sputnik, Schildkrötchen – nur nicht mit ihrem Namen. Wie immer. Rani ist sieben Monate weg gewesen, in der Schule. Ihre Eltern hatten ihr immer wieder freundlich und geduldig gesagt, nur in der Schule in der Stadt könne sie Englisch so fließend sprechen lernen, wie ihre Vettern aus der Großstadt es könnten. Dann waren sie in ihr Dorf zurückgefahren und hatten sie allein gelassen. Jetzt läuft sie im Haus ihres Großvaters herum, springt die Holztreppe hinauf und wieder herab, schaut in die Schlafzimmer und nimmt die Räume wieder in Besitz. Für Rani ist es hier immer Sommer – selbst wenn der fahl violette Regen auf das Hausdach ihres Onkels in der Stadt prasselt.

Am nächsten Tag macht Rani einen Gang durch die Felder und steckt die Handfläche in nasse Erde zwischen den geraden Reihen der Reispflanzen. Der Schlamm quillt in dicken braunen Schnüren zwischen ihren Fingern auf. Wie zornig ihr Onkel wäre, könnte er sie jetzt sehen. Doch er ist in sein großes Haus in der Stadt zurückgekehrt. Respektvoll hatte sie sich, den geflüsterten Anweisungen ihrer Mutter folgend, zum Abschiedsgruß niedergebeugt und seine Füße berührt. Sie betrachtet einen Wurm, der sich neben ihrer Hand aus dem Schlamm windet, und zieht die Hand zurück. Sie steht am Teich neben dem Feld und beobachtet, wie Katzenwelse in seinen Tiefen huschen und blinken. Sie atmet den moosigen, grünen Geruch ein und fühlt sich erfüllt, zufrieden.

Rani kann die Ankunft ihrer Vettern kaum erwarten. Ihre Mutter ertappt sie dabei, wie sie auf die Uhr schaut, und neckt sie. «Die Vettern. An etwas anderes denkst du nicht. Vielleicht kommen sie dieses Jahr ja gar nicht. Vielleicht haben sie es vergessen.»

Die Vettern vergessen das nicht. Sie kommen schubweise, alle elf. Sie kommen aus Bombay, Poona, Bangalore, Kanpur, Baroda, aus Städten, Hunderte und Tausende von Meilen entfernt, aus Städten, die sie nie gesehen, von denen sie nur gehört hat. Sie kommen mit ihren Eltern, ihren Tanten und Onkeln und bringen Geschichtenbücher und schnelle Spielzeugautos und Wörter in fremden Sprachen mit. Wenn die letzten vier aus dem Bus steigen, klatschen und jubeln die anderen. Rani denkt an die wenigen Filme, die sie gesehen hat, und wie die

Menge johlt, wenn der Schurke tot zu Füßen des Helden liegt. Inmitten einer lärmenden, raufenden Brüderschar geht sie zum Haus zurück. Sie umklammert sich, als fürchte sie, dass ihr Glück herausläuft.

Ravi ist sechs und hat eine so dicke Brille, dass seine Augen aussehen, als schwebten sie unter Wasser. Die anderen nennen ihn Coca-Cola, warum, weiß sie aber nicht. Satish und Suresh sind eineiige Zwillinge, die sich weigern, die identischen Hemden zu tragen, die ihre Mutter, die dicke Tante Radha, für sie auf ihrer Singer-Nähmaschine näht. Von Onkel Balas fünf Jungen mag Rani Jayan, weil er ihr im letzten Sommer gezeigt hat, wie man aus Kokosblättern ein Boot macht. Vijay sitzt hoch oben in den Ästen ihres Lieblingsmangobaums und liest, wobei er immer wieder träumerisch auf die anderen hinabblickt, die in den Blättern herumtoben. Mohan ist der Älteste. Er ist fünfzehn und trägt lange Hosen. Über der Oberlippe hat er einen blassgrünen Flaum. Für die anderen Jungen ist er ein Held. Rani hat ihn drei Sommer nicht gesehen. Es ist ihr verboten, ihn mit seinem Namen anzusprechen, sie muss respektvoll sein und ihn Älterer Bruder nennen. Hari ist vier Jahre alt und wird daher übersehen.

Rani steht im Mittelpunkt – sie ist ihre einzige Cousine und das einzige Mädchen. Doch das hindert sie nicht daran, sich mit ihnen zu messen – besonders mit dem Älteren Bruder. Ihr Großvater sucht einen Mangobaum aus, an dem die Vettern ihre Zielübungen machen können. Rani schießt zwei saure, grüne Früchte ab, eine nach der anderen. Am Abend, wenn die Arbeit getan ist, machen die Landarbeiter aus Seilen und Brettern Schaukeln und hängen sie an die höchsten Bäume. Sie sieht zu, wie Mohan auf dem Brett steht, und lernt. Sie beugt die Knie und stößt den Körper vor, genau wie er. Ihr weites, geblümtes Kleid drückt sich gegen ihre Brust und die knochigen jungenhaften Knie, wenn sie in genau dem gleichen Rhythmus mit Mohans kraftvollem Schwung neben sich in großen Bögen schaukelt, immer höher, bis sie ihn schlägt. Ein paar Sekunden lang ist sie über ihm, hängt beinahe parallel zur Erde im Himmel. Ihre Mutter, die gerade vorbeikommt, schreit auf.

«Halt, halt! Rani, halt! Komm sofort da runter. Du bist ein Mädchen, ein Mädchen, hörst du?»

Ihre Beine zittern, als sie von der Schaukel steigt, aber sie setzt sich rasch hin, bevor jemand, besonders Mohan, es merkt.

Rani spielt mit den Vettern auf dem Dachboden, Mohan entdeckt die zerkratzte, schwarze Truhe. Darin sind schwarze Mäntel und unterschiedlich geformte Hüte. Und langärmelige weiße Seidenhemden, vorn mit steifen Rüschen, Morgenröcke mit chinesischen Stickereien, Gürtel, Schärpen und Hosenträger. Dann noch Kleidungsstücke, die sie nicht weiter identifizieren können, nur eben als westlich. Der Trubel führt ihre Mutter und ihre Tanten nach oben.

«Euer Urgroßvater hat in Burma gearbeitet – für die Briten. Er war ein großer Offizier.» Ihre Mutter nimmt ein Hemd und hält es an sich.

Rani denkt an die zwei grasbedeckten Hügel im Mangowäldchen. Sie bezeichnen die Stellen, an denen die Scheiterhaufen ihrer Urgroßeltern entzündet wur-

104

den. Als sie starben, war sie noch ein Baby. Auf den Fotografien an den Wänden im Erdgeschoss hat Urgroßvater buschige Augenbrauen und ein breites, ernstes Gesicht. Er sieht aus, als würde er nie lächeln. Auf einem anderen steht er steif da und salutiert vor einer Fahne. Bestimmt wäre er böse gewesen, dass sie seine Sachen anprobiert haben. Die Mütter versuchen, ihnen die Hüte vom Kopf zu ziehen. Sie lachen, als die Jungen in kratzigen weißen Wollhosen, die sie an den Hüften hochhalten, über den staubigen Holzfußboden stolpern. Ranis Mutter scheucht sie zwischen den Kochtöpfen, die alle einen schwarzen Boden haben, den zerbrochenen Stühlen und Pestizidsprühgeräten herum, die auf dem Dachboden verstreut sind.

«Genug! Genug! Tut alles wieder zurück», sagt sie.

Mohan wickelt sich einen kastanienbraunen Morgenrock aus Seide um und geht gemessenen Schritts auf Rani zu. Ein Ende des Rocks wirft er schwungvoll zurück, zieht ein Phantasieschwert und haut ihr den Kopf ab.

«Machen wir ein Spiel», sagt er. «Ich bin der König.»

«Und ich die Königin», sagt Rani.

«Du kannst nicht die Königin sein», sagt Jayan. «Die Königin ist die Frau des Königs. Du bist seine Schwester.»

«Das ist doch ein Spiel und nicht echt.»

«Was ist denn überhaupt ein *Spiel*? Ich kann auch spielen. Siehst du … siehst du, ich spiele.» Jayan rennt durch den Raum und macht Lokgeräusche.

«Ich bin hier das einzige Mädchen. Ich muss die Königin sein.»

«Sie ist hier das einzige Mädchen.» Vijay schlägt sich immer auf ihre Seite.

«Legt die Sachen sofort wieder in die Truhe.» Ranis Mutter niest von dem Staub und hält sich die Nase mit ihrem Sari zu.

«Frag den Älteren Bruder», sagt Suresh. «Kann sie die Königin sein?»

«Ich bin ein Soldat.» Satish lässt rote Hosenträger über seiner Brust schnappen.

Rani rennt nach unten und erzählt ihrer Großmutter, dass sie die Königin wird.

Ranis Vater und Vijay schreiben die Rollen aus dem *Ramayana* heraus und geben sie den Vettern. Der *Ramayana* ist ihre erste Wahl. Sie sind mit dessen Helden aufgewachsen, an den meisten Abenden schlafen sie ein mit seinen Geschichten, vorgelesen von müden Eltern. Die sagen ihnen, es sei eine Erzählung über das richtige Betragen, und Rama, der rechtschaffene Prinz, stelle den perfekten Mann dar. Doch die Kinder vergessen die Philosophie und erinnern sich nur noch daran, dass der Prinz einen unzerbrechlichen Bogen entzweibricht und seine Frau erringt, dass er ins Exil verbannt wird, dass es darin Dämonen, Streitwagen und himmlische Schlachten gibt.

Die Erwachsenen runzeln die Stirn, als Mohan die Handlung ändert. Aus der eifersüchtigen Frau des Königs wird auf Ranis Drängen ein böser Onkel. Jetzt verlangt der böse Onkel eine Gunst von dem alten König und bringt ihn durch eine List dazu, seinen geliebten Sohn, den rechtschaffenen Prinzen, für vierzehn Jahre in den Wald zu verbannen. Den jüngeren Bruder, der in der ursprünglichen Geschichte das königliche Paar in den Wald begleitet, gibt es in der Version des Vetters gar nicht. Jetzt darf nur Rani als die Prinzessin dem rechtschaffenen Prinzen zu Füßen fallen. Nur ihr wird das Recht gewährt, ihm ins Exil zu folgen. Sie ist die Einzige, die er voller Sehnsucht ansieht. «Komm, meine Geliebte», sagt er.

Am Abend proben sie hinterm Haus auf der Lichtung unter dem alten Baum. Angeblich soll er da schon seit Jahrhunderten stehen. In der Dämmerung bewegt er sich über ihnen und seufzt wie ein großes Tier. Als es dunkler wird, holen sie Laternen und stehen im Rund des Lichtscheins feierlich auf ihren mit Kreide markierten Positionen. Jeder hat eine Rolle in dem Stück. Die kleinen Jungen sind Bäume im Wald.

Die Erwachsenen dürfen nicht zusehen, obwohl die Tanten Röcke kürzen und Ärmel aufnähen. Sie werden es erst am großen Tag sehen, wenn das Stück für sie alle aufgeführt wird. Rani findet, es ist wie ein richtiges Stück, genauso wie das, das sie letzten Dezember in der Schule hatten. Nachts braucht sie lange, um einzuschlafen.

Am Tag toben die Kinder durchs Haus, nur Vijay nicht. Er sitzt in seinem Mangobaum und liest, schaukelt sanft über der Erde. Seine Mutter sagt, seine krummen Schultern kämen vom vielen Lesen. Er ist zwölf, hat scharf geschnittene Züge, ist braun und hänselt sie nie. Seine Augen haben lange Wimpern, und Rani findet, sie sind fast wie die der weißen Kuh, derjenigen, die ihre Großmutter jeden Morgen melkt. Wenn Rani sich lange genug still unter seinen Baum setzt, kommt er auf halbe Höhe herabgeklettert und spricht mit ihr.

«Dieses Haus ist eine Insel», sagt Vijay eines Morgens. «Es ist ein Kreis innerhalb von zwei anderen.»

«Ist es nun eine Insel oder ein Kreis?» Sie war gerade im Teich, hatte versucht, Fische auf ein feines Tuch zu locken, das sie im Wasser ausgebreitet hatte. Ihr Kleid ist unten triefnass, schmutzig. Er bemerkt es nicht.

«Beides. Es ist dasselbe. Sieh mal.» Er klettert wieder den Baum hinauf, und sie folgt ihm. Er schwingt einen Arm im Kreis, streicht sich mit der anderen Hand die strähnigen Haare aus den Augen.

«Das Haus ist da, ja? Das ist der erste Kreis. Dann ist noch der Hof darum – das ist der zweite Kreis. Und außerhalb dieser zwei Kreise sind die Felder, die das Haus umgeben. Sie sind das Meer.» Irgendwo in der Nähe in den dunkelgrünen Tiefen des Mangobaums lernt ein Kuckuck seinen Ruf.

«Ist das Meer denn nicht blau?» Sie hat das Meer noch nie gesehen. Aber in ihrem Geographiebuch ist es blau.

«Ich habe gesagt, die Felder sind *wie* das Meer. Das Haus ist … ach, egal.» Er wendet sich wieder seinem Buch zu.

Sie späht durch das Laub auf die Reisfelder, die am Rand des Wäldchens beginnen. Jenseits der Felder, am äußersten Ende des Besitzes, ist die Hauptstraße, die sie alle hergebracht hat. Am Ende des Sommers wird die Hauptstraße sie alle wieder fortbringen.

«Großvater hat mir den Stein gezeigt, der markiert, wo unsere Felder aufhören. Er ist direkt an der Hauptstraße. Wenn du willst, zeige ich ihn dir.»

«Den habe ich schon gesehen», sagt er.

Sie verengt die Augen zu Schlitzen, und die Felder schimmern und schmelzen in der Sonne. Sie findet Vijay sehr klug. Nachts stellt sie sich ihre ganze Familie um sie herum vor, wie sie alle auf einer Insel mitten im Meer schlafen.

Sie beherrschen ihre Rollen schon ziemlich gut. Das Stück ist nicht lang. In ihrer Fassung gibt es nur den rechtschaffenen Prinzen, die pflichtbewusste Ehefrau, die böse Verschwörung, die Verbannung. Rani kann immer besser so tun, als weine sie. Sie fällt dem jungen Prinzen dramatisch zu Füßen, aus Dankbarkeit, dass er sie bittet, mit ihm in den Wald zu gehen. Als er seine Robe abwirft und seinen königlichen Status aufgibt, bückt sie sich und hebt sie ehrerbietig vom Boden auf. Einige Tage lässt ihr Vater sie nach dem Abendessen ihren Text sprechen, verbessert ihre Aussprache schwieriger Wörter. «Bestimmt war es stupsnasigen Mädchen verboten, Königin zu werden», sagt er, als sie fertig sind, worauf sie sich bei ihrer Mutter beschwert.

Die Jungen spielen alles – den Onkel, die Weisen, den König und die treuen Untertanen. Von Trauer über die Nachricht vom bevorstehenden Exil ihres geliebten Prinzen überwältigt, werfen sie sich zu Boden und wälzen sich unter erbarmungswürdigem Jammern im Staub.

Es sind nur noch zehn Tage bis zur großen Vorstellung. Am Nachmittag atmet das Haus ruhig, so als absorbierten die kräftigen Sonnenstrahlen, die auf seine Wände prallen, jedes Geräusch. Selbst die Schreie der Vettern, wenn sie vor Rani davonlaufen, um sich zu verstecken, erscheinen schwach und fern. Sie nimmt die Hände von den Augen und ist allein auf dem Hof. Sie spürt, dass alle sie beobachten. Sie sind im Mangowäldchen, hinter den Zitronenbäumen, unter den Heumieten, in den Schuppen und warten, leise lachend, dass sie kommt und sie findet.

Sie rennt, vorgebeugt, auf Zehenspitzen. Sie dringt in das Mangowäldchen mit seinen rauschenden Bäumen vor, da streckt Mohan hinter dem dicksten Baum einen Arm hervor und zieht sie an seine hockende Gestalt. Sie stolpert in den Kreis seiner gespreizten Beine und angewinkelten Knie, so als liefe sie in die Arme ihrer Eltern oder ihrer Großmutter. Sie lacht, aufgeregt darüber, dass sie ihn so leicht gefunden hat.

«Du bist draußen, ich hab dich gefangen ... ich hab dich gefangen», sagt sie.

«Pscht ... pscht ...», macht er, worauf sie verwirrt verstummt. Dann riecht sie den Schweiß, den er verströmt. Eine Weile gehorcht sie und steht stumm da, gebändigt von dem Seltsamen, was er mit ihr macht. Sie sieht einem angeschwollenen schwarzen Käfer zu, wie er sich eifrig in die weiche Rinde des Baums vor ihr gräbt. Die eine Hälfte seines schillernden Panzers ragt wie eine fremdartige Frucht aus dem Stamm. Mohan verlagert seine Füße in dem abgefallenen Laub, und die Geräusche um sie her – das leise Knarren der Bäume im Wind, eine ferne Hupe, ein gackerndes Huhn – knallen gegen ihre Ohren, übertönen seinen Atem. Als er nicht aufhört, windet sie sich aus seinen Armen und rennt aus dem Wäldchen auf den Hof, wo sie, den Rücken gegen die Hauswand gepresst, keuchend dasteht. Drinnen schlafen die Erwachsenen hinter Türen und Fenstern, die wegen der Sonne verrammelt sind. Sie kann den Blick nicht von dem Weg wenden, der vom Mangowäldchen zu ihr führt.

«Huhuu, huhuu, komm, fang mich.» Die Stimmen der anderen Vettern kommen von irgendwoher, von da, wo sie sie nicht sehen können. Oder ihn. Er kommt aus dem schattigen Wald gelaufen, und sein Gesicht macht ihr Angst, es ist verschwitzt und abscheulich. Als er an ihr vorbeischlendert und ihr die Tränen kommen, läuft sie ums Haus herum, wo niemand sie sehen und ihr Fragen stellen kann, auf die sie keine Antworten hat.

Zum ersten Mal seit Jahren macht Rani ins Bett. Ihre Mutter glaubt, es ist die Aufregung wegen des Stücks. Mohan ist überall, überall wo sie allein ist. Sie bleibt dicht bei den anderen. Abends, wenn sie unter den Bäumen das Stück proben, fühlt sie sich sicher. Dann kann sie ihn vor sich sehen, und sie weiß, er ist da und nicht irgendwo anders und wartet. Stumm wehrt sie sich gegen ihn und das trockene, schmerzhafte Reiben seiner Hand, doch sie sagt es keinem. Sie fürchtet sich davor, dass Vater, Mutter, Großeltern, Tanten und Onkel sich von ihr abwenden, sie allein lassen, sie wegschicken. Das Haus bekommt lauter dunkle Ecken. Im Mangowäldchen sind zu viele Schatten unter den Bäumen.

Rani sieht Mohan nicht mehr an, wenn sie ihren Text spricht. Sie kann es nicht mehr. Nachts schläft sie bei ihrer Großmutter im Bett. Sie streichelt das schwammige, runzlige Fleisch des Bauchs ihrer Großmutter, bis sie einschläft, so wie damals, als sie vier Jahre alt war.

Manchmal, wenn Rani ein Bad nimmt, zieht sie ihr

111

Baumwollkleid und die Unterhose aus und blickt an sich herab. Sie berührt ihre kahle, eingekerbte Stelle. «Rani, bist du fertig?», ruft ihre Mutter vor der Tür, dann zieht sie rasch die Hände weg und dreht den Hahn auf.

Nachts sitzt sie mit Vijay auf der Veranda. Es ist schön, mit ihm dazusitzen. Sie beobachten die Insekten, die wie betrunken um die matte Birne taumeln, die an Sparren über ihnen hängt.

«Früher dachten die Leute, die Erde ist flach», sagt er.

«Lüg doch nicht.» Sie rückt näher an ihn heran, doch darauf bedacht, ihn nicht zu berühren.

«Das steht in meinem Buch, sieh doch!» Er riecht nach Seife und dem Kokosöl, das in seinen Haaren schimmert. Auf dem Bild sieht die Erde flach aus, wie eine Scheibe blau-grünes Brot. Die gerade Kante der Scheibe schwebt über Wasser. Auf das violette Meer sind weiße Wellen gezeichnet.

«Die Leute dachten, wenn sie immer geradeaus über die Erde gehen, fallen sie über den Rand», sagt Vijay. Tief unter der flachen Erde, unterm Meer, ist ein Tier mit langem Hals und gepanzertem Schwanz.

«Was bedeutet das?» Sie versucht, den Satz zu lesen, der daneben in gekringelten, feierlichen Buchstaben geschrieben ist.

«Das heißt, hier sind Ungeheuer. Das Buch sagt, dass Leute Karten zeichneten, um andere Reisende vor Wesen zu warnen, die sie auffressen, wenn sie über den Rand der Welt fallen.»

Ein wohliger Schauder läuft ihr über den Rücken. Behutsam, bereit, die Hand zurückzuziehen, falls etwas geschieht, berührt sie das Bild.

Endlich ist der Tag der Aufführung da. Die Landarbeiter sagen, sie wollen mit ihren Familien kommen und sich die Aufführung ansehen. Die zwei Nonnen der Pfingstbewegung, die das kleine Ziegelhaus ganz am Ende des Besitzes bewohnen, sind ebenfalls eingeladen. Der Mann, der das Pestizid mischt, mit dem die Felder besprüht werden, sagt, er will vorbeischauen, um zu sehen, was die Kinder da zeigen. Ranis Großvater befiehlt den Landarbeitern, sie sollen Bananenbäume fällen und sie an die Torpfosten binden. «Aber es ist doch kein Fest, warum fällen sie die Bäume?», fragt Jayan jeden, der ihm zuhört. Am Morgen bekommt Rani ihre langen Haare von ihrer Mutter geölt und gekämmt, dabei schwatzt diese unablässig mit ihren Schwestern. Mohan kommt vorbei und plänkelt mit den Tanten, sieht dabei zu ihr her. Rani beugt den Kopf und schüttelt die Haare, damit sie ihr übers Gesicht fallen. Hinter ihrem Haarvorhang kann sie ihn nicht sehen. Als ihre Mutter ihr die Haare dann zu einem dicken Kegel auf den Kopf bindet, ist er weg.

«Er kann sie ja heiraten, wenn er will. Wenn sie alt genug ist», sagt Tante Radha.

«Die alten Bräuche sterben alle aus. Vetter und Cousine heiraten heute nicht mehr.» Ihre Mutter reibt Rani duftendes Öl ins Gesicht. «Lass das.» Sie hält Rani den Kopf fest, als sie weg will. «Sieh doch nur, wie trocken deine Haut ist. Bist du nun ein Junge oder ein Mädchen?»

«Ich weiß, ich weiß. Ich hab den Artikel in der Zeitung auch gesehen … wie schlimm es für die Kinder ist. Ich meine ja nur, wenn er sich dazu entschließt, könnte er es», sagt Tante Radha.

«Na, mal sehen ... das ist alles noch so lange hin. Wer weiß, was in zehn Jahren ist.»

«Wenigstens musst du ihr so keinen Ehemann suchen. Denk nur, was du dann alles an Mitgift sparst.» Tante Radha lacht.

Ihre Mutter bemerkt, dass Rani zuhört, und hebt die Augenbrauen. Rani erinnert sich, wie im Haus einmal eine Hochzeit stattgefunden hat. Tante Suja und der Bräutigam standen einander gegenüber und tauschten Blumengebinde aus. Als Tante Suja sich bückte, um die Füße ihres Mannes zu berühren, schleifte ihre lange Goldkette über den Fußboden. Rani hatte mit einem Tablett am Tor gestanden, um den Bräutigam willkommen zu heißen. Die brennende Lampe auf dem Tablett hatte ihr die Hände heiß gemacht. Sie hatte zu viel gegessen und sich anschließend übergeben. Am Tor waren Bananenbäume gewesen, genau wie heute.

Endlich wird es acht Uhr, und im Hof sind über dreißig Menschen. Vijay und Rani spähen aus den Fenstern und versuchen, sie zu zählen. Die Fläche, auf der das Stück aufgeführt werden soll, ist mit Kerosinlaternen erleuchtet, die an der Wand entlang aufgestellt sind. Zuvor hatte sie einer der Tanten dabei geholfen, die Glaskugeln, die über den Dochten saßen, vorsichtig zu polieren. Es war schwer gewesen, jeden frischen weißen Docht durch den Metallschlitz über der Höhlung mit dem Kerosin zu ziehen. Leute, die hinter den roten Saris vorbeigehen, die die Tanten als Vorhang über Wäscheleinen gehängt haben, werfen riesige Schatten auf den Stoff. Jemand hebt die Hand, und Rani findet, sie sieht aus wie eine Mammutklaue. Die Erwachsenen, die Nachbarn, die Landarbeiter und ihre Kinder sitzen auf Schilfmatten im Dunkeln außerhalb des Laternenscheins. Nur ihre Groß-eltern bekommen Stühle.

Vijay schlägt mit einem Schöpflöffel auf eine schwere Speiseplatte aus Edelstahl, um den Beginn des Stücks an-zukündigen. Es fängt gut an. Niemand vergisst seinen Text. Der eifersüchtige Onkel verlangt von dem alten König, dass er sein vergessenes Versprechen hält. Der tief betrübte König befiehlt, der Prinz solle am Tage seiner Krönung verbannt werden. Satish als der Onkel reibt sich die Hände und lacht böse, als sein Plan Wirklichkeit wird. Die Untertanen jammern und wälzen sich auf dem Boden. Jemand im Publikum lacht und wird ermahnt, still zu sein. Der junge Prinz ist tapfer, entschieden.

«Ich bin entschlossen, dem Befehl meines Vaters Folge zu leisten, denn dies kommt den Guten zu. Ich werde freudig in den Wald gehen», sagt er.

Die kleinen Jungen schütteln die Zweige, die sie in der Hand halten, und der Wald winkt.

«Ich will in den pfadlosen Wald gehen, der von wilden Tieren wimmelt, und dort leben, als wäre er meines Va-ters Haus, und mich einzig an deine Füße klammern. Mein Herz ist dir so zugetan, dass ich, sollten wir ge-trennt werden, zu sterben bereit wäre», sagt sie.

Als er schließlich einwilligt, weint sie noch mehr. Am Ende ihrer Szene verschwindet sie hinter den Vorhang und beobachtet das Publikum. Man lächelt und flüstert und zeigt. Die Eltern lachen und schauen stolz drein.

Der Vorhang öffnet sich für die letzte Szene. Der Hof ist versammelt, und der rechtschaffene Prinz ist von sei-nen Leuten umringt, den Höflingen und Soldaten. Alle sind sie gern bereit, mit ihm in den Wald zu gehen. «Wir wollen unsere Gärten verlassen, unsere Felder und Häuser, und dem Prinzen folgen», rufen sie, doch er gebietet ihnen zu bleiben. Fest in seiner Güte, lächelt er jedermann freundlich und verzeihend zu. In wenigen Minuten wird er sich seiner Prinzessin zuwenden, und Rani wird zu ihm hinlaufen und ihm vor die Füße fallen müssen. Sie steht mit gesenktem Kopf da, wartet am anderen Ende. Sie hört Geflüster von den Zuschauern, die hinter ihr sitzen. Jemand berührt sie mit dem Fuß am Knöchel, als er sich anders hinsetzt. Nachdem seine Leute schließlich zum Schweigen gebracht sind, wendet sich der rechtschaffene Prinz an die Menge.

«Nur eine Person im gesamten Königreich wird mit mir in den Wald gehen. Solange sie lebt, ist der eine Gott und Herr ihr Ehemann. Daher wird eure Prinzessin mit mir gehen», verkündet er.

«Lang lebe der Prinz. Lang lebe die Prinzessin. Möge sie mit hundert Söhnen gesegnet sein», ruft die Menge.

Rani hebt den Kopf, und Mohan sieht sie an. Er ist groß und majestätisch, und das braune Sackleinen, das er anstelle des seidenen Morgenrocks trägt, den er zuvor von sich geworfen hat, hängt von seinen Schultern wie Flügel. Er steht aufrecht da, die Beine auseinander, die goldene Krone auf seinem Kopf schimmert im Schein der Laternen. Er wirkt machtvoll und unbesiegt. Sie kann seine Augen sehen.

«Komm, geliebtes Weib. Wir wollen abreisen, bevor der Tag graut.» Er wendet sich zu ihr und streckt die Hand aus.

Sie sieht auf seine Hand. Sie sieht, wie seine langen

Finger sich bewegen. Sie sieht ihn an und regt sich nicht, läuft nicht zu ihm hin, fällt ihm nicht zu Füßen. Im Hof herrscht Stille. Augenblicke vergehen.

«Komm, du Treue. Wir wollen nun gehen», improvisiert er.

Sie steht nur da und starrt auf seine Hände. Sie wendet den Blick ab und sieht ihre Großmutter, wie sie lächelt und ihr aufmunternd zunickt, mit den Lippen «geh, geh» zu ihm formt. «Rani, seine Füße, fall zu seinen Füßen», flüstert jemand laut hinter ihr. Mohan lässt den Arm halb sinken und hebt ihn rasch wieder. Er tritt einen Schritt vor und streckt die Hände aus, nah an ihr Gesicht.

«Komm», sagt er, und seine Stimme ist nun anders, verärgert.

«Nein. Nein, fass mich nicht an, fass mich nicht an», schreit Rani.

Sie schreit und hört erst wieder auf, als ihre Mutter zu ihr eilt und sie festhält. Mohan steht wie angewurzelt an seinem Platz, die Augen in seinem bleichen Gesicht sind in Panik geraten. Als Rani still ist, führt ihre Mutter sie an den Bühnenrand, wo sie aus dem Lichtkreis der Laternen treten. Ihr Vater wartet und nimmt sie in die Arme. Großeltern, Tanten, Onkel und Vettern stehen auf, treten zur Seite, um sie durchzulassen. Keiner sagt ein Wort, als sie, geteilt, zu beiden Seiten des Wegs aufgereiht, zusehen, wie Rani und ihre Eltern langsam in das dunkle Haus gehen.

DEM PRÄSIDENTEN EIN HERZLICHES WILLKOMMEN, INSCHALLAH!

In jenem Jahr überflutete der Yamuna unser Dorf, dann starben zwei Babys und ein alter Mann an Cholera und die Bananenernte faulte, und dennoch waren wir in einem Freudentaumel. Wir sollten nämlich durch den Besuch des mächtigsten Mannes der Welt aus jahrhundertelanger völliger Bedeutungslosigkeit erlöst werden.

Die Nachricht ging vom Ortsvorsteher aus, Ishmail Din, dessen Mund wie ein aufgerissener Schuh schlackerte. Er hatte uns auch letztes Jahr erzählt, dass der kleine Junge des Bürovorstehers bedauerlicherweise ohne Daumen geboren worden sei. Wir standen da und starrten mit offenem Mund auf den altersschwachen Jeep der Dorfverwaltung, der die staubige Straße, die das Dorf vom einen bis zum andern Ende durchzog, dahergerumpelt kam. Er hielt vor der Grameen Bank, dem Postamt und der Independence High School, machte dann kehrt, weil dahinter nur noch der Fluss war, und kam wieder zurück. Jedes Mal, wenn der Jeep anhielt, sprang der Dorfbeamte wie ein Hahn heraus und trippelte wichtigtuerisch in das jeweilige Gebäude. Diejenigen von uns, die das Glück hatten, gerade dort zu sein, weil sie dem Postmeister oder dem Bankdirektor zu deren zweitem Frühstück Tee oder gebratene Bhajjis brachten, hörten jedes Wort, das seine dünne, schrille Stimme ausspuckte. An dem Tag waren wir bei den Teeständen sehr beliebt. Am Abend wusste jeder Bescheid. Sogar die, die bei der Juteernte am Ende des Dorfs waren, hörten die Neuigkeit durch hohle Hände über die Felder geschrien.

An jenem Abend hatte sich eine riesige Menge um Muhammad Barkats Farbfernseher geschart. Er war der Direktor der Independence School und hatte nichts dagegen, dass andere mitguckten, wenngleich wir gehört hatten, dass seine Frau gelegentlich grummelte. Sogar unsere Frauen wollten dabei sein. Als wir einwilligten, beeilten sie sich an dem Abend mit dem *baath* und ließen das schmutzige Geschirr für später stehen. Herein kamen die Frauen nicht, sie richteten sich vor Muhammads Fenstern ein und schickten unsere Kinder ins Zimmer, um uns zu sagen, wir sollten beiseite rücken, damit auch sie das Bild sehen konnten. Als dann die Landesnachrichten kamen, war es im Zimmer enger als im Bus zur Stadt.

Als die Sprecherin Joipura und den Namen des Präsidenten in einem Atemzug nannte, wurde gepfiffen und gejubelt. Das Geschrei wurde noch lauter, als wir den großen Mann selbst sahen. Hoch gewachsen und breitschultrig stand er in seinem grauen Anzug und der roten Krawatte auf dem Rasen vor einem Fünf-Sterne-Hotel, eine Gruppe Männer und Frauen überragend, die um ihn herumstanden. Sein graues Haar schimmerte in der Sonne, und sein breites, fleischiges Gesicht war von der Hitze gerötet. Einige von uns bewarfen den Fernseher sogar mit Münzen. Es war, als wären wir in unserem Dorfkino und unser Lieblingsactionheld wäre gerade auf der Leinwand erschienen.

«Ah! Was der Mann für eine Farbe hat – ganz wie süße dicke Milch», schrie einer.

119

«Seht doch, wie er lächelt – in Amerika haben sie alle perfekte Zähne.» Der das sagte, betrachtete sich als Autorität in ausländischen Dingen. Er hatte einen Onkel, der 1954 nach Amerika gegangen und nicht mehr zurückgekommen war oder jemals wieder geschrieben hatte.

«Seine Frau hat goldenes Haar und ist selber Kandidatin für etwas. Preis sei Allah, damit sie einen großen Sieg erringt», sagte Muhammad Barkat aus seinem Sessel, worauf sich ein Chor von «Inschallahs» im Zimmer erhob. Auf dem Bildschirm beugte sich der Präsident nieder, um einem kleinen Jungen in einem weiß-goldenen Punjabi-Hemd die Hand zu schütteln. Er lächelte das Kind an, als sei es sein eigenes, und die Runzeln um seine Augen wurden so tief, dass sie beinahe die Augen verschlossen. Dann verschwand sein Bild, und die Sprecherin kam wieder und blieb auch, obwohl wir begeistert buhten. Der Präsident wolle die echten, mit der Scholle Bangladeschs verwachsenen Menschen in Joipura am 19. Oktober kennen lernen, sagte sie.

«Die Regierung erwägt in Joipura groß angelegte Investitionen, und der Förderausschuss für den ländlichen Raum empfiehlt besondere Eilprogramme …», presste sie die langen komplizierten Wörter, die das Regierungsfernsehen immer gern verwandte, aus ihrem kleinen Mund, doch da hörten wir schon nicht mehr hin. Unsere Gespräche drehten sich nur noch darum, dass es von heute an bloß noch zehn Nächte und neun Tage waren.

Am nächsten Abend hielten wir unter dem 150 Jahre alten Banayanbaum in der Mitte unseres Dorfes eine Ver-

120

sammlung ab. Ishmail Din, der Ortsvorsteher, versuchte von Beginn an, den Ablauf zu bestimmen.

«Der stellvertretende Staatssekretär im Außenministerium selbst hat mich über seine Direktleitung aus der Hauptstadt angerufen», sagte er und machte eine Pause, als erwarte er Applaus.

Wir suchten hinter unseren Ohren nach einer Bidi, um sie anzustecken, und sagten nichts.

«Ich soll Clinton die Grameen Bank zeigen, das Landwirtschaftsdepot mit seinem neuen Programm der Saatverteilung, und dann hält er eine öffentliche Versammlung ab», sagte er hastig.

Einige von uns sperrten den Mund auf.

Er nannte den Präsidenten beim Namen, einfach so.

«Was glaubt dieser Emporkömmling, wer er ist? Hat er dem großen Mann seinen Namen bei der Namengebungszeremonie ins Ohr geflüstert?», brummelten wir, von seiner respektlosen Art schockiert.

«Wir müssen hier eine Tribüne aufbauen, ein Podium. Dhaka hat eine bestimmte Summe bewilligt.»

Ishmail machte eine Pause, um Atem zu holen, und starrte uns durchdringend an.

Wir sahen durch die Blätter in den blauen Himmel.

«Wir werden es tun. Wir werden dem Sahib Präsident einen großen Empfang bereiten», sagte Muhammad Barkat, der Schuldirektor, der plötzlich neben Ishmail Din getreten war. «Also, wer möchte mithelfen, das Podium aufzubauen?»

Auf seine Frage hin jubelten wir alle und hoben wie ein Mann die Hand. Das Gesicht des Dorfvorstehers war wie Donner, als Muhammad acht von uns auswählte, die das Podium errichten sollten, von dem aus der Präsident dann zu uns sprechen würde.

«Der Sahib Präsident soll auch die Schule besuchen und …», fuhr der Schulleiter fort.

«Das steht nicht im Plan, und ich habe meine Anweisungen von der Hauptstadt», unterband Ishmail den Vorschlag, noch bevor Muhammad aussprechen konnte. Ein paar von uns zischten.

Muhammads Independence School war für drei Dörfer zuständig, hatte aber kein Geld. Jeden Morgen stand Muhammads Jüngster auf der Treppe und schlug mit einem Stock auf eine Stahlplatte – es gab nicht einmal eine Glocke, um unsere Kinder zu wecken. Wir fanden es nur richtig, dass der Präsident die Schule besuchen sollte.

«Die großen Staatsmänner des ganzen Planeten hören auf ihn. Bestimmt könnte er auch Geld für unsere Schule auftreiben», sagten wir.

«Der Präsident geht in die Schule. Der Präsident geht in die Schule», begannen ein paar von uns zu skandieren, und andere fielen ein.

«Wir werden sehen … der Minister … da muss ich erst telefonieren», stammelte Ishmail, hastete zu seinem Jeep und fuhr davon.

«Was glauben diese Leute wohl, wer sie sind? Die sollen dankbar sein, wenn ein Bote aus der Hauptstadt sich entschließt, in dieses Dreckloch zu kommen – und nun will sie der Präsident des größten Landes der Welt besuchen, und sie wollen jeden seiner Schritte wie Verkehrspolizisten lenken. Pah!», sagte er später in seinem Büro und blickte mürrisch auf sein Mittagessen. Wir hörten, dass ihm, gleich nachdem er das gesagt hatte, ein Stück *roti* im Hals stecken blieb und man ihm auf den Rücken klopfen musste, weil er so hustete. Wir fanden, er solle das als Zeichen von Allahs Missfallen nehmen.

Tags darauf marschierten unsere Kinder frühmorgens zu den Klängen der Kapelle durchs Dorf, Muhammad Barkat voran. Die Kapelle bestand aus tatterigen alten Männern, die kaum Luft genug hatten, um ihre Trompete zu blasen, geschweige denn, ihre Blechinstrumente und die dicken Trommeln herumzutragen. Meistens mieteten wir sie, damit sie zur Hochzeit beliebte Filmmelodien spielten. Und nun marschierten sie an der Spitze des Kinderzuges, und die Goldtressen auf ihren ausgebleichten, burgunderroten Uniformen blitzten in der Sonne. Wir blieben auf dem Weg zur Arbeit am Straßenrand stehen, vergaßen die Körbe mit Fisch und Gemüse auf unseren Fahrrädern und den Bambus, der geschnitten werden musste, und betrachteten diesen wunderbaren Anblick. Die Musik, an dem stillen Morgen so aufwühlend und klar, schwoll in unseren Köpfen an, und plötzlich wurde der vor uns liegende Tag zu einem Fest.

Gemäß Muhammads Plan sollten die Kinder die Fahrzeugkolonne des Präsidenten begrüßen. Er ließ die Kinder vor der Dorfverwaltung antreten und ihre Übungen machen. Yunus, der junge Naturkundelehrer, stand vor ihnen und zählte.

«Eins, zwei, drei. Eins, zwei, drei», brüllte er und wirbelte energisch die Arme um den Körper, und die Kinder taten es ihm nach. Wir applaudierten. Ishmail Din spähte aus seinem Bürofenster auf die Parade, das Gesicht verzerrt, als hätte er in eine grüne Tamarinde gebissen.

«Nicht einmal Allah kann heute bei diesem Lärm arbeiten, der da seinen Himmel stört – das steht mal fest», sagte der Gotteslästerer.

An den folgenden Tagen verließen unsere Frauen Gemüsebeete und Hühnerställe und stellten sich an der Straße auf, um mit schmalen Augen den Kindern zuzusehen.

«Es ist eine große Ehre, für die Parade vor dem Präsidenten ausgewählt zu sein. Fallt mir an dem Tag ja nicht in Ohnmacht. Sonst lacht euch das ganze Dorf aus.» Den Kindern, die von der Sonne ohnmächtig wurden, gaben sie abends heimlich teure Eier zu essen, um sie zu kräftigen.

Doch Ishmail gab Muhammad keine klare Antwort, ob der Präsident nun seine Schule besuchen würde oder nicht. Auf dessen Frage murmelte er vage von Problemen, nach Dhaka durchzukommen, oder dass der Minister mit dem Präsidentenbesuch beschäftigt sei.

Muhammad lächelte nur, wenn wir den Dorfvorsteher verfluchten, und verlagerte seinen Tabakpriem im Mund.

Wer es konnte, las anderen, die auf den Holzbänken vor den Teeständen saßen, laut aus der Zeitung vor. Manchmal gab uns der Inhaber das eine oder andere Glas Tee gratis, nur weil die Nachrichten gelesen wurden. Wir lasen, dass der Präsident bei einem Staatsbankett ein blau gestreiftes Hemd mit weißem Kragen trug und Huhn Korma, Lamm Biryani, Tarkari Ihol und unser berühmtes Gericht Garnelen in Yoghurt aß. Er beendete das Mahl mit zwei Schalen süßen cremigen Shemai. Wir empfanden eine warme Zuneigung zu diesem Mann, dem unser Essen so sehr schmeckte. In der Zeitung stand, er wolle unbedingt das Grabmal der Märtyrer besuchen, um den Soldaten, die im Krieg gegen Pakistan gefallen waren, seine Ehre zu erweisen.

«Es ist, als würden wir diesen großen Mann schon ganz genau kennen», sagte einer von uns und drückte damit das Gefühl aus, das in uns allen wuchs – zumal, seit wir ihn jeden Abend im Fernsehen und jeden Morgen in der Zeitung sahen. Unsere Kinder schnitten seine Bilder aus den Zeitungen aus und klebten sie neben unsere gerahmten Bilder von der Kaba'a in Mekka.

«Ihr seid doch verrückt, wenn ihr glaubt, der Präsident von Amerika kommt hierher!», brummelte Abdul Chacha und spuckte durch die Lücke zwischen seinen beiden verbliebenen Zähnen einen Tabakstrom in den Dreck. Er griff in die Seitentasche seiner Kurta, zog ein in Plastik geschlagenes Bündel Papiere hervor und fuchtelte damit vorwurfsvoll vor uns herum. Wir sahen einander an und verdrehten die Augen. Nicht das alte Ding! Wir hatten es schon unzählige Male gesehen – es war seine neunzehn Jahre alte Besitzurkunde.

Der Yamuna hatte Abdul Chachas Land samt der Bananenpalmen zwanzig Jahre zuvor nach einem gewaltigen Monsun weggeschwemmt. Damals hatten viele von uns jemanden oder etwas verloren. Tagelang hatten die Regierungshubschrauber wie Heuschrecken über unserem Dorf geschwebt und eine Plage von Ministern gebracht. Die Politiker versprachen uns Entschädigung in Form von Geld und Land, verteilten Urkunden und mitleidiges Lächeln, stiegen wieder in ihre Hubschrauber und flogen davon. Wir bekamen nicht einen Taka und hörten auch nie wieder von ihnen.

Abdul Chacha war der Einzige, der weiterhin Briefe schrieb. Aber die Antworten der Behörden waren wie Schnurknäuel. Sie hatten keinen Anfang und kein Ende, und schließlich stolperte man über das ganze aufgeribbelte Durcheinander. Jetzt glaubte er an gar nichts mehr. Schon gar nicht an gute Nachrichten.

«Ihr meint also, der Präsident von Amerika setzt sich in den Schatten des Banyan und ihr könnt alle mit ihm sprechen?» Abdul Chacha reckte uns seinen gelben, tabakdurchsetzten Bart entgegen. «Murkho! Narren! Ich bete zu Allah, dass er euch zur Vernunft bringt!», sagte er und stapfte in Richtung der Moschee davon.

«Wahrscheinlich müssen wir uns in die Schlange stellen wie vor dem Laden für rationierte Lebensmittel. Aber der Sahib Präsident wird den Kopf neigen und uns ruhig zuhören – so wie im Fernsehen», sagte einer von uns.

Er wirkte so sicher, dass auch wir uns plötzlich ganz leicht bei dem Gedanken fühlten, dass bald in Joipura alle möglichen verheißungsvollen neuen Dinge geschehen würden.

Als es nur noch zwei Tage bis zum Besuch des Präsidenten waren, kamen mehr und mehr Leute. Sie strömten aus den umliegenden Dörfern nach Jaipura. Darunter junge Männer mit eingefetteten Filmstarfrisuren, Frauen mit Säuglingen auf der Hüfte, eine Kuh am Strick, die noch Milch gab, und Großväter, von der Last ihrer Jahre gebeugt. Sie klammerten sich an Traktoren fest, drängten sich auf Ochsenkarren, stapelten sich auf den Dächern von Bussen, die zweimal täglich herangekeucht kamen, und schlingerten zu dritt gefährlich auf einem Fahrrad. Manche kamen zu Fuß – neun, zwölf, manchmal sechzehn Kilometer –, Körbe mit Reis und Dal für drei Tage auf dem Kopf balancierend.

Wir stellten uns an die Straße und betrachteten verwundert die Mengen, die sich dahinschoben, und niesten von dem roten Staub, den sie aufwirbelten. Einige von uns hängten ein Stück Stoff an zwei Stangen, stellten einen Tisch auf und machten an der Straße ein schnelles Geschäft. Wir verkauften Stifte und billige Wasserpistolen aus Plastik an ihre Kinder, Glasreife und Haarklemmen an ihre Frauen und Puffreis mit Senföl darauf an jeden, der ein paar Taka hatte. Für zwei Taka flickten wir ihnen die Riemen ihrer kaputten Sandalen, rasierten sie oder putzten ihnen die Ohren aus. Unsere ältesten Kinder boten Gläser Buttermilch mit grünem Chili feil und liefen dann mit süßen klebrigen Mishti herum, um brennende Münder zu kühlen.

Wir schafften Raum für unsere aufgeregten Vettern auf dem Fußboden und ließen fremde Kinder bei unseren schlafen. Großmütter kauerten auf den Veranden des Postamts, junge Männer auf dem Dach der Bank. Ishmail wies uns an, den Besuchern zu gestatten, auf unseren Feldern zu kampieren, und der Geruch von getrocknetem Fisch wehte nachts von ihren Feuern her. Manche sagten, es seien 5000 Menschen mehr als sonst im Dorf. Abdul Chacha schwor, es seien eher 10 000 Narren. Es war uns gleich. Es war ein Mela, ein Karneval, und wir machten mehr Geld als in der Erntezeit.

In Muhammads Fernseher sahen wir den Präsidenten auf einer Handelskonferenz sprechen, einen großen roten Knopf bei einem neuen Damm drücken und mit geschlossenen Augen dem zittrigen Geheul von Baul-Sängern zuhören. Er strahlte uns von dem Bildschirm an, und wir lächelten zurück und warteten.

Muhammad kam auf die Idee mit der Toilette. Der Dorfvorsteher war gekommen, um das Podium zu inspizieren, das wir unter dem Banyanbaum aufgebaut hatten. Ishmail, die Hände auf dem Rücken verknotet – sein Bürovorsteher lief mit offener Kladde, einen Stift in der Hand, wie ein Hündchen hinter ihm her –, war auf seiner dritten Runde um die wacklige Holzkonstruktion, als Muhammad ihn anhielt.

«Und was ist, wenn der Präsident mal … du weißt schon … klein muss? Hast du schon daran gedacht, Sahib Vorsteher?»

Ishmail blieb abrupt stehen.

«Als ob der … er ist rund zwei Stunden hier. Diese Weltführer sind darauf trainiert, es aufzuhalten», prahlte er.

«Aber wenn er … er ist schließlich nicht mehr jung. Es wäre doch möglich», beharrte Muhammad.

Wir pflichteten ihm laut bei, dass es eine absolut mögliche Möglichkeit sei. Ishmail sah uns wütend an, als sei es unsere Schuld, dass der Präsident eventuell auf die Toilette müsste.

«Wenn er muss, dann muss er eben. Dann kann er auf die Toilette in meinem …» Er unterbrach sich, als ihn derselbe Gedanke durchfuhr, der auch uns gekommen war.

«In deinem Büro? Die taugt ja nicht mal für eine Ziege», sagten wir.

Die Toilette in seinem Büro war die einzige öffentliche im ganzen Dorf. Jeder – die Angestellten, die Händler, jeder Bittsteller, der Stunden unterwegs gewesen war – benutzte sie ausgiebig. Sie stank. An heißen Tagen, wenn der Wind sich ganz gelegt hatte, war der Geruch so schlimm, dass die Leute noch drei Zimmer weiter würgten.

«Vielleicht kann er ja wie wir auch aufs Feld gehen», sagte Muhammad, und wir lachten schallend los bei der Vorstellung, wie der Präsident der Vereinigten Staaten aufs Feld rannte, seine Sicherheitsleute mit ihren Waffen hinterher.

«Nein, nein. Du redest Unsinn.» Ishmail wedelte mit den Händen, als wären Muhammads Vorschläge Fliegen, die er verjagen könnte. Zum ersten Mal wirkte er nervös.

«Was soll ich denn jetzt tun? Es ist ja kaum mehr Zeit!» Er jammerte beinahe, und wir kicherten uns eins wegen seiner schrillen Stimme.

«Ähm …» Die Runzeln auf Muhammads Stirn kletterten bis zu seinem hohen Haaransatz, so angestrengt überlegte er. «Also, da wäre die Toilette in der Schule, die ich bauen lasse. Die ist fast fertig. Eigentlich fehlt nur noch die Tür», sagte er schließlich, als wäre ihm das eben erst eingefallen.

Natürlich! Wir schlugen uns an die Stirn. Das Geld für die Schultoilette war ausgegangen, kurz bevor der Handwerker die Tür einhängen und die Wände streichen konnte. Die Kinder gingen noch immer in die

Büsche um die Schule oder rannten in der Pause nach Hause. Muhammad hatte nach ein paar Monaten seine Besuche im Dorfamt eingestellt, und wir hatten schon geglaubt, er hätte aufgegeben. Aber das war die Lösung. Das war die nagelneue Toilette, die wir für den Präsidenten brauchten. Ausnahmsweise wusste Ishmail nichts zu sagen.

An dem Nachmittag fuhren einige von uns in die Stadt und kamen triumphierend mit einer neuen Alutür zurück. Zu viert luden wir die Tür von dem schiggernden Traktor. Bestrahlt von der Nachmittagssonne, verwandelte sich das Metallviereck in etwas Flüssiges, Gleißendes, das die Umstehenden und die zu Boden gerichteten Gesichter der schüchternen Mädchen mit Lichtbändern blendete, wahllos die Unterseiten von Bäumen und Hausdächer illuminierte – eine bloße Tür verwandelte sich so in ein Leuchtfeuer, eine Übertragung, einen Aufruf, der eine große Menschentraube um die Toilette scharte.

Viele Freiwillige verlangten lautstark, die grauen Betonwände der Toilette streichen zu dürfen. Doch wir weigerten uns, diese Ehre abzugeben. Wir hängten die Tür ein, sorgsam die von besserwisserischen Zuschauern geschrienen widerstreitenden Anweisungen missachtend, von denen viele nicht einmal nach Joipura gehörten. Wir strichen die Wände. Der Lagerverwalter der Bank hatte übrig gebliebene Farbe gestiftet. Sogar eine halbe Dose blauer Glanzlack für die Tür war dabei. Dann zahlten wir drei Jungen je einen Taka, damit sie die Tür mit ihrem Leben bewachten. Als die Farbe trocken war, besorgte Muhammad einen *jamadar*, der das Pissoir auf

Hochglanz schrubbte und einen Eimer Wasser sowie einen Becher in die Ecke stellte, obwohl die Spülung funktionierte. Dann versperrte er die Tür mit einem imposanten Edelstahlschloss und steckte den Schlüssel in die Tasche.

«Wie eine Jungfrau ist sie jetzt, die Toilette», sagte Muhammad, als wir an jenem Abend rauchend vor der nagelneuen Toilette standen, «eine Jungfrau, die ihren Bräutigam in der Hochzeitsnacht erwartet.» Muhammad las manchmal heimlich sentimentale Lyrik. Wir hatten entdeckt, dass er die Bücher in seinem Büro versteckt hielt, hinter den Zensurbögen, die von früheren Prüfungen übrig geblieben waren.

«Und die Tür ... mit dem Blau von Allahs Himmel gestrichen», fuhr er fort, und wir schauten zu Ishmail, um seine Reaktion zu beobachten. Er wirkte zufrieden, als er um den Neubau herumschritt, zu dessen Inspektion er gekommen war. In dem vergehenden Licht schimmerten die Wände weiß und unberührt, und die Farbe verströmte ihren herben Geruch. Die Toilette war das einzig Neue in unserem Dorf aus gebleichten Hütten, wackligen Kuhställen und Gebäuden, fleckig von Generationen schmutziger Hände.

«Hoffen wir, dass der Präsident auch auf die neue Toilette geht, wenn er die Schule besuchen kommt», sagte Muhammad, während wir das Schulgelände verließen.

Ishmail blieb stehen und sah ihn an.

«Wenn wir wollen, dass er sie sieht, müssen wir ihn doch zur Schule bringen, oder?», sagte Muhammad und ging weiter.

Wir hielten den Atem an.

131

«Okay, okay. Eine halbe Stunde – er wird eine halbe Stunde hier sein. Und sorge dafür, dass deine Schlingel wenigstens morgen ihre Schuluniform anhaben. Und setz die ohne Schuhe nach hinten», sagte Ishmail und ging so schnell weg, dass er beinahe rannte.

«Die werden aus ihren Englischbüchern vorlesen und für ihn Washington buchstabieren», rief Muhammad hinter ihm her. Doch Ishmail ging nicht langsamer und drehte sich auch nicht nach uns um, sodass er nicht sah, wie wir Muhammad so kräftig auf den Rücken schlugen, dass er hustete.

In jener Nacht konnten wir nicht schlafen. Es schien, als ginge es allen so. Junge Männer schlenderten in Gruppen herum, manche banden die letzten Transparente und Fähnchen an die Bäume und Telefondrähte, manche standen nur rauchend da. Zuvor hatte es geregnet, und die grünen Metallstühle für die VIPs, die wir in Reihen unter den Bäumen aufgestellt hatten, wirkten gewaschen und sauber. Unsere Kinder liefen in Horden durch die Straßen und schrien und kreischten, als wäre es morgens und nicht mitten in der Nacht.

«Geht nach Hause und schlaft, sonst dürft ihr morgen nicht auf die Parade», drohten wir ihnen, aber sie wussten, dass wir logen, und spielten weiter Himmel und Hölle oder Fußball.

Hier und da zischten Kerosinlampen, warfen Lichtkegel um die Karren der Kebabverkäufer und ihre Kunden, und überall hing der Geruch von geröstetem Fleisch und Erdnüssen. Auch die Kapelle war noch da. Sie polierten ein letztes Mal ihre Instrumente, und der Schein der Laternen warf Gold auf die Seiten der Trompeten, die sie immer wieder unvermittelt zur Unterhaltung der treibenden Menge schmetterten. Das Dorf glich einem Rummelplatz. Jenseits der Straßen, auf den Feldern, glommen noch immer Hunderte von aufgeschütteten Feuern, und wir sahen die Silhouetten schlafloser Besucher aufgeregt darum herumhuschen.

Die Leute hielten uns an, um uns Fragen zu stellen. «Stimmt es, dass der Präsident in einer Fahrzeugkolonne eintrifft?»

«Sehr wahrscheinlich mit dem Hubschrauber», antworteten wir. Wir wussten es nicht so genau, aber der Gedanke, dass ein wirbelnder Helikopter aus dem Himmel in unser Dorf herabdonnerte, gefiel uns. «Und duckt euch, wenn ihr die Maschine seht. Ihr habt doch sicher gesehen, wie sie es im Film machen.» Wir hielten Hof, es war berauschend.

«Und bringt auch Taschentücher mit, damit ihr was zum Hineinheulen habt. Seit wann hält Amerika seine Versprechen?», schrie Abdul Chacha, und wir buhten laut.

«Er wird aus der Tür treten, und die Sicherheitsleute in ihren schwarzen Anzügen werden neben ihm herausspringen, die Hand an der Pistole», sagte Muhammad, den verbitterten Alten gänzlich ignorierend. «Es werden Hunderte von Polizisten da sein, und dann wird ihn und alle Minister eine Flotte weißer Botschaftswagen zum Ende der Straße bringen, wo die Kinder versammelt sind, und dann wird die Kapelle spielen, und wir werden dem Präsidenten folgen, wenn er durchs Dorf geht, an der Bank und am Podium vorbei zur Schule.»

«Und vielleicht sogar zur Toilette, vergiss nicht die Toilette ...», erinnerten wir ihn.

Spätnachts gingen wir dann, müde von der ganzen Aufregung, wie benommen nach Hause. Einer nach dem andern hörten wir auf zu reden, schließlich zum Schweigen gebracht von der ungeheuren Vorstellung, dass in nur wenigen Stunden der Präsident der Vereinigten Staaten hier sein würde, zwischen unseren Hütten und Reisfeldern und Ententeichen, und unsere Stimmen hören und unsere Kinder anlächeln würde.

Der Präsident sollte um elf Uhr vormittags eintreffen. Um sieben saßen die Dorfbewohner schon dicht gedrängt um das Podium herum, hockten auf dem Schulhof, blockierten die Anfahrt zum Dorf, standen auf dem Dach der Bank. Die Menge besetzte jeden Flecken, von wo aus sie einen Blick auf den großen Mann zu erhaschen glaubte. Die Kinder in ihren grünen Uniformen waren schon neben der Kapelle aufgereiht. Muhammad lief an der Spitze den Reihen nervös auf und ab, herrschte jedes Kind an, das wagte, die Stimme über ein Flüstern zu erheben. Die roten und blauen Bänder an ihren Handgelenken flatterten träge in der kühlen Brise. Selbst Abdul Chacha stand vor seinem Haus, in seinem besten schwarzen Punjabi.

Ishmail saß in seinem gebügelten beigefarbenen Safarianzug in seinem Büro und wartete auf den Anruf aus Dhaka, der ihn davon unterrichten würde, dass der Präsident unterwegs war. Draußen stand sein Jeep mit laufendem Motor, damit auch keine Sekunde mit dem Anlassen verloren ging. Das Telefon hatte noch nicht ge-

klingelt, und wir hofften, es würde nicht im entschei-
denden Moment ausfallen. Wir standen um sein Büro
herum, linsten immer wieder zu den Fenstern hinein. An
diesem Tag wollten wir keinen Augenblick verpassen.

Um halb elf klingelte das Telefon, und Ishmail sprang
auf, bevor er den Hörer abnahm. Er hörte lange zu, sagte
kurz etwas und legte langsam den Hörer auf die Gabel.
Dann ging er zu seinem Jeep, ohne uns Umstehende zu
beachten. Er stieg ein und saß ein paar Minuten auf dem
Fahrersitz, ohne den Schaltknüppel zu berühren, als wisse er nicht recht, wohin er als Erstes fahren sollte. Plötzlich trat er aufs Gas und fuhr Staub aufwirbelnd zum
Podium. Dort angekommen, stieg er nicht aus, sondern
beugte sich bei laufendem Motor nur so weit um die
Windschutzscheibe, dass man ihn hören konnte.

«Der Präsident kommt nicht, der amerikanische Geheimdienst findet den Flug von Dhaka zu gefährlich,
mehr hat man mir nicht gesagt, mehr weiß ich nicht, also
gebt nicht mir die Schuld», blaffte er in die verständnis-
losen Gesichter, die sich langsam zum Klang seiner Stimme hinwandten.

Dann wendete er den Jeep und raste ans andere Ende
des Dorfs zu Muhammad und den Kindern.

Dort machte er dasselbe, brüllte seine schreckliche
Botschaft, ohne es zu wagen auszusteigen, vielleicht aus
Angst, gesteinigt zu werden. Dann fuhr er nach Hause,
schloss sich hinter verrammelten Fenstern ein und weigerte sich volle zwei Tage herauszukommen.

Niemand steinigte Ishmails Haus. Niemand zündete
seinen Jeep an oder plünderte sein Büro. Als die Nachricht herumgegangen war, überredeten wir die Leute,

135

von den Dächern und den Veranden und den Schulge-
bäuden herunterzusteigen.

Muhammad ging durch die Reihen der angetretenen
Kinder.

«Der Präsident kommt nicht», erklärte er ihnen. «Er
kann nicht herkommen. Sie glauben, es ist zu gefährlich
für ihn, er ist ein wichtiger Mann. Nein, ich weiß nicht,
was da gefährlich ist. Ja, es ist sehr traurig. Jetzt wirst du den
Präsidenten nicht begrüßen können, Ibrahim. Ich weiß
leider auch nicht, warum. Mir hat keiner was gesagt.»

Er musste die Worte oft sagen, aber schließlich hatten
alle es verstanden, auch die kleinsten schniefenden Vier-
jährigen. Er gab ihnen schulfrei, dann schlichen unsere
Kinder mit betrübten Gesichtern durchs Dorf und gingen widerstrebend auseinander. Wir konnten ihnen nicht
in die Augen sehen, als sie später mit ihren Fragen zu uns
kamen.

Das Schlimmste war die Stille, die sich über das Dorf
senkte. Dass 10 000 Männer, Frauen und Kinder, dass die
lärmenden jungen Männer vom Abend zuvor so still sein
konnten! Das war ein Wunder. Im Radio hieß es, der
amerikanische Geheimdienst habe bestimmte Informa-
tionen erhalten, dass es schädlich für den Präsidenten gewesen wäre, an dem Tag nach Joipura zu reisen. Sogar
seinen Besuch am Grabmal der Märtyrer hatte er gestrichen. Wenn sie uns doch nur die Chance gegeben hätten, ihm zu sagen, dass niemand ihm Böses wollte.

Im Lauf des Tages sammelten viele unserer Besucher
ihre Decken und nunmehr leeren Körbe mit Reis und
Dal zusammen und machten sich auf den Weg zu den
Dörfern, aus denen sie gekommen waren. Manche blie-

ben noch stehen und sahen zu, wie wir das Podium mit einem Stemmeisen zerlegten, und zogen die Fähnchen von den Bäumen.

Muhammad hockte in einiger Entfernung von dem Treiben unter dem Banyanbaum. Einige von uns saßen bei ihm, schweigsam, einfach nur da. Es war, als sei jemand gestorben – was gab es da noch zu sagen? Dann warf Muhammad die Zigarette weg, die einer ihm angeboten hatte.

«Es wäre schön gewesen, ihm das alles zu zeigen, was wir getan haben ... auch wir hier versuchen, die Welt zu vereinen», sagte er. Er sah auf die Stangen, die nun ihrer Fähnchen beraubt waren, auf die Papierfetzen, die verloren im Wind raschelten. «Er ist ein großer Mann – seine Aufmerksamkeit hätte einiges bewirkt.»

«Tja ...» Ein Besucher, der sich nach Hause aufmachte, versuchte, ihn zu trösten. «Wenigstens kann ich meinen Enkeln mal sagen, dass es einen Tag in meinem Leben gab, da ging ich zehn Kilometer zu Fuß und hätte fast Präsident Clinton gesehen. Allein das ist die Sache doch schon wert, oder?», sagte er und setzte sein Baby auf der Schulter bequemer hin.

«Sie greifen die Toilette an!», schrie jemand in der Ferne. Eine Menschenmenge rannte an uns vorbei in Richtung Schule. Wir sprangen von unseren Stühlen auf, nahmen unsere Stemmeisen und rannten hinter ihnen her. Als wir auf den Schulhof kamen, sahen wir die Männer, wie sie einander schubsten und stießen.

«Lasst uns durch, lasst uns durch», brüllten wir und drängten uns grob zwischen die widerstrebenden Leiber, bis sich die Menge schließlich teilte.

«Lasst meine Schule in Ruhe», flehte Muhammad voller Panik. Wir waren auf alles gefasst, auf eine schlimme Gräueltat, die die enttäuschten Massen begangen hatten. Als wir uns durch das Gewühle schoben, sahen wir eine lange Schlange Männer, die sich über den freien Schulhof wand.

Am Rand der summenden Menge blieben wir stehen. Angefeuert von Abdul Chacha schlug ein junger Mann mit einer Eisenstange auf das Schloss der Toilette. Das Metall der Tür schimmerte durch die Schrammen in der blauen Farbe hervor. Noch während Muhammad «Aufhören!» brüllte, sprang das Schloss scheppernd auf. Die Männer johlten und stießen die Fäuste in die Luft. Abdul Chacha stieß die leuchtend blaue Tür auf und ging hinein. Vorsichtig schloss er hinter sich ab, und eine Weile später hörten wir das dünne Gurgeln der Spülung. Als Abdul Chacha wieder aus der Toilette heraustrat, lächelte er die Zuschauer an, ehe er sich umwandte, um die Tür anerkennend dreimal zu tätscheln. Dann trat er höflich beiseite. Sein junger Helfer, ein flatterndes schwarzweißes Tuch um den Hals, ging als Nächster hinein. Zuvor drehte er sich noch um und winkte der jubelnden Menge zu, und alle warteten geduldig, bis sie an der Reihe waren.

DER CURRYBLATTBAUM

Dilip Alva hatte immer eine ganz besonders empfindliche Nase gehabt. Lange bevor er nach Amerika kam, sogar lange bevor er sich das Land überhaupt vorgestellt hatte, das da in seiner ganzen Weite auf ihn wartete. Damals, in den unruhigen Tagen seiner Kindheit, war es immer nur seine Nase, über die sich die Leute etwas zuflüsterten und sich zunickten, wenn er vorüberging.

Dilip war aus Mangalore, einem südindischen Bezirk, der unter anderem für seine Kokosmakronen bekannt war. Nicht, dass seine Familie je eine gegessen hätte; sie war bettelarm. Sein Vater war Schaffner, der die Fahrgäste in den unbedeutenden, ochsenkarrenträgen Zügen auf der Meterspur schikanierte. In den Dörfern, die an dem mäandernden Gleis aufgereiht lagen, war er berühmt wegen seiner unberechenbaren Ausbrüche. Wie ein irrsinniger Hund, murmelten die Dörfler, man weiß nie, wen er als Nächstes beißt.

Die maßlosen Explosionen seines Vaters trugen ihm Feinde und jähe Strafversetzungen ein. Seine beleidigten Chefs konnten ihn nicht feuern. Die Bahngewerkschaften waren mächtig und dachten an nichts anderes, als Meilen von Gleisen zu unterbrechen, um ihre Mitglieder zu schützen, sogar solche sturen und widerborstigen Exemplare wie Alva senior. Also schubsten ihn seine Chefs herum, von einem fliegenverseuchten Dorfbahnhof zu einem anderen, ebenso verfallenen. Für Dilip bedeutete dieses Umherziehen, dass er nie genügend Zeit hatte, sich in eine Ausbildung hineinzufinden. Die dürren Lektionen, die er in einer englischen Mittelschule gelernt hatte, wurden bald in den gurgelnden Windungen des Dialekts fortgespült, den das einzige Klassenzimmer der Schule im nächsten Dorf häufig ausschließlich zu bieten hatte. Dilip wuchs einsam auf, wurde aus Klassen gerissen, bevor Kindheitsfreundschaften entstehen und wachsen konnten. Die meisten seiner Klassenkameraden interessierten sich nur dafür, ihm überall hin zu folgen, zu bellen und «Sohn eines verrückten Hundes» zu rufen. Seine Mutter tat, was sie konnte, um seine trostlose Kindheit zu retten. Sie beutete seine Nase aus.

Seine Mutter, Sheila, war Köchin, eine Künstlerin, die in jedem Dorf mit ihrem Instrument eintraf, einem gusseisernen Kochtopf, der gefährlich wackelnd auf ihren Beuteln und Bündeln festgezurrt war. Schon bald war es so, dass sie, wenn eine Hochzeit, eine Bestattung oder eine Namengebungszeremonie in der Nachbarschaft stattfand, um vier Uhr morgens dort war – ein Einfrau-Cateringservice, eine Zubereiterin von Festmahlen –, zwischen Hügeln aus gewürfeltem Gemüse herumlief, mit zusammengekniffenen Augen das Wiegen und Mischen überwachte und beim Mahlen von Masalas präzise Anweisungen brüllte.

Während er darauf wartete, zur Ausübung seines einzigartigen Talents gerufen zu werden, streifte Dilip in dem dunklen, in Rauch gehüllten Kochschuppen herum. Verstreut um ihn herum in diesem trüben Universum lagen Kupferteller, manche kleiner als eine Frauenhand, manche größer als ein Wagenrad; kreisrunde Scheiben voll mit rotem Chilipulver, gelbem Kurkuma, Korianderblättern oder weißen Kokosnussraspeln. Seine

Nase isolierte sie – die festen Wirbel spitzen, leuchtenden Korianders, eingehüllt in das beißende Lodern von Pfeffer, darum herum die schwellende Korona von Knoblauch – und sog die Melange der Düfte tief in sein Inneres, bis ihn das Wissen um seine besondere Gabe durchdrang und schier bersten ließ. Nur er konnte seiner Mutter dabei helfen, dass jedes einzelne Aroma für sich wahrnehmbar war, in jener feinen, exakten Balance gehalten wurde, die das Curry brauchte, um nicht nur großartig zu werden, sondern ein Meisterwerk, von dem die Leute mitten in der Nacht aufwachten und danach verlangten. Jedenfalls sagte das seine Mutter. Und Dilip glaubte es ihr.

Dann kam sein großer Augenblick. Auf Geheiß seiner Mutter stellte er sich vor den brodelnden Kessel mit Cashewnuss-Curry oder Okra-Fugath, ein dünner Junge in weiten grauen Shorts, Haare und knochige nackte Brust sogleich glitschig vor Schweiß wegen der Hitze. Auf ihr Nicken hin senkte er seine Nase (knubbelig, kurz, Scharen von Mitessern) hinab und sog den aufsteigenden Dampf tief ein.

«Nicht genug Cumin, Mutter», verkündete er etwa. «Ein bisschen mehr Pfeffer», sagte er. Dann, und nur dann, gab Sheila Zutaten hinzu, bis das Curry genau richtig schmeckte.

Als die Kochtöpfe schließlich gescheuert und gleich den vollen Bäuchen dicker Männer umgekehrt an der Wand lehnten, kam der Gastgeber lächelnd und aufgeräumt hinters Haus, wo Mutter und Sohn warteten. Seine Mutter schob Dilip vor, um die ausgestreckten Scheine in Empfang zu nehmen.

«Ohne meinen Jungen könnte ich das nicht, wissen Sie», sagte sie. «Er hat eine ganz außergewöhnliche Nase, eine hervorragende Nase.» Die wenigen Nachzügler, die herumstanden und dies mitbekamen, nickten dazu erfreut, und die Damen des Hauses wuschelten Dilip durch die Haare, wenn er ging.

Als er fünfzehn war, wurde sein Vater nach Kabada geschickt, einem Dorf, das, so erschien es einem verwirrten Dilip, praktisch an jedem Wochentag ein Fest zu haben schien. Nach sechs behüteten Monaten in der katholischen Schule des Orts gönnte er sich schließlich einen Freund – Manohar Shetty. Die Jungen erforschten die von Höhlen durchzogenen Hänge um das Dorf herum und rangen einander in den feinen Sand am Flussufer nieder. Alva senior bekam keinen Ärger, und Dilip half seiner Mutter, mehr Geld zu machen, als sie seit Jahren verdient hatte. Dann, gerade als die Leute Dilip allmählich so gut kannten, um ihn auf der Straße anzuhalten und beflissene Erkundigungen nach dem Wohlergehen seiner Nase anzustellen, beschimpfte sein Vater seinen Chef als Hurensohn, der seine Schwester fickt, worauf die Alvas wieder einmal ins entfernteste Dorf verbannt wurden, das die Indische Eisenbahn finden konnte.

Am Morgen nachdem der Versetzungsbefehl eingetroffen war, stand Dilip vor den Kochtöpfen und wartete auf die vertrauten genauen Botschaften über Gewürze und Soßen. Doch seine Nase war kalt, nicht hilfsbereit, plötzlich unwissend. Ein paar Stunden später, benebelt vom tiefen Einatmen, musste Dilip zitternd, verzweifelt über den Verlust, die schmerzliche Wahrheit schließlich anerkennen. Seine Nase war nur noch Knorpel, Schleim, Scheidewand. Sein Talent war fort. K. o. geschlagen. Verloren wie ein Milchzahn.

Da konnte man nun mit psychologischen Interpretationen vom grünen Tisch aufwarten. Diese oder jene Fälle anführen, die von einem plötzlichen emotionalen Trauma ausgelöst wurden. Vielleicht war es ja eine Form von Hysterie. Vielleicht Rache. «Von einem Moment auf den andern roch ich nichts mehr – Nase tot.» So erzählt Dilip die Geschichte. Ganz so dramatisch war es natürlich nicht. Im einen Moment konnte seine Nase feine Details empfinden, subtile Nuancen, Untertöne und Obertöne. Im nächsten konnte er noch immer riechen. Aber ganz allgemein eben. Ungefähr. Grob. So wie wir anderen Schnüffler.

Dilip stürmte aus dem Kochschuppen und kam um ein Uhr morgens wieder nach Hause. Er weckte seine Mutter, die neben seinem eingedickten Essen schlief, und eröffnete ihr die schreckliche Nachricht. Nie wieder würde er sie zu einem Kochschuppen begleiten, schwor er, als sei das alles irgendwie ihre Schuld. Arme Sheila. Wie erwartet, weinte sie und flehte. Dilip wollte sich nicht bessern. Seine Mutter erholte sich; alles in allem war sie jähe und einschneidende Veränderungen gewöhnt. Sie besorgten Dilip einen Platz in einem Internat weit weg von seinem Vater. Die strengen Jesuitenpriester, die die Schule leiteten, halfen ihm, Trost in den Gewissheiten der Mathematik zu finden, und lehrten ihn, auf andere Dinge als seine Nase stolz zu sein.

Als Dilip dann von der Hochschule abging, war Indien im Bann des Computers. Sechsjährige lispelten im

Fernsehen auf die Frage, was sie einmal werden wollten, in pflichtschuldiger Nachahmung der hoffnungsvollen Ermahnungen ihrer Eltern «Computertechniker». Dilip fand eine sichere, gut bezahlte Stelle bei der Regierung. Seine Arbeit bestand darin, Stapel von Finanzierungsanträgen zu prüfen, die Staatshaushalte analysierten und die Verschickung weiterer Computer an entlegene Regierungsstellen in abgelegenen Dörfern empfahlen, wo sie ungenutzt herumstehen würden, bis sie veralteten. Er sah, wie sein Leben sich friedlich abspulte, wie sich die Erträge harter Arbeit – ein Vespa-Roller, ein Sony-Fernseher – über die Jahre durch kleine Beförderungen und Feiertagszuschläge ansammelten. Bis eine Anwerbungsagentur an ihn herantrat.

Er tat nichts, um die Stelle als Programmierer bei Motorola Inc., in Arizona, USA, zu bekommen, er erschien einfach nur zum Vorstellungsgespräch. Der Headhunter schwitzte in der Hitze Bangalores in seinem grauen Anzug und klang wie ein Sprecher bei der *Voice of America*. Er war der erste Weiße, mit dem Dilip je gesprochen hatte, und er begriff nie so ganz, warum man unter allen ausgerechnet ihn ausgewählt hatte. Als er dann aber sein amerikanisches Gehalt in Rupien umgetauscht und gesehen hatte, wie seine Mutter über sein Glück Freudentränen vergoss, interessierte ihn das nicht mehr.

Als er schließlich in Scottsdale ankam, gefiel es ihm nicht. Der indische Lebensmittelladen war für ihn erledigt: «So ein blöder Laden, hat nicht mal ganze *mung dal*.» Um an Bollywood-Videos zu kommen, mußte er zu weit fahren. Er war einsam. Es gab nur eine Lösung, befand er.

Er bat seine Mutter, eine Frau für ihn zu finden. Seine

Mutter (die seit seinem einundzwanzigsten Geburtstag jeden Mittwoch gefastet hatte, damit er die ideale Braut fand), hatte über Fotos von Mädchen gebrütet, die der Heiratsvermittler ihr auf ihre Eheanzeige («gebildet, weizenartiger Teint, recht begütert») im *Deccan Herald* hin gebracht hatte. Sie entschied sich für Vanita Paes.

«Einzige Tochter. Bekannte Familie. Vater ehemaliger Militär. Eigenes Haus», sagte sie in dem Telegrammstil, den sie sich unlängst angewöhnt hatte, als Dilip anrief. Das war ihre Art, dafür zu sorgen, dass die Ferngespräche für Dilip nicht zu teuer wurden.

Die atemlose Ekstase seiner Mutter brandete an Dilips Ohr und löste mitten in seinem Magen ein kribbelndes Glücksgefühl aus. Eine von den verstreuten, mysteriösen, duftenden Millionen sollte seine Frau werden.

Gerade zwölf Monate nachdem er in die Staaten gekommen war, eilte Dilip für eine ganze, unbezahlte Woche zurück nach Indien. Er war bereit, sich überschwänglich zu verlieben.

Die Fenster des Salons in Vanitas ehrwürdigem Familiensitz gewährten einen Blick auf den Küchengarten mit seinen Tomatenpflanzen, dem Kürbisbeet und dem allein stehenden Curryblattbaum. Während die diversen Väter und Onkel im Raum jene vorsichtige, höfliche, tastende Konversation von Männern trieben, die bald Verwandte werden sollten, beobachtete Dilip die Frau, die bald seine Ehefrau werden sollte.

Vanita trat aus der Küche und ging zu dem Curryblattbaum, zupfte ein paar Blätter ab, zog sanft am Stiel, wo er mit dem Zweig verbunden war. Es hatte geregnet, und jedes Mal, wenn sie hingriff, schauerte der Baum Tröpfchen auf ihren hellblauen Sari. Es dauerte lange, bis sie einen hübschen Strauß zusammen hatte. Erst dann drehte sie sich um und blickte Dilip direkt an. Ein hoch gewachsenes, schlankes Mädchen mit einer Haut von der Farbe von Milchtee und neugierigen, furchtlosen Augen; sie hielt die dunkelgrünen Curryblätter unters Kinn wie eine Opfergabe. In dem weichen, diffusen Licht des Frühnachmittags erschien Dilip das Mädchen unter dem Baum wie eine Szene in einem romantischen Hindu-film. Sie ging, den Kopf aus Respekt vor den Älteren im Zimmer geneigt, am Fenster vorbei, und von den Blättern wehte eine Duftranke herein. Dilip saß lächelnd da. Dann stupste ihn ein Cousin an, und er setzte wieder sein Junger-Profi-aus-Amerika-Gesicht auf. Er wusste nun, dass er nicht gut genug für Vanita war, dass ihre Familie ihn ohne seinen amerikanischen Job und seinen amerikanischen Wagen niemals in Erwägung gezogen hätte. Doch schon beim ersten Blick auf sie und durch das dichte, etwas zitrusartige Aroma der Curryblätter war er ihr verfallen.

Vanita Paes konnte nicht kochen. Sie hatte einen Abschluss in Literatur, sie war in London gewesen, sie konnte die Brauen kräuseln wie eine Geschäftsfrau – aber kochen konnte sie nicht.

Sie waren im neuen Spice-Coast-Supermarkt vor dem Regal mit den Dals, als sie es ihm sagte.

Eine selige Woche waren sie da in Amerika gewesen. Sie hatten getan, was Paare in den Flitterwochen so tun – Sightseeing, Fotografieren. Sie hatten unauslöschliche

Bilder von sich geschaffen, sonnengebräunt und verschwitzt, wie sie in der Sonomawüste in die Sonne blin-
zelten, vor dem Heard Museum – wirklich jeden Ort,
den Vanita in ihrem *Lonely Planet*-Führer angestrichen
hatte. Dilip hatte, unfähig, ihrem Schmollmund zu wi-
derstehen, zum ersten Mal in seinen vielen Monaten in
Phoenix mexikanisches Essen probiert. (Er fand es grauenhaft. Zu viel Käse.) Aber nur noch wenige Tage, dann
musste er wieder zur Arbeit. Es sei an der Zeit, hatte
Dilip gedrängt, dass sie nun ernsthaft ihr Eheleben an-
gingen. Sich mit indischen Lebensmitteln einzudecken,
sei nur der Anfang.

Dilip stellte die Packung gelbe Linsen sorgsam ins Regal zurück. «Du kannst nicht kochen? Aber bestimmt
hast du doch etwas bei deiner Mutter aufgeschnappt?»,
sagte er.

«Bei meiner Mutter? Meine Mutter *kocht* nicht.» Vanita klang beleidigt, als hätte er das wissen müssen. Sie waren nun zwanzig Tage verheiratet.

«Kocht nicht», wiederholte Dilip langsam. Etwas Derartiges hatte er noch nie gehört. Gab es Mütter, die nicht
kochten?

Dilip wusste, dass Vanita in Armeebungalows mit Ar-
meegärtnern und Armeedienstmädchen gelebt hatte.
Mit Armeeköchen hatte er nicht gerechnet. Warum hatte seine Mutter sie nicht zu dieser fundamentalsten aller
hausfraulichen Fertigkeiten befragt?

«Drei, vier – das ist nun das vierte Mal innerhalb der
letzten Minuten, dass du den Mund auf und zu gemacht
hast. Da! Ich hab's doch gesagt – aber du wolltest es mir
nicht glauben», zog Vanita ihn auf. Als sie dann sein be-

kümmertes Gesicht sah, verstummte sie. «Aber du kannst doch kochen, oder?»

Natürlich konnte er kochen. Im Schlaf konnte er kochen.

«Dann ist doch alles gut, oder?», sagte Vanita achselzuckend.

Und nun, eine Woche später, standen sie beide in der Küche, es war sechs Uhr morgens, und starrten auf ein Pfund toter Vogel.

«Dann soll ich also jetzt, bevor du zur Arbeit gehst, Kori-Curry lernen.» Vanita stupste mit dem Messer gegen eine schlaffe Hühnerbrust und erschauerte, als diese feucht vom Teller auf die Arbeitsplatte glitt.

«Am schnellsten schält man Knoblauch, wenn man fest mit der flachen Seite des Messers darauf drückt. So.» Dilip machte es vor, ohne auf ihre Bockigkeit zu achten. «Da, versuch's mal.» Er lächelte und reichte ihr das Messer. Er schwor sich, streng, aber nachsichtig zu sein, stellte sich vor, dass ein Guru es so machte, wenn er einem auserkorenen Schüler Weisheiten vermittelte.

Eine Stunde später waren sie noch immer beim zweiten Schritt, dem Zwiebel-Anbraten. Vanita hatte sich in den Daumen geschnitten, als sie mit dem Messer das Fleisch einer Kokosnuss aus der Schale stemmte. Dilip wartete geduldig, bis sie eine halbe Flasche Dettol über die Wunde gegossen und einen Verband darum gewickelt hatte. Er machte sie nicht darauf aufmerksam, dass es nur ein winzig kleiner Schnitt gewesen sei.

«Die Zwiebeln», erinnerte er sie, als sie aus dem Bad kam.

Sie hackte mit dem Spatel, den sie unbeholfen in der unversehrten linken Hand hielt, auf die Zwiebeln in dem Topf ein.

«Sachte», ermahnte Dilip sie. «Du musst sie sachte umrühren, damit sich jedes einzelne Stück löst und gleichmäßig braun wird – das geht nicht so schnell. Jedes Stück der Zwiebel braucht seine Zeit in ...» Dilip verstummte. Vanita sah ihn böse an.

«Du kommst zu spät zur Arbeit», sagte sie. «Meine Mutter hat Gewürze für 500 Hochzeitsgäste auf einem Stein gemahlen.» «Du möchtest also, dass ich auf die Knie falle und Jesus für den Mixer danke?», sagte Vanita.

«Du bist sauer. Aber das macht nichts. Wirklich. Es ist schwer, etwas Neues zu lernen, das verstehe ich», sagte er. Er erhob nicht die Stimme. Er stellte den Mixer in die Spüle. «Und nun leg doch mal die Hühnerteile hinein. Wende sie, bis ich im Bad fertig bin», sagte er und verließ die Küche.

Das war am Montag.

Am Dienstag brachte er ihr Bengal Gram & Tendli Curry bei. Am Mittwoch einen einfachen Peperoni-Fugath. Am Donnerstag weckte er sie wie immer um sechs Uhr, um ihr den Unterschied zwischen Schwarzkümmelsamen und Senfkörnern zu zeigen («die einen knallen, die anderen nicht»). Am Freitag gab's Hammel mit Cilantro, und als die müßigen Wochenendstunden vor ihnen lagen, ein Festmahl am Samstag – Weißes Kürbiscurry, gebratene Shrimps, Kokosnuss-Dosa und Schwein-Vindeal.

In den folgenden Wochen gab es morgens Augenblicke, als Dilip neben seiner Frau aufwachte, die warm und rosig dalag, da war er versucht, noch liegen zu bleiben. Doch er, so ermahnte sich Dilip, war ein Mann, der vom Sohn einer Dorfköchin zu einem Softwareingenieur mit 85 000 Dollar Jahresgehalt in Amerika aufgestiegen war. So leicht ließ er sich nicht beirren. Selbst wenn er sich jemandem gegenübersah, der sich so störrisch dem Lernen verweigerte (Dilip musste dies widerstrebend zur Kenntnis nehmen) wie seine Frau.

Zwei Monate vergingen in einem Wirbel von Rezepten und Auseinandersetzungen. Dann, es war ein Sonntag, unmittelbar nachdem er einer Frühmesse beigewohnt hatte, die ihm frischen Mut zur Fortsetzung seiner Aufklärungsarbeit der Unwissenden eingeflößt hatte, kehrten Dilip Alvas herausragende olfaktorische Fähigkeiten mit all der Kraft zurück, die sie in seiner Jugend besessen hatten. Er war gerade über einen Wok voll mit scharf duftendem Shrimp-Gassi gebeugt, als es geschah.

Einmal gerochen, und da waren sie. Wusch! Als wären die Nebenhöhlen wieder frei!

Dilip stand wie angewurzelt da, seine Kelle in der Abwärtsbewegung erstarrt. Vorsichtig reckte er, um sicherzugehen, die Nase noch einmal über das Gassi. Ja, es war wieder da, jedes einzelne Aroma sprang in seine Nase wie eine Scherbe – spitz, scharf, rein.

Er drehte sich zu Vanita um, die gerade auf der Arbeitsplatte Zwiebeln hackte.

«Ich kann riechen», flüsterte er. Er wollte niederknien. Preisen und danken. Lachen. Weinen.

«Wenn jetzt was anbrennt, hast du aber Schuld. Du stehst am Herd.» Vanita sah mit tränenüberströmtem Gesicht zu ihm hin.

«Ich kann riechen», Dilip schüttelte verwundert den Kopf. Nach all den Jahren der Verschwommenheit nun Klarheit. Es war ein Wunder. Eine göttliche Belohnung dafür, dass er Vanita ausgebildet hatte.

«Na prima. Ich auch.» Vanita fuhr sich, das Messer erhoben, mit dem Ärmel über die Augen. «Das können die meisten Menschen, falls du das noch nicht bemerkt hast», sagte sie.

«Jede Nelke, jedes Korn, alles, was in dem Curry ist – sogar was zu viel oder zu wenig ist, ich weiß es nur durchs Riechen», sagte Dilip.

«Du bist verrückt», sagte Vanita; etwas Poetisches und Deklamatorisches in seinem Ton hatte schließlich ihre Aufmerksamkeit geweckt.

«Nicht verrückt.» Dilip schüttelte den Kopf. Lebendig, dachte er. Nach all den Jahren, lebendig.

Vanita überhörte das. «Ich hab's gewusst. Diese ständige Kocherei. Na klar! Das ist die Antwort. Du bist total verrückt», sagte sie. Ihr Gesicht fiel zusammen. «Meine Familie wurde betrogen. Ich bin mit einem Irren verheiratet», heulte sie. Sie war gern dramatisch. Bis vor einigen Wochen hatte Dilip das ganz reizend gefunden – ihre Theatralik, wie sie sich an den Kopf fasste.

Dilip ließ die Kelle sinken (Vanita trat misstrauisch zurück) und richtete sich vor dem Shrimp-Gassi auf, als wollte er von einem Kliff springen.

«Pass auf», sagte er.

Er schloss die Augen und stand eine Weile mit gesenktem Kopf da wie im Gebet versunken. Dann beugte er sich langsam an der Taille über den brodelnden Topf, atmete tief ein und richtete sich ebenso langsam wieder auf. Die eingesogene Luft hatte seine Brust anschwellen lassen.

«Mohnsamen. Senf. Zwiebeln. Knoblauch. Curryblätter. Chilipulver – davon ein bisschen mehr. Fenugreek, bestimmt ein halber Teelöffel zu viel», zählte er mit fester, kräftiger Stimme auf.

Dann öffnete er die Augen und sah Vanita an. Ihr Mund stand offen. Das Messer hing schlaff an ihrer Seite. Er wartete darauf, dass sie die Worte sagte.

Ihr Mund schloss sich zu einem Grinsen. Es war kein nettes Grinsen. «Und das soll mich beeindrucken? Du *weißt* doch ganz genau, was in die Shrimps gehört. Erst vor einer halben Stunde hast du mir die Zutaten aus dem Wohnzimmer zugeschrien. Du hast gemütlich auf dem Sofa Basketball geguckt, während ich ...» – zur Bekräftigung stach sie mit dem Messer in seine Richtung –, «gemahlen und gehackt und gerührt habe. Weißt du noch? Und jetzt tust du so, als hättest du so eine Gabe, das Curry zu dekonstruieren.» Sie rannte zum Herd und stellte ihn aus, wie um zu verhindern, dass er seine Vorstellung wiederholte.

Er hatte sie mit dem Gassi allein gelassen, um ihr Selbstvertrauen aufzubauen. Aber darum ging es eigentlich gar nicht.

«Dann glaubst du also, ich denke mir das nur aus?»

Vanita zögerte nicht. «Ja», sagte sie.

«Es gibt etwas, was du von mir nicht weißt», sagte Dilip. «Etwas, was ich dir nie erzählt habe.» Sogleich verwandelte sich Vanitas Miene in Entsetzen. Sie machte sich auf das Schlimmste gefasst – Mord oder Wahnsinn in seiner Familie.

«In jedem Dorf, in dem wir gelebt haben, war ich der beste Riecher», sagte er. «Landauf, landab haben sie meine Nase gerühmt.»

Da. Jetzt war es draußen. Das Größte, das je in seinem Leben geschehen war, das Glücklichste und Schmerzlichste, und nun lag es ihr zu Füßen, damit sie es in sichere Verwahrung nahm. Er fragte sich, ob das einer jener Wendepunkte in einer Ehe war, von dem die Leute redeten.

Vanita kniff die Augen zusammen und reckte das Gesicht vor, als wartete sie darauf, dass er noch etwas sagte. Dann lachte sie schallend los. Und als sie seinen Gesichtsausdruck sah, noch lauter. «Ist es das? Das ist dein großes Geheimnis? Dass du Sachen gerochen hast?»

«Nicht Sachen. Currys. Meine Mutter war Köchin und …»

«Deine Mutter war Köchin!» Vanita hörte auf zu lachen. «Ich dachte, sie hätte einen Catering-Service gehabt.»

Dilip redete schnell weiter. Er wollte sich nicht ablenken lassen. «Hat meine Mutter euch das gesagt? Sie hat gelogen. Sie war Köchin. Aber egal, ich habe immer an dem Curry gerochen und meiner Mutter gesagt, was noch rein muss, damit es besser wird. Und eines schrecklichen Tages ging es nicht mehr, einfach so. Ich dachte, ich hätte diese Fähigkeit für immer verloren – und jetzt gerade ist es bei dem Shrimp-Gassi zurückgekommen.» Dilip spürte, wie die Freude jenes Augenblicks in seinem Bauch wieder aufflammte.

Vanita mühte sich, ihren schockierten Gesichtsausdruck wegen der Enthüllung über seine Mutter zu bewahren, schaffte es aber nicht. Prustend wankte sie zum Esstisch und ließ sich auf einen Stuhl fallen.

«Dann war dein großartiger Beitrag also das Schnüffeln?», sagte sie und schnaubte laut. Dilip hatte es genau gehört. Seine taufrische Braut, sein Curryblattmädchen hatte über ihn geschnaubt.

«Das Geschäft muss ja mau gewesen sein, wenn du mal erkältet warst.»

Als der Wecker am nächsten Morgen um sechs Uhr klingelte, blieb Dilip einfach liegen. Er übersah Vanitas erhobene Brauen, als sie eine Stunde später in die Küche kam und ihn finster über einer Schale Cornflakes brüten sah.

«Was! Heute Morgen kein kulinarisches Tamtam? Erzähl mir ja nicht, du hast mir jetzt dein ganzes Repertoire beigebracht», sagte sie.

Dilip stöhnte auf. Seine Frau benutzte Wörter wie Repertoire, und das schon am frühen Morgen. Er stand auf und stellte sein halb gegessenes Frühstück in die Spüle. «Kochen ist nicht einfach.» Er bückte sich nach der Bürste, die er unter der Spüle aufbewahrte, und polierte sich die Schuhe. Dann stand er auf und strich sein Hemd glatt. «Du musst immer neugierig sein, wie ein Spion. Du brauchst Geduld; beug dich über den Tisch und pass auf, was passiert. Jedes Mal kommt was anderes dabei heraus. Und wenn es das gleiche Kori-Curry ist, das du schon zwanzigmal gemacht hast, wird es doch jedes Mal ein bisschen anders, als du es erwartest. Das ist das Schöne daran.»

«Du hältst wieder einen Vortrag», sagte Vanita. Aber sie sagte es ohne Zorn. Sie schaute ein wenig überrascht.

Dilip nahm seine Aktenmappe und ging zur Tür. Eine Hand auf dem Türknopf, blieb er stehen. «Ich zeige dir jetzt nichts mehr. Von jetzt an bist du auf dich allein gestellt. Irgendwas musst du ja gelernt haben. So schlecht kannst nicht mal du sein», sagte er und rannte die Treppe hinab, bevor Vanita noch ein Wort sagen konnte.

Dilip verbarg seine Überraschung, als Vanita sich tatsächlich daranmachte, das Abendessen zu kochen. Und sie machte alles allein. Nicht einmal rief sie ihn im Büro an, um zu fragen: «Ist das ein Teelöffel Korianderpulver oder ein Esslöffel? Ich kann deine Schrift nicht lesen», wie er es von ihr erwartet hatte. Eigentlich sprach sie überhaupt nicht mehr mit ihm. Schweigend deckte sie den Tisch, schweigend aßen sie. Dilip fühlte sich getäuscht – er sollte doch eigentlich schmollen, nach dem, wie sie sich benommen und was sie alles zu ihm gesagt hatte. Doch er war entschlossen, nichts zu sagen – auch wenn das, was sie auftischte, eine traurige Tatsache bezeugte. Er hatte den größeren Teil seines frisch verheirateten Lebens damit verbracht, ihr die Speisen seiner Ahnen nahe zu bringen, vergebens. Sie hatte nicht die «gesegnete Hand», wie seine Mutter das immer genannt hatte.

So ging es einige Tage weiter, bis sie sein Lieblingsgericht machte, Huhn Ajadina. Sie saßen am Tisch, bereit zu essen, als Dilip unter den Deckel der Schüssel spähte.

«Zu viel Zimt», sagte er. Die Wörter kamen einfach heraus, eine alte Angewohnheit hatte ihn übermannt.

«Du hast gerochen», sagte Vanita. Sie riss ihm den Deckel aus der Hand und knallte ihn auf die Schüssel. «Seit sieben Abenden riechst du nun schon.»

«Wovon redest du?» Dilip nahm einen Servierlöffel und steckte ihn in die Reisschüssel.

«Das mit neulich hat mir Leid getan. Ich dachte, ich zeige dir mal, dass ich was gelernt habe – dass du nicht der einzige vollkommene Koch auf der Welt bist. Und ich hab doch was gelernt, oder?» Sie langte über den Tisch und nahm ihm den Servierlöffel aus der Hand. «Halt – erst antwortest du mir – habe ich was gelernt?»

«Ja», sagte Dilip.

«Aber du riechst immer nur! Du hast am Dal und am Spinat gerochen, an der Aubergine, am Rindfleisch und am …»

«Wir müssen jetzt nicht jedes einzelne Gericht durchgehen», unterbrach Dilip sie, da er nur ungern an schmerzliche Dinge erinnert werden wollte.

«Kaum kommst du nach Hause, gehst du in die Küche und machst sogar den Dampfdrucktopf auf. Du beugst dich drüber und hast dabei noch deine Mappe in der Hand.» Vanita ging mit der Nase ein paar Zentimeter über ihren Teller, schloss die Augen und wiegte, angestrengt atmend, ihren Leib hin und her.

Dilip fand, dass sie lächerlich aussah.

«Du siehst lächerlich aus. Glaubst du etwa, ich sehe dich nicht? Ich stehe hier, hinter dieser Tür, und beobachte dich.» Vanita zeigte mit dem Kopf zur Schlafzimmertür. «Du suchst nur was zum Kritisieren – das ist es doch», fuhr sie fort.

«Gestern die Ingwer-Knoblauch-Paste für das Rindfleisch – zu viel Ingwer. Das habe ich gleich beim Hereinkommen gewusst. Es war in der Luft. Aber habe ich auch nur ein Wort gesagt?» Dilip versuchte, ihr den Schöpflöffel aus der Hand zu nehmen. Sie hielt ihn fest. Sie rangelten kurz darum.

«Du brauchst auch gar nichts zu sagen. Dein Gesicht sagt schon alles. Also eins kann ich dir flüstern, Mr. Naseweis, ich werde nicht mehr leiden. Ab jetzt koche ich nicht mehr. Ich weigere mich.» Vanita schaufelte sich, die Hand mit weißen Knöcheln um den Griff, wütend Reis auf den Teller. Dann tat sie sich von dem Huhn auf und begann zu essen.

«Millionen indischer Frauen würden kein Reiskorn anrühren, wenn ihr Mann nicht vorher das Essen gekostet hat», rief Dilip ihr in Erinnerung Sie brachte ihn dazu, solche Sachen zu sagen, dachte er.

«Die können von mir aus alle verhungern.»

Vanita unterbrach sich, ihre Hand auf halbem Weg zum Mund. «Das machst du bloß, weil ich dir den Quatsch mit deiner Nase nicht abgenommen habe.»

Sie nahm einen Bissen vom Hühnchen, kaute und schluckte. «Das ist ein gutes Hühnchen, trotz des Zimts.» Sie sah Dilip an. «Du lebst eine Lüge. Du solltest dich mal selber hören. Ich hab gesehen, was du neulich beim Dinner für Mala veranstaltet hast. Seitdem haben sich weder sie noch Vinod wieder gemeldet. Aber was erwartest du? Bestimmt lachen alle über uns …»

«Mala hat mich herausgefordert, weißt du nicht mehr? Sie hat gesagt, du errätst nie, was in dem Spinat ist.» Dilip bemühte sich um einen vernünftigen Ton. Vinod und Mala waren seine engsten Freunde. Und wem sonst soll-

te er seine gute Nachricht anvertrauen, sein wiederge-
kehrtes Talent?

«Sie hatte nicht erwartet, dass du ihr die Schüssel aus
der Hand reißt und deine Nase reinsteckst. Und auch
die siebzehn Sachen auf dem Tisch haben dir nicht ge-
nügt. Sie musste auch noch Reste aus dem Kühlschrank
holen!»

«Vier. Mala hatte vier ...»

«Vier, fünf, hundert ... ist doch egal. Aber das
Schlimmste war, dass sie dich auch noch ermuntert hat –
oh und ah, wie in einem Werbespot.»

Dilip sagte nichts.

«Malas Mann macht Kartentricks, um die Leute zu beeindrucken.» Vanita nahm ihren leeren Teller und stand
vom Tisch auf. Sie sah aus, als sei sie den Tränen nah.
«Und du? Du schnüffelst bei unseren Freunden an Töp-
fen und Pfannen!»

Am nächsten Tag lag beim Abendessen eine viereckige weiße Schachtel auf dem Tisch.

«Heute gibt's Pizza», sagte Vanita munter. Es gab so vieles, was er an seiner Frau nicht kannte, dachte Dilip.
Diese Frau war sogar fähig, ihm eine käsebedeckte Pizza
vom Fließband vorzusetzen, rein aus Trotz. Was sollte es
sonst sein? Und das, nachdem er sie eingeladen hatte, mit
ihm zu teilen, was er am längsten liebte – die Aromen
guter manglorischer Speisen.

An den folgenden Tagen aßen sie Asiatisches Huhn,
Lasagne mit Meeresfrüchten, Huhnpastete, Pilzrisotto.

Vanita hatte Stouffer's entdeckt. Dilip erinnerte sich
daran, wie er zum ersten Mal Indien verlassen hatte. Er

hatte im Flugzeug den Kopf gegen die Scheibe gepresst und zugesehen, wie die schartige Küste Bombays zurückwich, bis sich das Glas mit dem Blau des großen, trennenden Meeres füllte. Jetzt empfand er die gleiche Trostlosigkeit, das gleiche Gefühl, dass etwas Vertrautes abfiel.

Eines Sonntagnachmittags, die Mikrowellengerichte waren ausgegangen, ging das Paar sich bei einem «Subway Sandwich» in der Nähe ihrer Wohnung etwas zu essen holen. Dilip wollte eigentlich nicht. Er mochte das amerikanische Essen nicht, und solche Schnellrestaurants machten ihn nervös. Er verabscheute es, auf die stakkatoartigen Fragen der Kaugummi kauenden Teenager hinterm Tresen zu antworten. Weiß oder braun? Truthahn, Huhn, oder Rindfleisch? Welchen Käse? Zwiebeln? Oliven? Rote oder grüne Paprika? Diese Fragen entlockten ihm immer die falschen Antworten in seinem Bemühen, sich schnell genug zu entscheiden, er sagte Rindfleisch, wo er doch Truthahn wollte, stieß «braun» hervor, obwohl er braunes Brot verabscheute, und dabei taten sich auf der Oberfläche seiner sorgfältigen Selbstbeherrschung riesige Löcher auf.

Noch während er zögerte, trat Vanita an den Tresen.

«Hallo, wie geht's? Ich nehme einen Foot-long, weiß, Truthahn, Cheddar, Pickles, Oliven, Pepperoni und nicht zu viel Mayo, bitte», sagte sie.

Als Vanita am Tresen für ihn zur Seite trat und sich an einen der blinkenden Chromtische setzte, konnte er nur stammeln: «Für mich das Gleiche.»

Später lag er auf der Couch und tat sich selber Leid. Er

hätte es wissen müssen. Die Zeichen war da gewesen, nur hatte er sie nicht erkannt. In den Monaten vor der Hochzeit hatte er wöchentlich mit Vanita telefoniert. Er hatte ihr all die üblichen phantasielosen Fragen gestellt. Nach ihren Freunden, ihrer Schulbildung, ihren Interessen. Aber sie hatte immer nur über Amerika reden wollen. Er hatte versucht, ihr dieses glitzernde, einsame Land zu erklären, das er nicht verstand.

Als Vanita dann da war, hatte es Dilip nicht mehr gestört, dass er nicht zu den Grillfesten am Wochenende und den Ausflügen nach Las Vegas ins Kasino eingeladen wurde, über die sich seine amerikanischen Kollegen Montag morgens in der Cafeteria unterhielten. Er hatte sich davon überzeugt, dass er zusammen mit Vanita schon etwas Sinnvolles aus diesem Land machen würde. Aber nun setzte sie ihm Stouffer's vor und kannte sich bei Subways aus – offenkundig hatte sie mehr begriffen als er.

Makrelen weckten Dilip wieder auf. Frische Makrelen, die er in Scottsdale's Oriental Market entdeckt hatte – mit roten Kiemen, schimmernd, und sie rochen nicht nach Fisch, sondern nach Meer. Zweimal mit Salz eingerieben und unter laufendem Wasser abgespült, blitzten sie silbern auf der Arbeitsfläche. Dilip konnte sich nicht zurückhalten. Er stellte die Zutaten bereit: Kokosnuss, feucht und milchig aus der Schale geschabt, ganze Koriandersamen und getrockneten roten Chili, auf dem Backblech leicht angeröstet, Tamarindenmark, frischen Ingwer und Serranochilis, dünn geschnitten. Also los. Das Hacken ging ins Rösten über, der Mixer dröhnte dumpf im Hintergrund, die Senfkörner ploppten im heißen Öl, und Dilip wurde zum Choreographen. Seine Hände flogen zwischen Arbeits- und Herdplatte hin und her, seine Finger langten blind, aber unfehlbar nach einer Prise Cumin, einer Spur Kurkuma, ohne nachzudenken wusste er, wie er das schrille Klirren des Korianders mit der Milde der Kokosnuss dämpfen, wie er den Gaumen über Überraschungen stolpern lassen konnte: Ingwer, Tamarinde und die jähe Schärfe des Serrano.

Dann, inmitten dieser Konzentration: eine singende, gewisse Empfindung. Das liebte er am meisten, diese wundersame Welt des Duftes und des Dampfs, die ihm jetzt wieder zurückgegeben war. Sie wollte er nicht aufgeben, auch nicht, wenn es bedeutete, dass er die erste Schlacht in seiner jungen Ehe verloren hatte. Dabei wollte er gar nicht einmal eine traditionelle Ehefrau, eine, die zu Hause blieb und ihm jeden Wunsch von den Augen ablas. Als Jugendlicher hatte er das gehasst – das frisch gebügelte Hemd, das auf dem Bett bereitlag, die Slipper an der Tür und wie seine Mutter sich mühte, den Ansprüchen ihres Mannes gerecht zu werden. Er wollte kleine Dinge. Zwiebeln und geraspelte Kokosnuss, die langsam im Öl bräunten. Tamarinde, die in gepfeffertes Schweinefleisch eindrang. Gegorene Sanas, einfach nur gedünstet. Dass die Aromen ihn wie eine warme Hand auf der Brust begrüßten, wenn er nach einem harten Arbeitstag zur Tür hereinkam. In den endlosen, dürren Monaten vor seiner Hochzeit hatte sich Dilip die perfekte Ehe erträumt. Seine Vision hatte nicht beinhaltet, dass er seiner Frau beibringen musste, wie man Wasser kocht.

Aber wenn Vanita nicht kochen wollte, dann kochte eben er. Und wenn ihn seine Frau deswegen für weniger männlich hielt, dann war es eben so.

Nach dieser Entscheidung ging es Dilip sogleich viel besser, als es ihm seit Tagen gegangen war.

Als Vanita von ihrem Tae-Bo-Kurs nach Hause kam, hatte Dilip schon den Tisch gedeckt. Der Fisch nahm einen Ehrenplatz ein. In einer Ecke des Kühlschranks hatte er ein paar Papads gefunden und gebraten.

Er stemmte gerade das Eis aus der Schale, als Vanita tief den Fischduft einsog.

«Nicht genug Salz», sagte sie und langte nach dem Salzspender. Noch bevor Dilip etwas sagen konnte, hatte sie auch schon den Boden abgeschraubt und den ganzen Inhalt in die Schüssel geleert.

Einige Tage danach begleiteten Dilip und Vanita Freunde zu der Feier zum Tag der Republik, den die Gesellschaft Indien in Amerika ausrichtete. Saris in den Nationalfarben – grün, orange, weiß – wehten an der Decke. In der Luft hing ein feines Aroma von Kartoffelsamosas, die irgendwo bereitstanden.

Mrs. Mathur, die Frau des reichsten Inders in Phoenix, stand in der Mitte des Festsaals, um sie herum eine Menschenmenge. Die Männer trugen Seidenkurtas, die Frauen goldbesetzte Saris. Vanita trug Jeans, sie war, wie Dilip zu seinem Verdruss auffiel, die einzige Frau im Saal, die kein indisches Gewand trug. Hatte man denn schon von einer Braut gehört, die keinen Sari trug? Sie tat es nur, um ihn zu ärgern. Auch das. Nach dem Vorfall mit dem Salz hatten sie keine drei Worte miteinander geredet.

Als Dilip und Vanita sich, höflich lächelnd, hindurch-
drängten, langte Mrs. Mathur durch einen Spalt in der
Menge und packte Dilip am Arm.

Sie war bestimmt sechzig, doch für Dilip sah sie völlig
anders aus als die alten Damen, die er von zu Hause
kannte: hoch gewachsen, schimmernde Wangenknochen,
kurze graue Haare, eine Perlenkette bis zu ihrem Nabel.

«Dilip Alva, stimmt's? Und das ist bestimmt Vanita»,
dröhnte sie. Ihre Stimme war das einzig Fette an ihr.
«Ich möchte Sie gern am Samstag zum Abendessen ein-
laden.»

Dilip sperrte den Mund auf und, nach einem Knuff
von Vanita, schloss ihn wieder. Er war angespannt. Warum gerade er?

Seit den Tagen seiner Ankunft in Phoenix hatte Dilip
gelernt, dass es in dieser Stadt nur zwei Kasten von In-
dern gab: diejenigen, die ein Haus besaßen, und die ohne
eines. Auf Partys gluckten die Hausbesitzer zusammen,
stöhnten über die Vermögenssteuer und tauschten die
Namen zuverlässiger Gärtner aus. Die andern hingen am
anderen Ende zusammen und *strebten*. Fast alle waren sie,
wie Dilip, Computeringenieure, fühlten sich in dem
Land unwohl, arbeiteten sich beharrlich von ihrem
Honda Accord und dem DVD-Player hoch. Und wenngleich die Hausbesitzer sich herabließen, sich bei diesen
patriotischen Feierlichkeiten unter sie zu mischen, wussten die Zuhörenden doch, dass es vertraulichere Zusam-
menkünfte gab – Grillpartys am Pool, gecaterte Brunchs
und Partys mit einem berühmten Sänger als Gast –, von
denen sie, die Unterprivilegierten, ausgeschlossen waren.

«Na, was meinen Sie? So gegen sieben?», schallte Mrs. Mathur und reckte ihm das Gesicht hin.

Die Menge wartete auf eine Antwort, ihr Neid wallte stumm gegen seine Ohren. Was konnte er schon sagen?

«Ja. In Ordnung. Natürlich», brachte er hervor.

«Cool», sagte sie wie ein Teenager und lächelte. Unvermittelt wirkte sie weniger wie eine intrigante Fernseherin als eine schelmische, exzentrische Tante.

Dann, als Dilip gerade weiterwollte, beugte sie sich noch näher zu ihm hin. «Und vergessen Sie ja nicht, Ihre Nase mitzubringen.»

«Mala», flüsterte Vanita, als Mrs. Mathur vorbeigerauscht war, die Menge hinterherziehend. «Ich bringe sie um.»

Auf der Heimfahrt biss Vanita einen frisch manikürten Fingernagel ab und kaute darauf herum. Sie brach ihr Schweigen, als sie aus dem Auto stiegen. «Siehst du! Ich hab's dir gesagt», seufzte sie. «Alle lachen über uns.»

Mrs. Mathur offenbarte alles, kaum dass ihre kleine Gästeschar am einen Ende des riesigen Esstischs Platz genommen hatte. Als Beine hatte er aus Teak geschnitzte Elefanten, bemerkte Dilip und spürte sogleich, wie ihn der Schweiß im Nacken kribbelte. Er stand auf, um Mrs. Mathur zu sagen, er habe quälende Kopfschmerzen und müsse nach Hause gehen.

«Mala sagte, Sie seien umwerfend gewesen, eine wahre Augenweide», näselte Mrs. Mathur. Dilip setzte sich wieder. «Das musste ich einfach mit eigenen Augen sehen. Das wird bestimmt ein ungeheurer Spaß.»

164

Und was Mrs. Mathur will, das befiehlt sie, dachte

Dilip und unterdrückte den Reflex, zu Vanita hinzublicken. Er wollte ihr keine Gelegenheit geben, ihm mit einem Kopfschütteln zu bedeuten, er solle es nicht tun. Wenn du ein Entertainer sein willst, geh in den Zirkus, hatte sie gesagt und ein Debakel heraufbeschworen, noch bevor sie in die Einfahrt der Frau eingebogen waren. Ich schwöre dir, ich verlasse dich, wenn du das tust, hatte sie gesagt. Zum Glück kamen, gerade als es in seinem Bauch nervös zu gurgeln begann, zwei hispanische Dienstmädchen in identischen pinkfarbenen Saris mit dem Essen herein.

Die Aromen, die von den zahlreichen bedeckten Schüsseln aufstiegen, klommen seine Nasenlöcher hinauf und erhellten seinen Kopf. Sie spülten Wärme in die kalten Höhlungen seines Magens. Dilip empfand Ruhe, dann eine jähe Klarheit. Wenn er wollte, konnte er es noch sein lassen, Mrs. Mathur enttäuschen, in aller Ruhe sein kostenloses Abendessen verspeisen und nach Hause gehen. Doch diese seltsame alte Dame, ihre wunderliche Gastgeberin, hatte Recht. Vor ihm lag ein Abenteuer. Und, jawohl, er entschied sich, ein weiteres Mal zu graben und sich hineinzuversenken, zu interpretieren und zu entwirren, das ganze Gewebe des Gerichts herauszuschütteln und jede einzelne schimmernde Faser vorzuzeigen. Er stand auf, schob dabei scharrend seinen Stuhl zurück. Vanita schaute entsetzt zu ihm hoch, eine Frau, die nun in die sichere gesellschaftliche Auslöschung geschleudert wurde. In Phoenix gibt es zehntausend Inder, und alle grinsen sich eins über uns, stell dir das mal vor, hatte sie gestern noch gesagt. Er ging langsam um den Tisch. Er begann bei einer verhüllten Platte, die nahe bei

Vanita stand. Auberginen. Über der offenen Flamme geröstet und gehackt, das rauchige Fleisch mit grünen Chilis und Cilantro gespickt, mit Joghurt besänftigt.

Dilip spielte seine Rolle durch. Er schloss die Augen, er atmete tief. Er merkte, wie er sicher wurde, selbstbewusst. «Aubergine. Geräuchert. Perfekt», sagte er, die Augen fest geschlossen. «Bravo», sagte Mrs. Mathur.

Dilip wunderte sich nun nicht mehr, was er an einem Tisch tat, an dem Premierminister diniert hatten. Die mit Cumin und Zitrone eingeriebene Lammkeule sprach zu ihm, und er übersetzte laut. Er vergaß, dass ihn noch eine halbe Stunde zuvor die Prozession des Bestecks neben seinem Teller eingeschüchtert hatte. Den Basmatireis mit Goa-Würstchen knackte er mit zwei Atemzügen, bis hin zu der Paste aus Nelken und Kasdamen, die den Reis parfümierte. Er weigerte sich, den Inhalt der Schüsseln anzusehen, hob die Deckel nur einen Spalt. Er nippte an den Düften, wirbelte sie in seiner Nase herum, atmete geräuschvoll aus. Er entdeckte Nuancen, feine Akzente, bloße Geschmacksandeutungen. Seine Nase war gereift, stellte er fest. Jemand, vielleicht eines der Mädchen, unterdrückte ein Kichern. Dilip wankte nicht.

Er arbeitete sogar noch schneller, sprintete beinahe auf seinen kurzen Beinen um den Tisch, die Haare waren ihm in die Stirn gefallen, keuchte die Zutaten hervor, bevor es ihn verließ, jenes luzide Zutrauen, jener geweitete Stand der Gnade.

Minze. Mohnsamen. Bittermelone.

Hob Deckel um Deckel an.

Zitronen-Rasam. Gedünsteter Hai.

Hüpfte und wiegte sich. Einatmen. Ausatmen.

Brotfrucht. Geröstete Kichererbsen. Asafoetida.

Mrs. Mathur drehte den Kopf, um ihm um den Tisch zu folgen, ihr Gesicht aufgeregt und glücklich, wie ein Fan, der seinen Lieblingsspieler ein Match gewinnen sieht.

Dilip näherte sich dem Ende. Nur noch eine Schüssel galt es zu lüften. Er blieb stehen. Dann holte er sein Taschentuch heraus, wischte sich die Stirn, faltete es sorgfältig zusammen und steckte es wieder in die Tasche. Er versuchte, langsamer zu machen, das Ende, nach dem nichts mehr käme, da er den Kopf heben, Vanita ins Gesicht sehen musste, hinauszuzögern.

Er näherte sich der letzten Schüssel. Er blieb stehen, zögernd. Er öffnete den Mund und schloss ihn wieder, ohne etwas zu sagen. Aschekürbis und Rosen. Wer tat das wohl zusammen? Er zögerte. Vielleicht sandte ihm seine Nase, nun doch von der Kakaphonie der Düfte durcheinander, falsche Signale. Er hörte ein Geräusch von Vanita. Sie lehnte sich weit über den Tisch, das Gesicht starr vor Anspannung, die Faust vor dem Herzen geballt. «Komm schon, komm schon», artikulierte sie lautlos. Dann fiel es ihm ein. Davon hatte er gehört – Gul-e-Firdaus, die Paradiesblume. Es war in den Palastküchen des Nizam von Hyderabad erfunden worden. «Kheer!», brach es aus ihm heraus. Es war ein Pudding, der Aschekürbis war mit Milch und Zucker klebrig-süß gemacht und mit gestoßenen Rosen überstreut. Früher einmal hätte man diesen cremigen Nachtisch am Abend auf die Terrasse gestellt, damit die Rosenblüten darauf vom Morgentau benetzt wurden, eine ganz wesentliche Zutat.

Dilip trat vom Tisch zurück und wartete. Er wusste, es war eine virtuose Vorstellung gewesen, seine bislang beste. Doch jetzt war der Augenblick vorüber. Schon zog er sich zurück wie das warme Meer, und auf dem entblößten Sand blieben nur noch Krebsgehäuse, Kronkorken, das übliche Zeug. Im Raum war Stille, Mrs. Mathur saß schweigend an ihrem Tischende. Eine Klimaanlage summte irgendwo im Haus. Er blickte auf den Tisch, auf das wunderschöne Porzellan, den Hibiskus auf dem Tafelaufsatz, auf die gestärkten Servietten neben den Tellern. Er hörte Seide rascheln, das leise Pfeifen von Vanitas lang angehaltenem Atem. Er überlegte, ob sie jetzt wohl aufstehen und zu ihm kommen würde. Seine Hand halten. Er wollte ihr begreiflich machen, dass es manche Dinge gab, die er nicht ändern konnte, dass er einfach der war, der er war. Er konnte nur hier vor ihr stehen, mit seinen Eigenheiten, seinen Leidenschaften, und hoffen, sie würde ihn voll und ganz anerkennen. Er blickte auf. Vanita schaute an ihm vorbei und bedachte Mrs. Mathur und die Mädchen mit ihrem blendenden Lächeln. Dann sah sie ihm in die Augen. «Wollen wir essen?», sagte sie und schüttelte ihre Serviette aus.

MEIN GROSSVATER
TRÄUMT VON ZÄUNEN

Mit fünfzehn war ich eine Zeit lang die rechte Hand meines Großvaters. Das war der Platz, den er mir zuwies, häufig buchstäblich, denn auf dem linken Ohr hörte er nicht mehr gut. Am Tag, als mein Internat für den Sommer schloss, fuhr ich nach Hause aufs Gut. Als der Bus um die Ecke bog und ich ihn sah, barhäuptig, auf seinen Stock gestützt, die grauen Haare in den Abendsonne leuchtend, wuchs die vertraute Aufgeregtheit wieder in mir.

«Komm. Ich warte schon seit zwei Stunden. Deine Großmutter hat dir zu Ehren ein Huhn umgebracht», sagte mein Großvater, nahm mir meinen Koffer aus der Hand und lief eilig den Feldweg entlang, der zum Gut führte.

Er fragte mich gar nicht nach der Schule, obwohl ich neun Monate weg gewesen war. Es war, als habe, nun da ich zu Hause war, jeder andere Teil meines Lebens aufgehört zu existieren.

«Der Junge ist da – bringt seinen Koffer ins Haus und sagt seiner Großmutter Bescheid», schrie mein Großvater den Arbeitern zu, die nahe beim Haus auf den Feldern Unkraut jäteten. Einer von ihnen rappelte sich von der Erde auf und wuchtete sich den Koffer auf den Kopf.

«Wir gehen erst mal zum Teich», sagte mein Großvater und ging voraus. Ich wollte ihm sagen, dass Großmutter bestimmt wartete, doch er tat, als habe er mich nicht gehört, obwohl ich darauf achtete, rechts von ihm zu gehen. Er hetzte mich zu den Kokospalmen, die den riesigen Teich säumten, der mitten auf unserem Besitz lag.

«Das ist eine neue kleine Hybridzüchtung. Die reifen schneller – im Landwirtschaftsamt behaupten sie, die gäben schon nach sieben Jahren Kokosnüsse. Wenigstens bist du dann noch da und kannst sie sehen, ich bin dann schon tot», sagte er und zeigte auf die grünen Wedel, die aus der Erde herausragten.

Als der Mann vom Landwirtschaftsamt sie ihm im vergangenen Sommer angeboten hatte, hatte er sich noch geweigert, es mit ihnen zu probieren. Pah! Diese neuen Bäume sind doch alle unnatürlich, hatte er gesagt. Ich fragte mich, warum er seine Meinung geändert hatte.

Das sieht ja aus, als hätte jemand eine ganze Kokospalme eingegraben und die Spitze herausstehen lassen, weil sie nicht mehr reingepasst hat, sagte ich, worauf er lachte. Ich weiß noch, wie erleichtert ich war, dass sich während der Zeit, als ich in der Schule war, nichts verändert hatte. Der Teich war ein großer dunkler Fleck inmitten der leuchtend grünen Felder. Schwärme quakender Enten zerschlugen mit den hektischen Kreisen, die sie zogen, die purpurnen Spiegelungen der Kokospalmen auf dem Wasser. Ein kleines Stück entfernt sah ich das Ziegeldach unseres Hauses, das sich über das es umgebende Mangowäldchen erhob.

«Trödle nicht, Satish – deine Großmutter wartet», sagte mein Großvater, als wir uns wieder zum Haus wandten, als wäre ihm dieser Gedanke eben erst gekommen. Ein paar Feldarbeiter kamen vorbei und neigten vor uns respektvoll den Kopf.

«*Kochu Tamburan*, Sie sind wieder da», sagten sie; kleiner Grundbesitzer nannten sie mich. Erst als ich so groß wie mein Großvater geworden war, hatten sie mich so genannt. Die Bezeichnung bereitete mir Unbehagen.

«Heutzutage sehen dir diese Leute mitten ins Gesicht und reden. Einige der jungen nehmen nicht mal die Zigarette aus dem Mund», grollte mein Großvater. Ich sagte nichts und wünschte, er würde nicht so laut reden.

Als wir durch das Tor kamen, das zum Innenhof führte, stolperte mein Großvater über einen Lehmklumpen und packte mich an der Schulter, um nicht zu stürzen. Ich hielt den Atem an, nahm seinen Arm aber nicht weg. Ich empfand Stolz, als wir auf meine Großmutter zugingen, die auf dem Hof stand und mit der Andeutung eines Lächelns zu uns hersah, bis ich schließlich losrannte, um sie in die Arme zu schließen.

Meine Großeltern waren die einzigen Eltern, die ich hatte. Mein Vater und meine Mutter waren, als ich drei war, bei einem Unfall ums Leben gekommen, und das Einzige, was mir von ihnen geblieben war, waren ein paar Fotos. Auf einem stehen sie auf einem Balkon, und meine Mutter lacht und hat die Hände erhoben, als wollte sie spielerisch nach meinem Vater schlagen. Ihre Haare, die der Wind aus ihrem Knoten gelöst hat, wehen in Strähnen über ihr Gesicht. Stundenlang saß ich vor diesem Foto, betrachtete ihre Mienen, überlegte, was er wohl zu ihr gesagt hatte, dass sie so lachte. Spätabends erfand ich, wie sie sich miteinander unterhielten, das, was sie genau in dem Augenblick sagten, wobei ich erst mein Vater, dann meine Mutter war; manchmal, allein mit all den anderen Jungen, die um mich herum im Dunkeln schliefen und ächzten, flüsterte ich laut Sätze. Aber das war in der Schule. Zu Hause im Sommer schlief ich mit

den laut gemurmelten Gebeten meiner Großmutter ein
– sie behauptete, Gott störe es nicht, dass sie ihn noch so
spät anrief. Er verstehe, dass sie erst dann für ihn Zeit
habe, wenn ihre Kühe und Hühner für die Nacht eingesperrt waren.

Zwei Tage nach meiner Ankunft auf dem Hof war
mein fünfzehnter Geburtstag. Am Morgen beugte ich
mich, frisch gebadet, die geweihte Sandelholzpaste auf
der Stirn noch nass, zu den Füßen meines Großvaters
nieder und bat um seinen Segen.

«Warum hast du so lange gebraucht? Der Zaun ist versetzt worden», blaffte er. Weder legte er mir segnend die
Hand auf den Kopf, noch nahm er mich fest in die Arme.
Auch die zehn Rupien, die ich sonst als Geburtstagsge-
schenk bekam, überreichte er mir nicht. «Hol das Maßband und folge mir – ich werde diesem Hundesohn
Kori eine Lektion erteilen», sagte er und stemmte sich
aus dem Sessel, in dem er die Zeitung gelesen hatte.

«Zaun? Welcher Zaun?», stammelte ich, während ich
mich rasch aufrichtete.

Auf dem ganzen Besitz waren Zäune. Sie bezeichne-
ten die Grenze zwischen den Feldern und der Straße,
zwischen unserem Hof und denen der Nachbarn, zwischen den Reisfeldern und den Erdnusspflanzen. Bei jedem Monsun entdeckte mein Großvater immer neue
Stellen, die sich mit Zäunen abteilen ließen.

Mein Großvater, der es eilig hatte, aus dem Haus zu
kommen, packte seinen Stock, schob seine großen Füße
in ein Paar meiner Sandalen und stolperte zur Tür hinaus. Ich wollte ihm nicht sagen, dass sie zwei Nummern
zu klein waren. Nicht jetzt. «Der Zaun bei den Mango-

bäumen – dieser Kori glaubt wohl, ich bin blind. Er hat den Zaun nachts versetzt, mindestens um einen halben Meter. Was ist denn mit diesen verdammten Sandalen?»

Auf halbem Weg zu der Plantage drehte er sich zu mir um und schaute mich an, der ich noch auf der Türschwelle zögerte.

«Worauf wartest du? Hol das Maßband. Und zieh dir die Hose hoch … die rutscht dir ja hinten runter.» Seine weißen Augenbrauen krochen wie behaarte Raupen zornig aufeinander zu.

Ich eilte zum Werkzeugschuppen, ergriff das dicke Bandmaß in seinem alten Lederfutteral, zog meine nagelneue Geburtstagshose hoch und rannte hinter ihm her.

Einige Hühner, die am Zaun entlangscharrten, flatterten bei unserem Nahen auf. Der Zaun zog sich um eine Seite des Mangowäldchens und trennte unser Land vom Garten unseres Knechts Kori. Seine Hütte stand wenige Meter von dem Zaun entfernt. Durch das Strohdach drang Rauch von der Kochstelle seiner Frau. Die uns jetzt abgewandte Vorderseite des Hauses lag unmittelbar vor dem schmiedeeisernen Tor zu unserem Haus und blickte auf den Feldweg, der am Tor endete. Die Familie war wie ein Rudel Wachhunde und hatte ständig ein Auge darauf, wer den Hof betrat und wieder verließ. Sie befragten Fremde und brachten uns die Meldung von ihrem Kommen ins große Haus.

Im sonnengesprenkelten Schatten unter den Mangobäumen wirkte der Zaun völlig normal; er bestand nur aus stacheligen Bambuszweigen, die mit Schnur zusammengebunden und an Holzlatten aufgehängt waren. Der

173

Regen hatte ihn glatt geschabt, und das Gelb des Bambus war ein fleckiges Creme geworden. Hier und da hatte sich grauer Schimmel festgesetzt, wodurch er noch schäbiger wirkte. Im letzten Sommer hatten Kori und drei andere Arbeiter, nackt bis zur Taille, eine Woche im Bambushain hinter unserem Haus verbracht und das Dornengestrüpp von den Pflanzen abgehackt. Ich hatte mit meinem Großvater unter dessen riesigem Schirm gestanden und dem aufregenden Werk ihrer Macheten, die in der Sonne blitzten, zugesehen. Die Männer hatten die dornigen Zweige an die Holzlatten geschnürt und kilometerweit überall, auch bei den Mangobäumen, neue Zäune aufgestellt.

«*Da!* Kori! Wo bist du? Versteck dich nicht in der Küche bei deiner Frau. Ich weiß, was du im Schilde führst, wenn du nachts herumschleichst! Du hast wohl geglaubt, ich merke es nicht?», brüllte Großvater in Koris Garten, wobei er am Zaun hin und her tapste und mit seinem Stock auf die verdrehten Zweige einschlug.

Ich wartete. Etwas anderes blieb mir nicht übrig. Der Himmel zwischen den Blättern der Mangobäume war klar, ein glasiges Blau. Auf den Feldern hinter den Bäumen gab es langsame, kontemplative Kühe aufzuschrecken. Wäre ich früh losgezogen, hätte ich ein paar Welse fangen können, bevor alle anderen am Fluss standen. Ein schwacher Geruch nach Kuhfladen stieg von Koris Garten auf. Seine Frau verwendete sie als Brennstoff.

«Kori, komm sofort raus.» Von dem Gebrüll meines Großvaters fing mein Herz an zu rasen.

Kori kam in vollem Tempo aus seiner Hütte gerannt und bremste auf der anderen Seite des Zauns strauchelnd ab. Nach einem raschen Blick auf das gerötete Gesicht meines Großvaters senkte er den Kopf und schaute respektvoll zu Boden, die Arme um seinen dünnen, nackten Oberkörper geschlungen. Drei seiner Kinder, in nichts als abgerissenen kurzen Hosen, wagten sich hinter ihm heraus. Kori bedeutete ihnen mit einem leichten Nicken, seinem Beispiel zu folgen. Ramu, der Älteste, der mir immer Regenwürmer ausgrub und sie dann auf meinen Angelhaken steckte, wenn wir am Fluss fischten, sah zu mir hoch und grinste unter seiner Schmalztolle, um dann ebenfalls den Kopf senken.

«Schämst du dich denn gar nicht? Wie kannst du das tun, du undankbarer Wicht!» Mein Großvater war ein hoch gewachsener Mann und konnte sich ohne Schwierigkeiten über den Zaun in Koris Garten beugen.

«Da», sagte er und zeigte auf den Boden, «ich sehe genau, wo du die Pfosten herausgezogen hast. Die Erde ist wie Butter, das kann jedes Kind.»

Im vergangenen Mai hatten Kori und die anderen Männer Mühe gehabt, die Löcher zu graben und harten Schlamm um die Pfosten festzustampfen.

Die frische schwarze Erde, mit der die Löcher von den herausgezogenen Pfählen gefüllt waren, hob sich von dem sauber gefegten Boden von Koris Hof deutlich ab. Die Erde um den Rand der Löcher war von den nackten Füßen der Familie und dem Regen, der dieses Jahr heftig gewesen war, glatt gestampft und grau geworden.

«Du!», brüllte mein Großvater mich an, sodass ich einen Schrecken bekam. «Miss nach, um wie viele Zentimeter er ihn versetzt hat.» Ich sah ihn an und begriff nicht recht, was ich tun sollte.

«Nimm das Maßband, du Idiot», schnauzte er. Mit brennendem Gesicht kniete ich mich auf die Erde. Meine Hände zitterten, als ich an dem Metallring am Anfang des Bands zog und der steife Metallstreifen herauskam. Ich sah nicht auf, aber ich spürte, wie Ramu und die anderen Kinder mir interessiert zusahen. Ich zog das Band etwa auf Armeslänge heraus, stellte es fest und schob es zögernd unter dem Zaun hindurch. Irgendwie fand ich es nicht richtig, das Maßband unter dem Zaun hindurchzustecken und Ramus Garten zu vermessen. Auf der anderen Seite kniete sich Ramu hin und zog das Band pflichtschuldig zum Rand der frisch aufgefüllten Löcher. Er konnte lesen und ein bisschen rechnen; erst zwei Jahre davor hatte er die Schule beendet.

«Zwei Meter fünfundfünfzig», las er laut ab. In der Stille hörte ich meine steife Hose knistern, als ich mich anders hinhockte. In der Ferne muhte klagend eine Kuh.

Vor ungefähr acht Jahren, als ich beschlossen hatte, Radfahren zu lernen, hatte Kori mir das Lenkrad gehalten und war neben mir her gerannt, bis ich es allein konnte.

«Das sind zwei Meter fünfundfünfzig von unserem Land, die du dir da aneignen willst.» Mein Großvater war so aufgebracht, dass er wild mit dem Stock fuchtelte. Ich kroch rasch aus dem Weg, das Maßband hinter mir herziehend. Ramus kleinster Bruder kicherte. Auch ich musste kichern, überspielte es aber, indem ich schnell hustete.

«Es war ein großer Fehler von meinem Vater, gut zu euch zu sein. Jetzt habe ich eine Schlangengrube hinterm Haus», sagte mein Großvater. «Zieht die Pfosten raus und steckt sie wieder da rein, wo sie gewesen sind. Und zwar noch vor Einbruch der Nacht.» Zur Betonung schlug er mit dem Stock auf den Zaun. Lila Trompetenblumen aus den Stöcken, die Koris Frau den Zaun entlang eingepflanzt hatte, rieselten herab.

Dann schaute Großvater zu mir herunter, wie ich mit dem Maßband auf der Erde kauerte. «Komm, Satish. Oder willst du den ganzen Tag hier sitzen?», sagte er und marschierte zum Haus davon. Während ich ihm folgte, sah ich mich um; Kori und seine Kinder trotteten stumm in ihre Hütte. Später sagte Großvater, er wolle auch alle anderen Zäune überprüfen, und ging. Er sagte nicht, ich solle mitkommen.

Ich schlenderte in die Küche, wo ich mich hinsetzte und meiner Großmutter stumm zusah, wie sie den Joghurt zu Butter stampfte. Das lose Fleisch an ihrem Arm schlackerte jedes Mal, wenn sie an der Kette zog, die den Stampfer bediente.

«Mach dir wegen Großvater keine Gedanken. Er hört sich eben gern schreien», sagte sie und drehte sich zu mir um. Ihre Haare waren weiß und reichten ihr bis zu den Knien, wenn sie sie aufband, um sie einzuölen.

«Kori wird jetzt den Zaun zurücksetzen, und morgen hat dein Großvater alles wieder vergessen. Und bestimmt denkt er dann am Abend an dein Geschenk.» Sie sprach von ihrem Mann immer als «dein Großvater».

«Aber warum war er denn überhaupt so aufgebracht?», fragte ich. Sie gab keine Antwort. In der Stille war das sämige Schlupp-schlupp des Joghurts seltsam beruhigend.

«Dein Urgroßvater hatte ganze Dörfer besessen», sagte

sie nach einer Weile. Ich hatte diesen illustren Ahnen nicht mehr kennen gelernt, nur oben in einem der Flure war ein Porträt von ihm, das ihn stolz auf einem Elefanten sitzend zeigte.

«Ihm haben kilometerweit Kokospalmenhaine und Mangoplantagen gehört, er hat ganze Berge mit Tee bepflanzt und Wälder mit Kardamom. Er hatte so viel Land, dass ein paar verlorene Meter hier oder da nicht ins Gewicht fielen. Jeder sprach von seiner Großzügigkeit», fuhr sie fort, wobei sie ihre Geschichtenerzählerstimme angenommen hatte, den vertrauten Singsang, der mich meine ganze Kindheit hindurch in den Schlaf gewiegt hatte. «Er gab verschiedenen Landarbeitern kleine Landparzellen, auch Koris Vater. Der war nämlich sein Aufseher, und dein Urgroßvater hat ihn sehr gemocht. Das Grundstück, auf dem heute Koris Haus steht, hatte *sein* Vater an dem Tag bekommen, als Kori auf die Welt kam. Deshalb nennen die Leute in der Gegend ihn auch immer Lucky Kori, hast du das noch nie gehört?»

Solange sie denken konnte, hatte die Familie dort gelebt, in einer Ecke der Mangoplantage. Sie waren sogar schon da, als sie als Braut ins Haus kam. Und die Kinder hatten auf unserem Hof gespielt und waren auf unsere Bäume geklettert und hatten in unseren Teichen gefischt, solange ich denken konnte.

«Dein Urgroßvater war dann natürlich der Pechvogel – eines schönen Tages nahm ihm die kommunistische Regierung alles weg», fuhr sie fort.

Das Tor wurde geöffnet, ich hörte sein rostiges Kreischen und ging auf die Veranda, um zu sehen, was da war.

Mein Großvater wollte es partout nicht ölen, er sagte, es

warne ihn vor Eindringlingen. Es war nur Koris Frau, sie eilte mit gesenktem Blick über den Hof. Sie ging zu unserem Brunnen. Die Familie zog ihr Trinkwasser aus unserem Brunnen, und sie kam und ging mehrmals am Tag. Ihre Muskeln waren angespannt vom Gewicht des Topfs in ihrer Armbeuge, und ihre Kleider waren ständig durchnässt, sogar in der kalten Jahreszeit. Es wurde gemunkelt, dass Kori sie schlug. Wir hörten sie oft streiten, Koris Stimme, unzusammenhängend in seinem Suff, erhob sich über die Schreie der verängstigten Kleinen. Doch vor meinem Großvater erhob er nie die Stimme oder gar die Augen – nicht einmal, wenn der, wie heute, Kori anbrüllte.

«Paru ist heute gar nicht gekommen, um den Hof zu fegen. Und Kalappan meint, wir müssten uns eventuell jemand anderen zum Kühemelken suchen. Er sagt, vielleicht kriegt er eine Arbeit, bei der er ein Fahrrad gestellt bekommt.» Meine Großmutter hatte das Thema gewechselt. «Es ist unmöglich heutzutage. Wir werden noch alles verkaufen müssen und in die Stadt ziehen. Natürlich will dein Großvater nichts davon hören, er sagt, er will da kremiert werden, wo auch seine Mutter kremiert wurde, unter den Mangobäumen …» Sie seufzte. Gleich darauf stand sie auf und blieb ein paar Minuten vornüber gebeugt stehen, bevor sie vorsichtig den Rücken streckte.

Ich ging ihr eine Schüssel für die Butter holen, die sich langsam wie eine neue Insel aus dem Joghurtstrudel erhob. Bei der Vorstellung, dass der Hof verkauft wurde, krampfte sich mir der Magen zusammen. Ich hatte das alles auch schon früher gehört. Mein Onkel Raman hatte es mir schon vor ein paar Jahren erklärt, als er auf Besuch aus Bombay da war. Es hatte etwas mit der Wirtschaft zu tun und damit, dass die Arbeiter anderswo besser verdienten. In unserer Gegend hatten viele neue Fabriken aufgemacht, und die Arbeiter rollten lieber Tabak zu *beedies* oder tauchten Zündhölzer in Schwefel, als auf unserem Land zu arbeiten. Es wurde immer schwieriger, an dem festzuhalten, was wir noch hatten.

Später hatte ich sie dann oben darüber streiten hören. Onkel Raman hatte in der Nähe ein Grundstück, das hatte er völlig überraschend eines Tages verkauft, ohne es zuerst meinem Großvater anzubieten. Er hatte meinem Großvater ins Gesicht gesagt, er sei «ein blinder alter Mann», worauf meine Großmutter geweint und, als er ging, kein Wort gesagt hatte, nicht einmal auf Wiedersehen, so wütend war sie, dass sie ihren Mann beschimpft hatte. Seitdem kam mein Onkel nun noch selten zu Besuch.

«Na, wenigstens steht Kori euch immer ganz zur Verfügung», sagte ich, als ich aus der Küche ging, und es kam ganz boshaft heraus. Meine Großmutter gab keine Antwort, aber es stimmte ja. Sie schickten ihn auf den Wasserturm, um den schmierigen Boden der Tanks zu reinigen, und nach jeder Ernte musste er den Speicher ausräumen. Als letzten Sommer ein Huhn in den Brunnen gefallen war, musste er sich in einem Korb, der an einer Stange befestigt war, hinablassen und den dummen, völlig verängstigten Vogel überreden, heraufzukommen.

180 Ich war unruhig und empfand eine unbestimmte Wut, konnte mich auf nichts richtig konzentrieren. Ich wollte draußen auf den Feldern in der Sonne sein, hatte aber Angst, meinem Großvater zu begegnen und mich wieder von ihm anknurren zu lassen. Ich beschloss, meine Hausarbeiten zu machen, die ich für den Sommer aufbekommen hatte – das Internat hatte dafür gesorgt, dass ich vor meiner Rückfahrt jede Menge zu erledigen hatte. Dann konnte er ja sehen. Da saß ich nun, ohne ein bisschen Freude an meinem Geburtstag, im Haus, über meine Bücher gebeugt. Ich war entschlossen, hier zu bleiben, bis er zum Mittagessen kam.

Das Arbeitszimmer im Erdgeschoss hatte große Fenster, die auf den Garten mit den Hibiskusbäumen hinausgingen. Graue Eichhörnchen sausten die Baumstämme auf und ab, verharrten kurz, dann zitterten die aufgestellten Schwänze wie buschige Antennen, bis sie wieder weiterhuschten. Ich holte meine Geometriesachen heraus und begann, Kreise zu zeichnen. Am Fenster erschien Ramu, er stand auf der breiten Leiste, die darunter verlief. Meine Großmutter trocknete darauf Kokosnussstücke. Wenn das weiße Fleisch geschrumpft war, ging Kori mit der getrockneten Kopra zur Mühle, wo das Öl herausgepresst wurde. Ramu kaute an einem Stück. Ich sah zu ihm hin und dann wieder auf den Tisch.

«Beim Teich ist das Nest von einem Eisvogel. Da sind drei blaue Eier drin», sagte er. Ich zeichnete weiter Kreise. Er trug ein Hemd, aus dem ich zwei Jahre zuvor herausgewachsen war. Die meisten meiner alten Sachen gingen an seine Familie. Erst trug er sie, dann erschienen sie über die Jahre an jedem nächstkleineren Bruder, bis sie auseinander fielen.

«Darf ich auch einen zeichnen?», fragte er, während seine Augen meinen Händen folgten. Ich stand auf, schob das Buch ans Fenster und zeigte ihm, wie man die Stahlspitze des Zirkels auf der Seite festhielt. Über dem Papier war sein Arm schwarz und drahtig. Ramu und seiner Familie war es nicht gestattet, das Haus zu betreten. Es kam mir nicht in den Sinn, diese Regeln infrage zu stellen, es war eben einfach so. Ihn hatte schon immer alles Neue, das ich aus der Stadt mitbrachte, fasziniert. Nun lachte er, erfreut über seinen ersten Versuch. Ich tauschte den Bleistift gegen einen anderen aus meiner Schachtel Buntstifte aus, und er zeichnete einen roten Kreis, der den grauen schnitt, den ich vorher gezeichnet hatte.

«Also, was ist jetzt mit den Eiern?», fragte er mich, ohne von der Seite und seinen geschäftigen Händen aufzuschauen. Ramu war zwei Jahre jünger als ich, aber immer schaffte er es, mehr zu wissen als ich. Er wusste, wie lange wir reglos am Teich sitzen mussten, um mit dem Anblick von Wasserschlangen, die an seine ruhige grüne Oberfläche stiegen und sich dahinwanden, belohnt zu werden. In der Mangosaison machte er aus einem Stück Schlauch und einem gegabelten Stock eine Schleuder, die kräftig genug war, um damit die höchsten Mangos zu erreichen. Wenn wir zum Angeln zum Fluss gingen, führte er mich genau zu dem Stein, unter dem die älteren, fetteren Fische schlummerten.

«Hast du Lust, heute ins Kino zu gehen?», fragte ich, ganz überrascht von mir selbst. Ich war hier im Dorf noch nie im Kino gewesen. Meine Großeltern gingen nie hin, für sie war es Unterhaltung für die Unterschicht, und allein durfte ich nicht hin. Noch während ich Ramu dies fragte, war ich überzeugt davon, dass ich genau das tun wollte. Es war doch mein Geburtstag. Heute war ich alt genug.

Nach dem Mittagessen ging Großvater mit Kori in die Nachbarstadt, um Kunstdünger zu kaufen. Ich fragte meine Großmutter, als ich sicher war, dass der Bus die halbe Strecke gefahren war.

«Ins Kino?», sagte sie zweifelnd. «Was werden denn da die Leute sagen, der Enkel des *thamburan* im Kino? Es heißt doch immer, es ist so schmutzig dort …»

«Woher willst du das denn wissen, du warst doch noch nie dort. Komm doch einfach mit …» Ich brach ab, wollte ihr eigentlich nicht sagen, dass ich mit Ramu hinging.

«Jetzt hör aber auf … ich soll mir diesen Quatsch ansehen», sagte sie, aber sie lachte, und da wusste ich, dass es in Ordnung war. Später, kurz bevor ich ging, drückte sie mir zehn Rupien in die Hand.

Auf dem Weg zum Kino ging Ramu ein paar Schritte hinter mir. Nie vergaß er sich, nicht einmal. Ein paar Arbeiter sahen mich, traten beiseite und deuteten eine Verbeugung an, als ich vorüberging. Nachdem ich ihnen verlegen zugegrinst hatte, quälte ich mich mit der Frage, ob ich vielleicht wie mein Großvater ernst hätte nicken sollen.

In dem Kino, das nicht mehr als eine große Hütte war, gab ich Ramu Geld für die Karten. Wir setzten uns auf die besten Plätze – Holzbänke –, und er war sehr zufrieden. Bis dahin hatte er immer auf dem Erdboden vor der Leinwand gesessen. Ich kaufte zwei Zeitungspapiertüten mit gerösteten Erdnüssen. Wir aßen sie schnell, noch vor der Pause.

In dem Film gab es jede Menge Action, die Zwillingshelden füllten die Leinwand mit wirbelnden hohen Tritten und Schwertkämpfen auf Hausdächern, und danach gingen wir, noch tief aufgewühlt, im Dunkeln nach Hause. Als wir auf den Weg durch die Felder, der zu unseren Häusern führte, einbogen, sahen wir vor uns Ramus Vater dahinwanken. Als wir zu ihm aufschlossen, hörten wir, wie er vor sich hin fluchte. Er verströmte einen Geruch von billigem Fusel. Er blickte sich um und nickte mir zu.

«Wo warst du?», fragte er Ramu.

«Im Kino. Das war vielleicht ein Film! Erstklassig. Voller *dishum-dishum*», rief Ramu. Er imitierte die Helden mit wilden Stößen in die Luft, sodass der Strahl der Taschenlampe in seinen Händen wild über die Felder zuckte.

Kori drehte sich um, packte Ramu am Arm und versetzte ihm eine schallende Ohrfeige. Ramu fiel die Taschenlampe aus der Hand, und er sackte halb auf die Knie. Er wimmerte überrascht, als Kori ihm wieder und wieder auf den Kopf schlug.

«Kori!», schrie ich erschrocken auf. Er ignorierte mich.

Kori hob die Taschenlampe auf, drehte sie um und prügelte damit auf Ramus Schultern und Arme ein. Das Metall traf klatschend auf sein Fleisch. Das Licht der Taschenlampe hüpfte über meinen Körper, die Reisfelder, den Weg, Koris wogende Brust.

«Was glaubst du, wer du bist? Was glaubst du, wer du bist? Was glaubst du wohl, wer du bist?», wiederholte er unablässig.

Plötzlich, inmitten des Lärms und des Chaos, fiel es mir ein.

«Hör auf, Kori, hör sofort auf. Ich habe ihn gebeten mitzukommen. Ich sagte, hör auf.» Meine Stimme zitterte, als ich ihm das befahl.

Abrupt hörte Kori auf. Er gab mir die Taschenlampe, ohne Ramu, der zusammengerollt auf der Erde lag, die Arme um den Kopf geschlungen, eines weiteren Blicks zu würdigen.

«Geh nach Hause, Junge. Da, nimm deine Taschenlampe und geh nach Hause.» Er winkte ab.

Ich versuchte, fest zu bleiben, seinen Blick auszuhalten und zu warten, bis er von Ramu abließ. Doch ich konnte es nicht. Etwas Wildes in seinem Gesicht ließ es nicht zu.

«Geh jetzt. Deine Großmutter wartet», sagte er erneut, kaum hörbar. Ich drehte mich um und rannte, stolperte, stürzte über die plötzlich feindseligen Felder.

Zu Hause erzählte ich keinem von Kori. Als ich meinem Großvater sagte, ich sei im Kino gewesen, grunzte er lediglich «Gut, gut» und bat mich, ihn zur Mangoplantage zu begleiten. Dort leuchtete er den Zaun mit der Taschenlampe ab, um nachzusehen, ob Kori ihn wieder an die alte Stelle zurückgesetzt hatte. Er hatte es getan.

In jener Nacht lag ich noch lange wach, starrte auf die Leuchtkäfer, die vor meinem Fenster funkelten, und hasste die Enge in meiner Brust.

Zehn Tage später hatte sich der Zaun erneut bewegt. Ich brauchte kein Maßband, um zu wissen, dass Kori sich diesmal weit mehr als zwei Meter fünfundfünfzig von unserem Land genommen hatte. Am nächsten Tag tat mein Großvater etwas, was er in all den fünfundsiebzig Jahren seines Lebens nie getan hatte. Er betrat das Haus eines Landarbeiters. Er ging zu Koris Vorgarten und bückte sich, um durch die niedrige Tür der Hütte zu treten. Ich blieb in einiger Entfernung stehen und wartete, die Unruhe schlug mir auf den Magen. Ich wusste nicht, um wen ich Angst hatte, um Kori oder meinen Großvater. In der klaren Morgenluft hörte ich als Einziges die beschwörenden Laute meines Großvaters. Ich stellte mir vor, dass Kori stumm dastand, den Kopf gesenkt, seine Familie nervös um ihn herum. Als mein Großvater aus Koris Haus trat, ging er stracks in sein Zimmer und legte sich hin. Es war das erste Mal, dass ich ihn am Tag hatte ruhen sehen.

Am nächsten Tag gab er mir ein eisernes Vorhängeschloss samt Schlüssel und sagte, ich solle das Tor damit verschließen. Das Schloss war alt, Blumen und Blätter waren darauf eingraviert, und der Schlüssel ließ sich nur schwer drehen.

«Kori und seine Familie dürfen nie wieder diesen Hof betreten», sagte er, als ich wieder zurückkam.

Ich hörte, wie meine Großmutter nach Luft schnappte. «Aber du kannst ihnen doch nicht das Trinkwasser verweigern. Wo sollen sie denn hin?», protestierte sie.

«Ich kann ihnen alles verweigern, was ich will. Mein Vater hat ihnen nur das Land gegeben, aber nicht unseren Brunnen. Er soll lernen. Wasser bekommt man hier auch anderswo», sagte er und verließ das Zimmer. Damit war die Diskussion zu Ende.

Ich trieb mich auf dem Hof herum in furchtsamer Erwartung des Augenblicks, da Koris Frau Wasser holen wollte. Endlich kam Ramu mit einem seiner kleinen Brüder. Beim Anblick des verschlossenen Tors blieb er stehen und sah mich an. Achselzuckend schüttelte ich den Kopf. Ich wollte, dass er begriff, dass ich nichts tun konnte. Mehr als alles auf der ganzen Welt wollte ich, dass er das begriff.

In den Tagen nach der Schließung des Tors ging die Arbeit auf dem Hof weiter. Es war Zeit, die Kokosnüsse zu pflücken, und mein Großvater holte einen Landarbeiter, den ich noch nie gesehen hatte. Er klemmte sich seine Machete zwischen die Zähne, schlang sich einen Strick um die Füße, hielt ihn mit den Zehen straff und kletterte so die Kokospalmen hinauf. Ich hatte mir diese Technik genau angesehen – das Ansetzen der Zehen an der Seite des Baumes, das Umklammern mit Knien und Armen –, und dennoch verstand ich nicht, wie sie damit so schnell hinaufkamen. Mein Großvater hatte mir nicht erlaubt, diese faszinierende Fertigkeit zu erlernen. «Hast du je einen Thamburan auf einem Baum gesehen?», höhnte er, als ich ihn fragte.

Wir hielten schön Abstand, bis alle Kokosnüsse herabgeplumpst waren. Mein Großvater und ich stopften die gefällten Kokosnüsse nacheinander in Jutesäcke. Nie hatte ich meinen Großvater etwas Derartiges tun sehen. Es war eine harte, unvertraute Arbeit, und mir taten die Arme von Kokosnuss zu Kokosnuss mehr weh. Wir waren nur zu dritt, und es gab keine weiteren Arbeiter, um die vollen Säcke über die Felder ins Haus zu tragen. Der Fremde verlangte mehr Geld dafür, dass er die prallen Säcke hintrug.

«Das mache ich schon selbst … glaubst du, ich bezahle dich zweimal? Einmal für die Bäume und einmal fürs Tragen?» Großvater verlor zunehmend die Geduld. Und die heiße Sonne machte die Sache auch nicht besser.

«Großvater, die Säcke sind schwer. Das schaffen wir nie», sagte ich leise.

«Wer hat dich was gefragt? Ich habe das schon einmal getan, und ich werde es auch jetzt tun. Ich komme auch ohne diese Leute aus», brummte er.

Der Landarbeiter wuchtete Großvater einen Sack auf den Kopf und trat beiseite, worauf der sich unsicher auf den Weg machte; seine Beine zitterten ein wenig unter dem Gewicht von zehn Kokosnüssen. Als wir durchs Tor kamen, stand Kori in seinem Garten und sah zu uns herüber. Er ging nicht ins Haus, als er uns daherkommen sah, ebenso wenig kam er her, um uns seine Hilfe anzubieten. Auch das war für mich etwas Neues.

Als wir ins Haus kamen, musste Großvater sich hinlegen. Ich ging zurück und gab dem Mann Geld, damit er die übrigen Kokosnüsse zum Haus trug. Auf unserem Weg durch die Felder ging ich weit hinter ihm, um sein zufriedenes Grinsen nicht sehen zu müssen.

An einem Nachmittag ging ich allein zum Fluss. Er war von der Hitze geschrumpft und rieselte friedlich an den Binsen vorbei, die ihn säumten. In der mit Schlamm gefüllten Kokosnussschale neben mir ringelten sich die Regenwürmer, die ich ausgegraben hatte. Ich ging zu dem Stein, den Ramu mir gezeigt hatte, und warf meine Schnur aus. Er hatte gesagt, die Fische darunter seien Opas, mit dem Alter listig und fett geworden. Die Sonne stand hoch, und bis auf ein paar Frauen, die weiter flussabwärts Wäsche wuschen, war ich allein. In den Untiefen in der Nähe wateten Büffel, von ihrem schwarzen, schimmernden Fell stiegen Insekten auf wie Nebel. Ich saß stundenlang da, und die Schnur zuckte nur einmal, und als ich sie einholte, war mein Köder weg. Ein Reiher dagegen stakste auf seinen zarten Beinen herum, tauchte den Kopf ein und kam jedes Mal mit einem zappelnden Fisch im Schnabel wieder herauf. Ramu und ich machten immer eine Strichliste von den Fischen, die die Vögel fraßen. Ich warf einen Kiesel nach dem Reiher, worauf er wacklig in die Luft aufstieg und davonflog. Als er weg war, wirkte der Fluss verlassen. Hitze und Dunst des Nachmittags machten mich schläfrig. Dennoch zögerte ich, nach Hause zu gehen, zu dem verschlossenen Tor und dem stillen Hof. Die Wochen vor mir dehnten sich leer. Zum ersten Mal in meinem Leben wollte ich, dass der Sommer vorbei war.

Als ich nach Hause kam, stand mein Großvater inmitten einer Gruppe Menschen auf dem Hof. Die meisten waren jung und hatten die typischen Bärte, *khadi kurtas* und Leinentaschen der Genossen von der Ortsgruppe der kommunistischen Partei. Ich erkannte einige und lächelte.

«Ah! Da kommt der *Kochu Thamburan!*», sagte einer laut, eine falsche Herzlichkeit in der Stimme.

Ich ging an meinem Großvater vorbei und wollte ins Haus, doch er legte mir schwer die Hand auf die Schulter. Ich blieb stehen, etwas verlegen vor diesen Leuten, die Angelrute schlaff in der Hand.

«*Thamburan*, Sie können ihnen nicht das Wasser verweigern. Seine Frau muss über einen Kilometer zur nächsten öffentlichen Pumpe laufen», sagte ein kräftiger, bärtiger älterer Mann. Er lächelte viel und bemühte sich, bescheiden und besorgt zu wirken. Ich hatte ihn schon einmal gesehen. Im vergangenen Jahr hatte er im Hof gestanden und von einer geplanten Krippe für die Arbeiterkinder gesprochen. Großvater war zu seinem großen Safe gegangen und hatte ihm Geld gegeben, Großmutter hatte mich mit Tee und Snacks in Geschirr, das Gästen vorbehalten war, hinausgeschickt.

«Kori braucht nur den Zaun wieder zurückzusetzen», sagte mein Großvater, und er klang dabei müde, als hätte er das schon oft gesagt.

Der Mann gab darauf keine Antwort. Stattdessen zog er aus einem Ordner ein Blatt Papier und las es in aller Ruhe.

«Er ist seit vielen Jahren als Landarbeiter auf diesem Gut. Sie können es ihm nicht verwehren, hier zu arbeiten. Ich habe gehört, Sie holen Leute von außerhalb, um seine Arbeit zu tun. Das geht einfach nicht.» Seine Stimme war ruhig und ernst, auch wenn er dabei lächelte.

Ich sah, wie das Gesicht meines Großvaters langsam rot wurde.

«Ich kann machen, was ich …», sagte er mit erhobener Stimme, dann aber senkte er sie wieder, als sei ihm etwas eingefallen, «… das sind immer noch meine Felder, mein Land.»

«Das wird nicht mehr lange so sein, *Thamburan*, oder haben Sie es noch nicht gehört?», schrie einer aus der Gruppe, worauf andere lachten.

«Er braucht mir nur mein Land zurückzugeben.»

«Welches Land?» Der große, kräftige Mann erhob die

Stimme. «Einen lumpigen Meter? Wenn Sie so viel haben, was macht da schon ein Meter. Auf einem Meter können Sie ja nicht mal einen Menschen kremieren», sagte er verächtlich. Ich konnte sehen, wie die Gesichter der Gruppe zustimmend versteinerten.

Ich sah mich nach Kori um. Er stand abseits der Gruppe, als wisse er nicht recht, ob er überhaupt da sein sollte.

«Geben Sie es auf, *Thamburan*. Verzeihen Sie ihm. Geben Sie es ihm – was macht das schon. Leute wie Sie hatten schon viel zu lange ihren Spaß», sagte ein anderer mit einer hohen, weinerlichen Stimme. Ob sie uns wohl alle hassten?

Großvater hatte den Griff um meine Schulter verstärkt.

«Ich soll es ihm geben, sagen Sie. Das passiert doch alles schon – wir … wir geben es doch alles auf», explodierte er, und ich sah, wie Kori zusammenzuckte. «Alles, was wir hatten, mussten wir hergeben, Stück für Stück. Jetzt will er auch noch den Rest. Ihr alle wollt auch noch den Rest. Aber wenn ich von hier weggehe, dann möchte ich sehen, wer denen hier noch Arbeit gibt.» Er schrie nun, und ein paar Männer traten zurück. Andere dagegen standen einfach nur da und grinsten spöttisch, genossen das Spektakel dieses störrischen alten Mannes, der da so sabbelte und stotterte.

Großvater verstummte, und als er wieder sprach, hatte sich sein Tonfall verändert, war trauriger geworden.

«Da oben lag mein Vater …» Er zeigte auf einen Balkon im Obergeschoss, von dem aus man über die Felder sehen konnte, «und sah zu, wie die Landvermesser der Regierung jeden Zentimeter, jede Furche auf den Feldern vermaßen und in ihre Bücher eintrugen. Die kommunistische Regierung gab fast alles weg … gab es Leuten wie ihm.» Er zeigte in Koris Richtung. «Fünfundzwanzig Hektar – mehr sind ihm am Ende nicht geblieben. Danach ist mein Vater nicht mehr aufgestanden aus diesem Bett.»

Er hielt inne, und ich wollte ihm zuschreien, er solle diese Leute um nichts bitten. Ich merkte, wie er sich bewegte, und auf einmal war seine Hand auf meiner Schulter nicht mehr fest.

Der Anführer sah mich an. «Los, hol einen Stuhl für deinen Großvater», sagte er, und die anderen traten zur Seite. Ich holte von drinnen einen Stuhl, und Großvater setzte sich abrupt darauf, ohne zu protestieren.

Es dämmerte schon, und die einzelnen Gesichter in der Menge waren nun schwerer zu unterscheiden. Der Anführer setzte sich auf eine Leiste neben dem Stuhl meines Großvaters und strich sich eine Weile über den Bart, als überlege er, was er als Nächstes sagen sollte. Er beugte sich vor und redete mit leiser Stimme auf meinen Großvater ein, als seien nur noch sie beide auf dem Hof.

«Die Zeiten ändern sich», sagte er. «Kori und die anderen wissen mehr als früher. Sie wissen, dass es eine Regierungspolitik gibt und Unterstützung für die Armen, und was sie nicht wissen – das sagen wir ihnen. Heute gibt es überall Arbeit und Geld.» Er machte eine Pause. «Allein können Sie praktisch nichts mehr machen», sagte er und es klang beinahe, als tue es ihm Leid.

Dann hörte er auf zu sprechen, und sie saßen eine Weile beieinander, mein Großvater und der Anführer inmitten der wachsenden Schatten. Ich hörte das schwache Klack-klack der Metallrolle am Brunnen; meine Großmutter zog Wasser in der Küche. Die weißen Hemden der Leute glommen matt, als die Ersten sich entfernten. Das Treffen war vorüber.

Ich erinnere mich nicht mehr, wie ich den Rest des Sommers verbrachte. Aber die Schule begann wieder, und ich fuhr zurück in die Stadt und schrieb gelegentlich nichts sagende Briefe nach Hause, die allesamt unbeantwortet blieben. Aber das war nichts Ungewöhnliches, also machte ich mir auch keine weiteren Gedanken. Im nächsten Sommer lud mein Onkel mich zu sich nach Bombay ein, wo ich mich drei Monate von dieser Stadt beeindrucken ließ. Meine Großeltern waren nicht glücklich darüber, fanden aber, es tue mir gut.

Als ich zwei Sommer später wieder auf den Hof kam, gab es überall neue Zäune. Die Kühe und die Hühner waren verkauft, aber irgendwie hatte mein Großvater genügend Leute aufgetrieben, die ihm die Zäune aufstellten. Einer sollte wohl einen Stachelbeerbaum schützen, aber nur ein Halbkreis um seinen Stamm war vollendet, dann schweifte er zum Rand des Teichs ab, kletterte über einen kleinen Hügel und um ein paar Heuschober herum, bis er schließlich mitten auf einer alten Weide jäh endete, als wäre meinem Großvater plötzlich eine dringende Besorgung eingefallen. Überall waren unfertige Zäune, der Bambus ausgebleicht und vermoost, die Schnüre ausgefranst, die Pfähle vom Wind geneigt. Fast der ganze Bambus war weg, zum Bau von Zäunen gefällt, die im Nirgendwo endeten, nichts bewachten. Als ich verwirrt herumstreifte, sah ich Landarbeiter mit gesenktem Kopf vorbeieilen; sie sahen mich nicht an, nahmen mich nicht zur Kenntnis. Kori war nicht wieder aufgefordert worden, auf dem Hof zu arbeiten, und mein Großvater war sogar bis zur nächsten Stadt gegangen, um Leute für die Arbeit auf dem Hof zu holen. Manche Gerüchte besagten, dass Kori die Einheimischen davon abhielt, zum Hof zu kommen, weil er meinen Großvater zwingen wollte, ihn wieder aufzunehmen.

Mein Großvater gab nur noch vage Anweisungen von seinem Sessel aus und stand nicht mehr mit seinem Schirm auf den Feldern. Er legte sich tagsüber hin, ging manchmal sogar gleich nach dem Frühstück wieder ins Bett. Ich war mir sicher, dass jeder machte, was er wollte, und ihn bis aufs Hemd ausnahm.

Kori hatte nun statt seiner Hütte ein Betonhaus. Meine Großmutter sagte, er habe sich um ein Darlehen beworben, mit dem die Regierung den Ärmsten auf die Beine helfen wollte, und 30 000 Rupien bekommen. Sein Haus hatte zwei Zimmer und ein Blechdach. Kori und seine Kinder hätten es eigenhändig gebaut, und nun habe Ramu Arbeit als Maurergehilfe bekommen, berichtete sie. Sie wirkte schmaler und klagte häufig über Schmerzen in den Knien.

Am zweiten Tag ging ich in die Mangoplantage. Überall hing der Ekel erregende Geruch von verdorbenen Früchten, und Wolken praller Fliegen summten in einer einzigen Fressorgie herum. Mein Großvater hatten niemanden gefunden, der ihm dieses Jahr die Mangos erntete, und nun war alles nur noch Abfall und Fäulnis. Ich wandte mich zum Gehen, mir wurde schon ganz übel von all den Verwüstungen, da sah ich Koris Zaun. Allerdings war es kein Zaun mehr, sondern eine hohe Mauer aus Ziegeln und Mörtel, die mitten durch den Obstgarten schnitt. An ihren Wänden rankten sich keine lila Blumen. Die Mauer war ungestrichen und grau und an manchen Stellen schon mit Flechten bewachsen. Den einen Meter Land, den Kori sich genommen, das Einzige, das er nicht von jemandem bekommen hatte, lag noch auf der anderen Seite. Kori hatte endlich einen Flecken Erde gefunden, den er ganz sein Eigen nennen konnte.

An jenem Abend überredete ich meinen Großvater, mit mir einen Spaziergang durch die Felder zu machen. Der Himmel hatte das tiefe Orange des Spätsommers, die Kokosnüsse zeichneten sich schwarz davor ab. Ein paar Arbeiter gingen nach ihrem Tagwerk nach Hause, trieben ihre greinenden Kinder weiter. Wir sahen beide Ramu, der uns auf einem Fahrrad entgegenkam. Mein Großvater wurde ganz starr und wandte sogleich den Blick ab. Ramu fuhr langsamer, als er mich sah, und sein Fahrrad wackelte, und einen frohen Augenblick lang glaubte ich, er werde anhalten, doch er tat es nicht. Als er ein paar Meter an uns vorbei war, rief ich seinen Namen. Ich dachte mir nichts weiter dabei, und ich hörte, wie mein Großvater neben mir ein würgendes Geräusch machte. Ramu hatte angehalten, war abgestiegen und wartete. Ich ging zu ihm.

«Wie ich höre, bist du jetzt ein guter Maurer», sagte ich. Ich wusste nicht, was ich sonst sagen sollte. Jahre schienen zwischen uns zu liegen, nicht nur wenige Monate.

Er lächelte. Ich ging los, und er schob sein Fahrrad neben mir her. Es war neu und hatte an den Enden des Lenkers rote Plastikgriffe.

«Die Leisten am Haus haben Risse und müssten mal erneuert werden», sagte ich und wartete auf seine Antwort. Nach einer kleinen Weile sah er mich von der Seite an.

«Würde Donnerstag passen? Bis dahin habe ich noch einen anderen Auftrag», sagte er.

Als wir zu seinem Haus kamen, blieb er noch kurz davor stehen und wartete höflich, bis ich weiterging. Die Abenddämmerung hatte die Felder zur Ruhe gebracht und die Wege geleert. Ich stand an unserem Tor und wartete auf meinen Großvater. Im schwindenden Licht verblasste das Land um uns herum, die Konturen zunehmend dünn und unwirklich, während es mit der Nacht verschmolz.

EIN GEWISSES GEFÜHL
FÜR GRENZEN
Suni fürchtete Streit. Wenn Leute die Stimme erhoben, verließ sie immer das Zimmer oder verkroch sich in eine Ecke und strahlte alle an, als vertriebe das den Lärm. Als Jai also ins Foyer des Hotels trat und hörte, wie Anita sich lauthals mit dem Geschäftsführer stritt, war er überrascht, Suni neben ihr stehen zu sehen. Jai ließ das Gepäck fallen, das er trug, und eilte zum Empfang.

«Wir haben diese Zimmer vor einem Monat reserviert, Sie können jetzt nicht daherkommen und sagen, wir müssen ein Zimmer teilen.» Zur Betonung schlug Anita mit der Faust auf den Empfangstisch, worauf Suni zusammenzuckte. Jai fand das Bild, das sie abgaben, eigentlich ganz lustig – Anita größer als der Geschäftsführer, der zu ihr aufschaute, Suni geduckt und dennoch resolut, wie sie sich am Empfangstisch mit weißen Knöcheln festklammerte. Als sie nun Jai sah, lächelte sie erleichtert.

«Sie sollten sich um 12.30 Uhr hier melden – da steht, auf Bestätigung. Wir haben jetzt Hochsaison, und Sie haben sich sehr, sehr verspätet», sagte der Geschäftsführer, während er den dicken Füller beiseite legte, mit dem er das Gästebuch durchgegangen war. Anita ignorierend wandte er sich an Jai. «Ich kann leider nichts tun. Sie werden das Zimmer teilen müssen, Sir», sagte er achselzuckend.

«Dieser lächerliche Bürokratenzwerg ist nicht ganz dicht. Es ist doch nicht unsere Schuld, dass dieser verdammte Bus zweimal liegen geblieben ist, oder?», schimpfte Anita. Jai legte ihr besänftigend die Hand auf die Schulter. Die Busfahrt von Madurai war lang gewesen, und sie war müde. Zudem ärgerte es sie, wenn Dinge von der Ordnung abwichen, die sie sich im Kopf geschaffen hatte.

Es dämmerte fast schon. Jai konnte die blassgraue Fläche des Sees durch die Erkerfenster sehen, die den Raum umgaben. Er war froh, dass es bald zu dunkel sein würde, um überhaupt noch etwas zu sehen – am Morgen würde der Blick dann eine Überraschung sein. Er hoffte, Anita machte nicht zu viel Ärger. Er wollte sehr gern hier bleiben.

«Im Moment können wir eben nichts tun», murmelte Jai vor sich hin. Suni, die neben Anita stand, stellte das Nägelkauen ein, um nervös den Mund zu öffnen und gleich wieder zu schließen.

«Suni, bitte doch jemanden, unser Gepäck wegzuschaffen, ja?», sagte Jai, um ihr aus ihrer Not zu helfen; sie dankte es ihm mit einem Lächeln und eilte davon.

Die Augen des Geschäftsführers schossen zwischen Anita, ihm und Suni hin und her, dann sah er weg. Jai wusste, dass er über die Art ihrer Beziehung Spekulationen anstellte.

«Könnten Sie vielleicht eine zusätzliche Matratze auf den Boden legen?», sagte Jai rasch. Vielleicht konnte der Kerl ihnen ja am nächsten Morgen ein anderes Zimmer geben.

«Matratze kein Problem, Sir. Aber Zimmer großes Problem. Ganzes Wochenende ausgebucht», sagte der Geschäftsführer, drehte sich um und griff nach einem Satz Schlüssel im Bord hinter sich.

Jai warf Anita einen raschen Blick zu. Sie funkelte ihn wütend an.

«Ist doch zu spät, um noch was anderes zu finden», sagte Jai und nahm die Schlüssel, die der Geschäftsführer auf den Tisch gelegt hatte. «Suni ist das doch peinlich», sagte er leise, und nach kurzer Bedenkzeit trat Anita vom Empfang weg.

Jai nickte dem Geschäftsführer höflich zu.

«Gute Nacht. *Pip Pip and tally ho*, die Damen», sagte er herzlich und ging zu Suni und dem Gepäck.

Suni kicherte. Die drei hatten den ganzen Nachmittag auf Britisch gemacht, den ganzen Anstieg den Berg hinauf. Hatten einander mit lauten *«jolly good»* und *«blimey»* geantwortet und dabei versucht, eine ernste Miene zu bewahren. Die Dame mittleren Alters auf der anderen Seite des Gangs hatte sich schon zweimal zu ihnen herübergebeugt. Suni hatte noch ein *«Gob-smack me with a kipper!»* gewagt und darauf beharrt, es sei nicht ihre Schuld, wenn sie einen solchen Ausdruck noch nie gehört hätten. Irgendwie war es ganz natürlich gewesen, auf dem Weg nach Kodaikanal das Britische zu beschwören.

«Das tut mir jetzt irgendwo Leid», sagte Suni, als sie im Zimmer waren. Sie kramte in ihrem offenen Rucksack, ohne dabei aufzuschauen. «Dass wir das teilen müssen … vielleicht finden wir ja morgen früh ein anderes Hotel.»

Suni machte sich immer Sorgen, dass sie stören könnte. Heute Nacht würde sie wahrscheinlich wach liegen und grübeln, und ihre Unsicherheit wäre wieder voll da, dachte sich Jai, als er ihren gesenkten Kopf betrachtete.

Anita warf ihm einen Blick zu, bevor sie sich Suni zu-
wandte. Auf ihrer Wange war eine schwachrote Druck-
stelle, wo sie im Bus den Kopf auf Sunis Schoß gelegt
hatte, damit ihr bei den endlosen Haarnadelkurven nicht
übel wurde.

«Hör auf damit, Suni. Das ist nicht deine Schuld. Jai
und ich kommen drei Nächte auch ohne aus.» Anita
grinste sie an, wollte sie so beruhigen. «Gänschen!» Sie
gab Suni einen spielerischen Klaps, und Suni lächelte
zurück, doch ihr Blick ging wieder zu Jai.

«Wirklich, alles in bester Ordnung, altes Mädchen»,
tönte er in seiner schönsten BBC-Imitation, und Suni
lächelte und packte weiter aus.

Den Rest des Abends war Anita still und in sich gekehrt; sie haderte noch immer wegen dieses Arrange-
ments. Jai fand, es sei das Beste, sie eine Nacht darüber
schlafen zu lassen, und trat aus dem Zimmer auf die
Holzveranda, die vor ihrer Tür lag. Ein paar Minuten
später kam Suni nach.

«Sie ist nur müde», sagte sie nach einer Weile, fast zu
sich selbst.

Jai nickte. Suni meinte immer, sie müsse Anita vertei-
digen und erklären, sogar ihm gegenüber. Jai fragte sich
manchmal, ob Suni auch ihn Anita gegenüber in Schutz
nahm.

«Ist schon gut, Suni. Leg dich jetzt mal schlafen …» Er
lächelte Suni an, und nach einer Weile drückte sie ihm
den Arm, ging wieder hinein und schloss die Tür.

Jai lehnte sich gegen das Geländer. Die Luft roch nach
den Bergen. Der Duft von Eukalyptusöl und Rauch von
Laub war überall gewesen, von dem Augenblick an, als

die Straße in die Berge Richtung Kodaikanal einge-
schwenkt war. Er hatte den Klang dieses Namens schon
immer gemocht, wie das harte «Kodai» in das fließende
«kanal» überging.

Kodai war eine Kolonialstadt gewesen, entstanden aus
Nostalgie und falschem Schein. Hoch über den sonnen-
beschienenen Ebenen Südindiens hatten die Briten Kodai nach dem Bild der stillen, grünen, idyllischen Städt-
chen Englands geschaffen. Hier, zwischen den sanft
wogenden Hügeln und zahmen Wäldern, bauten sie sich
ihre Häuser mit umlaufender Veranda und gepflegten
Hecken und setzten sie weit von den Straßen zurück, die
sie nach ihren Erinnerungen benannten – Glendale,
Charing Cross, Primrose Lane. Nun waren die eleganten
Reihen der alten Häuser von rosaroten Hotels durchbrochen, die die efeubewachsenen Steinwände mit ihren dreisten Fassaden bedrängten.

Ihr Hotel stemmte sich noch dagegen. Es war die ehe-
malige Residenz des Gouverneurs, und der Garten sowie die massigen weißen Säulen des Portikus waren
noch intakt. Jai fragte sich, ob es da noch immer die Gurkensandwichs und Scones gab, die dort, als er noch ein
Kind war, zum Tee serviert wurden.

Exakt zwei Tage bevor er wieder ins Internat nach
Bangalore ging, hüllte seine Mutter sich in ihren ge-
schätzten blauen Pashmina-Schal und bat den Fahrer, sie
am Eingang des Hotels abzusetzen. Der gebeugte alte
Ober in seiner mit Gold besetzten Uniform erkannte sie
wieder und eilte bei ihrem Eintreten sogleich herbei.

«Rosinen-Scones mit Konfitüre, Gurkensandwichs
und Darjeeling-Tee, bitte. Für den Jungen das Gleiche»,

bestellte seine Mutter, ohne einen Blick in die Speisekarte geworfen zu haben.

An Jais fünfzehntem Geburtstag hatte seine Mutter seinen Vater gebeten mitzukommen, und ausnahmsweise hatte er eingewilligt. Das war das letzte Mal gewesen, dass sie zu dritt zusammen zum Tee gefahren waren. Sein Vater hatte den Gebäckständer zu ihnen an den Tisch bestellt und Jai aufgefordert, sich etwas auszusuchen. Jai hatte minutenlang gezögert, hatte die Finger über dem dreistufigen Silberständer kreisen lassen. Schließlich hatte er sich für ein blassgelbes Stück Zitronentorte entschieden. Jahrelang hatte er nicht mehr daran gedacht, wie sie zu dritt zusammen an einem Ort waren, wie der Wind vom See her seinem Vater die Haare gezaust hatte.

Ein Jahr danach, als Jai in Nepal Ferien machte, war sein Vater gestorben. Wenige Monate später hatte seine Mutter plötzlich befunden, dass ihr der Winter in Kodai zu kalt war. Sie hatte es nicht für nötig gehalten, Jai um seine Meinung zu bitten, bevor sie das Haus, das sein Vater gebaut hatte, verkaufte und nach Bangalore zog. Jai spürte den alten Groll jetzt schwach in seinem Magen. Zwölf Jahre hatte er es vermieden, hierher zurückzukommen. Mit einem Mal war er froh, dass Suni und Anita dabei waren.

Der Bungalow des Gouverneurs trug nun einen neuen Namen, Garden-on-the-Lake. Vermutlich die Erfindung eines Werbekreativen, wie er selber einer war. Jai verzog im Dunkeln das Gesicht. In der Werbung war so vieles Blödsinn.

Eine Eule rief leise in den Bäumen. Jai sog die kalte, würzige Luft tief ein und wandte sich um, um wieder hineinzugehen. Die Fenster ihres Zimmers gingen auf den See, und vorher schon hatte er die Vorhänge zurückgezogen. Anita saß aufrecht auf der hinteren Seite des Doppelbetts, ihre Feuchtigkeitscreme auf dem Schoß, und strich sich mit schnellen Bewegungen über den glitschig eingekremten Arm. Sie wirkte in sich gekehrt, in die Empfindung der Finger auf ihrer Haut vertieft, intensiv ihre Hände betrachtend. Dann stellte sie die Flasche weg, raffte mit einer einzigen flinken Bewegung ihre langen Haare aus dem Gesicht, wobei sich ihre Brüste unter dem Seidenunterhemd hoben.

Sie nahm ihr Buch und legte sich hin. Selbst nachdem sie mit einander geschlafen hatten, las sie. Sie behauptete, nur einschlafen zu können, wenn sie gelesen hatte, und wäre es nur ein halber Satz. Einmal hatte er ihr Buch quer durchs Zimmer geschmissen, aber es hatte nichts geändert. Es geht um mich, nicht um dich oder uns, hatte sie als Erklärung gesagt.

Suni lag auf der Fensterseite des Bettes, die Augen offen, und sah ihn auf der Veranda unverwandt an. Jai erschrak. Wie lange hatte sie ihn schon so angesehen? Dann erkannte er, dass sie ihn draußen im Dunkeln gar nicht sehen konnte. Nur er konnte sie sehen, die beiden Frauen auf dem Bett in dem sanft beleuchteten Raum, denen es gleich war, ob der Vorhang offen stand, da sie ja wussten, dass er draußen auf ihrer winzigen Holzveranda war. Er wollte im Zimmer bei ihnen in dem gedämpften Licht sein. Er beobachtete sie, bis Suni die Augen zufielen, und als er dann hineinging, waren beide eingeschlafen. Noch nie hatte er mit Suni im selben Zimmer geschlafen. Er knipste das Licht aus und lag in der Stille wach, versuchte, den Unterschied des leisen Atmens der beiden Frauen herauszubekommen, bis er dann selbst einschlief.

Am Morgen konnte Jai mit Hilfe des Gartens Anita überzeugen, den Gedanken an einen Umzug aufzugeben. Allein der Blick auf den Rasen, der in Stufen, hier und da von alten, großblättrigen Bäumen durchsetzt, von ihrer Veranda aus bis zum Rand des Sees abfiel, genügte ihr. Sie und Suni hatten eine Stunde damit zugebracht, sich die Affen und Kaninchen aus Terracotta anzusehen; Farne brachen wie grünes Haar aus ihren hingeduckten Körpern, die die Stufen zum See hinab säumten.

Später saß Jai draußen auf dem Rasen. Der Garten war leer bis auf eine blonde Frau, die in der Sonne las. Anita kam zuerst heraus.

«Der Führer müsste jeden Moment da sein», sagte Anita, als sie sich zu Jai auf den Rasen setzte. Sie roch nach Shampoo, irgendetwas mit Zitrus. Jai bemerkte, dass die Blonde sie über den Rand ihres Buches hinweg beobachtete. Das taten die Leute häufig, wenn sie sie zusammen sahen. Anita bemerkte dann oft trocken, sie beide seien wie die Models in den Anzeigen, die sie machten – groß und schlank und von teurem Aussehen. Jai schob die Hand unter Anitas Hemd und streichelte ihr langsam kreisend den Rücken. Ihre Haut war kühl und von einer feinen Gänsehaut überzogen.

Anita legte den Kopf auf seine Knie und starrte auf den See, wie gebannt von seinem Funkeln. Die riesige Schüssel blassblauen Wassers, auf dem die Pailletten des Morgens glitzerten, dehnte sich bis zum Fuß der fernen

Berge. Ein einsames creme- und orangefarbenes Shika-ra-Boot glitt vorbei, darin lag unter dem gefransten Sonnendach Seite an Seite ein Paar. Jais Arm spannte sich um Anitas Schultern. Hier konnte man wahnsinnig werden. Wir sollten wieder ins Zimmer gehen, Suni rauswerfen, die Tür verschließen und den Rest des Tages dort verbringen, dachte Jai.

«Ich hole Suni.» Anita sprang auf und klopfte ihre Shorts ab. «Die ist immer so transusig.»

Anita hatte ihren Tag immer schön eingeteilt, dachte Jai, während er sie dabei beobachtete, wie sie die Stufen hinauflief. Auf dem Weg hierher hatte sie die Städte, durch die sie auf ihrer Reise kommen sollten, alle aufgeschrieben. Bei jedem Halt des Busses schaute sie auf ihren aufgeschlagenen Block und versicherte sich, dass der Name auch drauf stand.

«Sitz da nicht mehr so lange rum, Jai. Wir müssen los», rief sie von der kleinen Treppe her. Sie hatte gute Laune, das war eine Erleichterung.

Am Anfang waren sie Kollegen gewesen, hatten zwölf Stunden täglich in ihrer Werbeagentur gearbeitet. Als sie einmal die ganze Nacht durchgemacht hatten, hatten sie sich, fast aus Scherz, geküsst, und danach war alles anders gewesen. Jai hatte um sie geworben, sie hatte eine Weile Widerstand geleistet, aus Angst, eine Affäre könnte ihre Freundschaft zerstören. Selbst jetzt noch, nachdem sie fünfzehn Monate zusammen waren, fragte sie sich manchmal laut, was wohl geschehen würde, wenn *es* vorbei war. Ihre Überzeugung, dass er sie irgendwann einmal betrügen werde, irritierte ihn. Er sagte sich, eigentlich müsse er zutiefst verletzt sein.

Er stand vom Rasen auf und ging die Treppe hinauf. Anita hielt sich für unverletzlich, und er unternahm nichts, um dieses Selbstbild zu bedrohen. Er forderte nichts von ihr, was sie ihm nicht geben wollte, bohrte nicht weiter, also fühlte sie sich bei ihm sicher. Anfangs hatte ihm das Versteckspiel gefallen. Es war erregend gewesen.

Suni kam die Treppe von ihrem Zimmer herabgelaufen und stieß beinahe mit ihm zusammen. «Jai, der Führer ist da, und er ist hinreißend.» Sie legte ihm eine Hand auf die Brust, um sich zu stützen, lachte über ihre kleine Ungeschicklichkeit. Auf ihrer Oberlippe lag ein feiner Schweißfilm.

«Wo warst du?»

«Bin rumgelaufen. Gleich hinter dem Hotel ist ein Kirschbaum. Hast du ihn gesehen? Ach, könnte ich mich doch nur an etwas aus meiner Kindheit erinnern, irgendeine Einzelheit», sagte Suni.

Sie war hier geboren, in einem Haus, das sie ihnen unbedingt zeigen wollte. Ihre Eltern waren mit ihr nach Bombay gezogen, als sie drei war. Nachdem Jai sie besser kennen gelernt hatte, hatte er sie sich als kleines Mädchen auf dem Arm ihrer Mutter vorgestellt oder wie sie draußen in einer ruhigen Seitenstraße spielte, wo er dann als Siebenjähriger mit einer Meute kreischender Freunde vorbeirannte. Seine imaginierte Szene veränderte sich häufig. Manchmal fiel Suni hin und weinte, und er hob sie auf. Dann schwang sie wieder an einem Tor und winkte ziellos, einfach, weil es ihr Spaß machte, die Hand zu bewegen.

«Los, Jai. Anita wird noch sauer, wenn wir zu spät kommen.» Suni packte ihn am Arm und lief mit ihm zum Portikus des Hotels, wo Anita und Victor schon warteten. Sie wollten durch den Wald wandern.

Victor der Führer, wie er sich vorstellte, war ein kleiner, hellbrauner Mann. Die filzigen Haartaue, die ihm bis zur Taille herabhingen, waren hinten säuberlich mit einem dicken Gummiband zusammengebunden.

«Ein Bergrasta», flüsterte Anita Jai hinter Victors Rücken zu.

«Er ist zu alt für dich», sagte Jai zu Suni, als sie aufbrachen. Victor ging voraus, beeindruckte sie mit seinem Bergsteigergang. Sie waren auf dem Pfad, der zu den Shola führte, den immergrünen Wäldern, die um die Stadt herum lagen.

«Er hat auch gesagt, er wäscht sich die Haare nur alle drei Monate, weil er sonst Kopfschmerzen kriegt», sagte Anita und grinste, als Suni angewidert den Mund verzog. «Denk daran, wenn du scharf auf ihn bist.»

Jai war überzeugt, dass Suni noch nie richtig mit einem Mann zusammen gewesen war. Jedenfalls nicht, seit sie sich kannten. Sie hätte es Anita gesagt, wenn es da etwas gegeben hätte. Und Anita hätte es dann ihm gesagt.

Suni blieb neben ihm stehen und verschnaufte von dem Anstieg, sog tief die Luft ein, den langen Hals ausgestreckt wie ein staksiger Vogel. Suni – kurz für Sunayana, Sanskrit für «Schönäugige». Er fragte sich, ob ihre Eltern sie wohl je Sunayana genannt hatten.

Sunis Mutter war manisch-depressiv in der bipolaren Form gewesen. Sie hatte ihre Kindheit in der Angst vor dem Augenblick verbracht, da ihre ansonsten normale

Mutter zu einer wurde, die das Telefon abstellte, nicht mehr kochte und badete und allein in einem abgedunkelten Zimmer lag. Sunis Dad hatte sie zu ihren Großeltern gebracht und Geld geschickt, um sein Gewissen zu entlasten. Jai kannte die Geschichte nur in ihren Grundzügen. Anita war immer diejenige, die mehr wusste.

Victor, der vor Jai ging, führte ihnen stolz den Wald vor.

«Sehen Gelbe Bachstelze, sehen Drossel, Madams.» Wie ein Verkäufer zeigte er auf die Vögel im Gebüsch.

An einem Busch mit steifen, aufwärts gerichteten Blättern, die von kegelartigen gelben Blumen gekrönt waren, blieb er stehen.

«Das ist Königskerze, nicht richtige Kerze, nur Pflanze», sagte Victor und lachte über seinen Witz. Suni drehte sich zu Jai um, um seinen Blick aufzufangen.

Alles an Suni wirkte schief und leicht daneben. Ihre Gliedmaßen versuchten ständig, ihr zu entrinnen, beim Gehen standen ihre Arme in sonderbaren Winkeln ab, und ihre langen Beine verstauten sich nie so ganz richtig unter ihr. Auf einer Party konnte man davon ausgehen, dass sie einem das Bier verschüttete. Aber dann diese unglaublichen Augen. Kuhaugen. Anita und Jai hatten Suni schon nach wenigen Tagen so genannt. Suni war neu in der Firma gewesen und zu einer wichtigen Sitzung des Creative Teams zu spät gekommen. Jai – gehetzt wie immer, schon zu spät für die nächste Sitzung – hatte sie vor allen andern angeblafft und sich dann dem nächsten Punkt auf der Tagesordnung zugewandt.

Hinterher hatte sie ihn auf dem Flur vor dem Sitzungsraum abgefangen, als er an ihr vorbeirennen wollte. Sie hatte dagestanden und ihm ihren Entwurf entgegengehalten, ihr hatten die Hände gezittert. Ich brauche Ihr Okay für das, hatte sie gesagt und sich nicht von der Stelle gerührt, bis er sich ihre Arbeit angesehen hatte.

Ihre Entwürfe waren verblüffend gut, und sie hatte seine Neugier geweckt. Er hatte sich dafür entschuldigt, dass er so ein Arschloch war, und sie auf einen Drink mit ihm und Anita nach der Arbeit eingeladen. Im Pub hatten sich Anita und sie dann darüber unterhalten, wie es war, ohne Geschwister aufzuwachsen, über die Großstadt und wie sie ihnen helfe, ihren Platz in der Welt zu finden, über die graphischen Konzepte in Rays *Aparajito*. Suni hatte ihnen gezeigt, wo der Regisseur in jeder berühmten Szene des Films kuppelartige Formen wiederholte, und zeichnete mit Jais Füller klecksige Bilder auf eine Serviette.

Einige Monate nach diesem Treffen zogen Anita und Suni zusammen. Suni nahm Jai und Anita ohne Vorbehalte an. Jai erkannte, dass der Umstand, dass sie ein Paar waren, beruhigend auf Suni wirkte. Jai und Anita. Anita und Jai. Sie verschmolz sie zu einer Einheit, unteilbar, austauschbar. Sie waren ihre designierten Händchenhalter und Aufrichter, ihre Instant-Familie. Für sie besaßen sie drei das perfekte Gleichgewicht in einem makellosen gleichseitigen Dreieck der Freundschaft. Suni hatte sich ihren Platz in ihrer Beziehung erfunden und bewachte ihn nun grimmig. Für sie war Jai ihr bester Kumpel. Er war gut zum Billardspielen, ihn konnte sie zu Hundeausstellungen zerren, mit ihm konnte sie über Werbekampagnen streiten. Anita aber – Anita stand zwischen ihr und der Welt.

Anita hatte herausgefunden, dass das Einzige, in dem sich Suni wirklich sicher fühlte, ihre Kunst war. Suni lebte in der festen Überzeugung auf der Welt, dass man sich mit der größten Vorsicht darauf bewegen müsse, da überall Böses lauere. Anita hatte Suni zu ihrem Lieblingsprojekt gemacht. Jai war einverstanden gewesen. Suni war unkompliziert; es war nicht schwierig, ihr Raum zu geben. Dass sie Zeuge ihrer Beziehung war, machte diese für Jai irgendwie realer.

Sie stiegen immer höher, und es war kalt, aber nur wenn sie in Schattenflecken kamen. Anita schloss zu ihm auf, und er nahm ihre Hand. Eukalyptusbäume wichen Mimosen und hohen Akazien, deren Stämme von einem orangefarbenen Pilz wie Rost gesprenkelt waren. Einige Bäume waren im Monsun umgekippt, aber beharrlich weitergewachsen. Dunkelgrüne Mooskissen gaben unter Jays Fingern nach, und er empfand Dankbarkeit, hier zu sein, unter den von der Sonne versilberten Bäumen. Es war wie in einer Kathedrale – man verspürte das Bedürfnis, respektvoll zu sein, zu schweigen. Er wünschte, er hätte an seinen Schreibblock gedacht. In letzter Zeit hatte er wieder zu schreiben angefangen, tastende Sätze, die sich, wie er hoffte, zu einem Absatz, einem Kapitel, einer Geschichte fügten. Wenn er an den Anfang ging und sie wieder las, empfand er sie als echt, fassbarer als alle Slogans, die ihm so leicht von der Hand gegangen waren.

Anita bückte sich, um ein leuchtend rotes Blatt aufzuheben.

«Ich habe Hunger», sagte Suni, als sie zu ihnen aufschloss. Jai trat zur Seite, damit sie zwischen ihnen gehen konnte. Er fand es amüsant, wie Suni es immer schaffte, zwischen ihnen zu bleiben. Sie sprach gern mit ihnen beiden zugleich, und er wechselte gern mit Anita Blicke über ihren Kopf hinweg.

Anita und er hatten Suni gemeinsam geschaffen. Nachdem sie allein zusammen gewesen waren, hatten sie sich von ihr bezaubern lassen. Sie hatten sie zusammengesetzt. Hatten die Teile genommen, die sie Anita erzählt hatte, und sie mit den Stücken, die sie Jai gezeigt hatte, verglichen.

«Sollen wir jetzt Rast machen, Anita?», fragte Suni erneut.

Anita nickte geistesabwesend. Jai sah sie an und wusste, dass sie alles aufsog, die Blätter und das schräge Licht und den Saft, der aus den pinkfarbenen Rissen in der Rinde der Bäume sickerte. Es aufsog und in sich verstaute, um es ein andermal zu betrachten. Vielleicht würde sie ihm einmal von diesem Tag erzählen, den heißen Mund an seinem Ohr in einer Nacht, plötzlich, wie aus dem Nichts, und ihm diesen kleinen Teil von ihr zum Halten geben. Ein winziges Stück von ihr, das er sein Eigen nennen konnte.

Am nächsten Morgen wollte Anita sich nicht Sunis altes Haus ansehen.

«Das kannst du nicht machen. Das wird Suni verletzen», meinte Jai.

«Ich will einfach bloß hier in der Sonne sitzen und mein Buch lesen. Ich geh schon noch mit ihr hin. Suni hat gesagt, es ist ganz in der Nähe.» Anitas Körper hatte sich in die Höhlung des Rattansessels gepresst. Ihre Ausrüstung für den Tag – Wasserflasche, Sonnenbrille, Roman – zog eine Grenze um sie. Sie hatte die Fähigkeit, rasch einen Raum für sich zu beanspruchen, ihn zu dem ihren zu machen. Sie betrat ein Zimmer, suchte sich eine Ecke und zog sie um sich herum, markierte ihre Ränder mit einem ausgebreiteten Rock oder ausgezogenen Schuhen. Sie hatte die Beine unter sich hochgezogen, und der breite, weiche Kragen ihrer cremefarbenen Bluse entblößte ihre Schlüsselbeine. Ein Finger an dieser Höhlung würde kühle, glatte Haut berühren.

Als sie sich das letzte Mal geliebt hatten, war Jai wild und heftig gewesen. Gierig. Wollte sie verzehren, sie zerbrechen. Anita hatte da kein Wort gesagt. Sie brachte es ein paar Tage später zur Sprache, als sie in seiner winzigen Küche gerade Auberginen fürs Abendessen schnitt. Er habe ihr Angst gemacht, sagte sie.

«Mach das nie wieder», sagte sie. Er hatte nichts dazu gesagt, und sie hatte sich wieder dem Herd zugewandt. Sie hatte geglaubt, sie könne das, was da zum Ausbruch gekommen war, mit diesem einen Satz umfassen. Dann konnten sie und Jai wieder an den Ort zurückkehren, an dem sie gewesen waren. Mit den Jahren des Alleinlebens und des Aufbaus einer Karriere hatte sie gelernt, sich vorsichtig, teelöffelweise auszugeben. Hier ist dieser Blick, jene Berührung, das Gefühl, das ich am Morgen hatte – das dürfte dir eine Woche reichen. Kleine Stückchen, das hatte sie zu geben. Anita war eine Meteorologin des Ichs, die sich mit strenger Genauigkeit auf plötzliche Veränderungen hin beobachtete.

«Mach das nicht», sagte Anita und spähte, während sie sich auf ihrem weißen Sessel zurechtrückte, zu ihm hoch.

«Ich kann es nicht ausstehen, wenn du das machst. Einfach dazustehen, mich anzustarren und dir irgendwelche Gedanken zu machen.» Sie setzte ihre Sonnenbrille auf. «Geht ihr doch einfach jetzt los und seht euch das Haus an. Dann könnt ihr zum Lunch wieder zurück sein.»

Wegtreten, brummelte Jai und ging.

«Ich habe eine Beschreibung, wie man hinkommt», sagte Suni und zog ein Blatt Papier aus ihrer Tasche. Ihre Mutter war als Braut nach Kodaikanal gekommen, hatte dort mit ihrem Mann, einem Ingenieur, gelebt, erzählte sie, als sie die Einfahrt hinabgingen.

Sunis altes Haus hatte, als sie hinkamen, verblichene graubraune Wände, die von Mehltau durchzogen waren. Es saß geduckt ein ganzes Stück zurückgezogen von der Straße, an der es lag. Eine rote, ungeteerte Zufahrt führte zu einer Veranda, an der ein rundes Rasenstück entlang verlief, das mit rosa und violetten Blumen eingefasst war. Am Tor hing ein kräftiges Eisenschloss, wenngleich das arg mitgenommene Dreirad auf der Veranda andeutete, dass ein Besitzer irgendwann zurückkäme. Trockenes Laub füllte ein steinernes Vogelbad mitten auf dem Rasen.

Suni hängte sich ans Tor und sah zu dem Haus hin. Sie sagte kein Wort. Die kleine Straße lag still in der Sonne, und Jai hörte Insekten schläfrig in den Büschen summen. Weit weg brummte ein Auto leise eine verborgene Landstraße entlang.

«Siehst du den Baum da?», fragte Suni nach einer Weile und zeigte auf einen Regenbaum, der hinterm Haus aufragte. Reben rankten sich von seinen Wurzeln aus hinauf, hielten den Stamm in ihrem fahlen Geflecht gefangen. Suni lehnte sich über das Tor, winkelte den Körper in den eigentümlichen Raum des Gartens, versuchte, weiter hineinzusehen.

«Da hinten muss das Schlafzimmer meiner Mutter gewesen sein», sagte sie und zeigte auf die mit grünen Läden versperrten Fenster.

«Sie hat gesagt, wenn sie auf dem Bett liegt, könne sie durch das Fenster ganz am Rand ein paar Zweige herabhängen sehen. Aber sie denke dabei an den ganzen Baum, der draußen wartet. Sie hat gesagt, es tröste sie.»

Das Tor hatte eine dünne Haut grünes Moos angesetzt, das auf ihren Handflächen Streifen hinterließ. Suni merkte es nicht. Sie setzte sich auf einen Grashügel neben dem Tor, und Jai setzte sich zu ihr, beide lehnten sie sich an die warme Steinmauer.

«Mein Vater musste oft nach Madurai. Sie war viel allein … und es war ein großes Haus. Und da bin ich geboren. In dem Schlafzimmer mit dem Baum», sagte sie. Sie lächelte, ihr Mund stülpte sich aus, um die Tränen aufzufangen, die aus ihren Augen quollen. Suni wandte sich nicht von ihm ab, um sich die Wangen abzuwischen, und er legte ihr den Arm um die Schultern.

«Wann hat dir deine Mam das alles gesagt?», fragte er.

«Vor vielen Jahren. Bevor sie krank wurde. Sie hat die Geschichte oft erzählt.»

Das war dann also ihre Geschichte, wurde Jai klar, diese Legende von ihren Anfängen, die ihre Mutter ihr mitgegeben hatte. Das hatte sie irgendwie geprägt, die Version ihrer Mutter von diesem unscheinbaren Haus und dem durchschnittlichen Leben, das ihre Eltern hier geführt hatten. Sie musste in ihren Gedanken an diesen Ort, zu diesem Haus, zu ihrer Geburt zurückkehren, die die Familie komplett gemacht hatte.

«Wir hatten ein Bild. In einem Album. Ich und sie, wie wir am Tor stehen, hinter uns das Haus, in Schwarzweiß. Sie lächelt, nur ein wenig ...» Suni legte ihm den Arm um den Hals, lehnte sich gegen ihn. Er wollte auch den anderen Arm um sie legen und sie näher zu sich heran-ziehen, doch er rührte sich nicht aus Angst, diesen Au-genblick zu stören.

«War sie gern in Bombay?» Er wollte nicht, dass es auf-hörte, diese Intimität, die sich da langsam entfaltete.

«Sie fürchtete sich vor der Stadt ... immer verrammel-te sie gleich die Tür, kaum dass sie mich hereingelassen hatte. Sie hat dafür gesorgt, dass mein Vater sechs Schlös-ser an der Tür anbrachte.» Jai merkte, wie sie an ihm den Kopf schüttelte. Vielleicht hatte sie ihre Mutter ja die ganze Zeit verachtet. Oder bemitleidet. «Wenn ich von der Schule nach Hause kam, musste ich alle sechs ver-schließen. Und dadurch, dass ich das jeden Tag tat ... ver-schließen, aufschließen, wurde ihre Angst für mich so real.» Suni weinte jetzt richtig, als wären die alten Schmerzen und Verstörungen wieder real geworden. «Tut mir Leid, Jai», seufzte sie, die kehlige Stimme dünn und feucht. «Ich weiß nicht, warum ich ...»

«Pscht ... ist doch gut.» Er zog sie auf die Beine und schloss sie in die Arme.

So hielt er sie, die Wange an ihrem Haar. Sie fühlte sich so schmächtig an, wie ihre Schulterknochen sich in seine Brust drehten. Er fasste sie am Kinn und hob ihr Gesicht, suchte ihre feuchten, geröteten Augen und verschmierten Wangen. Sie war nackt und enthüllt, entblößter, als sie es je gewesen war. Ein Mundwinkel war tränennass und schmeckte salzig, als er sie darauf küsste. Einen langen Augenblick bewegte sich ihr Mund unter dem seinen. Er strich ihre Haare beiseite und küsste sie auf den Hals, küsste die Wange unter dem Ohrring.

«Jai», sagte sie leise. «Jai.» Sie trat aus seinen Armen zurück.

Er sah sie an. Sie lächelte matt, schaute weg. Dann lenkte sie den Blick wieder auf ihn.

«Wir sollten gehen.» Sie räusperte sich. «Es ist fast schon Mittag – ich hab Anita gesagt, wir sind zum Mittagessen wieder da.»

Jai geriet in Panik, als sie vom Gehweg auf die Straße trat. Sie ging. Als er Suni den Weg zurück zum Hotel folgte, fühlte er sich aus dem Gleichgewicht geworfen, entwurzelt, unfähig, sich darauf zu konzentrieren, ein Bein vor das andere zu setzen. Er versuchte, einen Satz zu bilden, etwas über den Mann auf dem Fahrrad zu sagen, der gerade laut klingelnd an ihnen vorbeigefahren war, doch es war schwer für ihn, die rechten Worte zu finden oder seine Stimme einzusetzen. Suni blieb an einem Wasserhahn am Straßenrand stehen, wusch sich das Gesicht und trocknete es dann am Ärmel ab. Sie ging schneller. Jai wollte sagen, sie solle stehen bleiben, sie solle sich hier auf den Grasrand setzen, an dem sie vorbeieilten. Er wollte jetzt nicht mit ihr reden. Sie würden einfach ein paar Minuten still dasitzen.

«Könnten wir …», sagte er und blieb stehen. Was? Neu beginnen? Anfangen? Suni blieb stehen, sah ihn an und schüttelte den Kopf. Nein. Sie war blass, und ihr Mund zitterte. Dann trat sie zu ihm hin und nahm fest seinen Arm. Ihre Hände waren feucht.

«Komm, Jai. Anita wartet bestimmt schon. Victor hat gesagt, er will uns nach dem Essen abholen», sagte sie und ging neben ihm her, schweigend, die Hand beharrlich an seinem Arm, bis sie Anita fanden, die schon ungeduldig und hungrig im Restaurant saß.

«Alles in Ordnung?», fragte sie Jai. Er nickte rasch, und Suni bat sie um ihre Landkarte. Anita sprach nicht mehr davon, wenngleich Jai sie dabei ertappte, wie sie ihn ein-, zweimal besorgt ansah.

Victor holte sie mit seinem Jeep ab. Am Fuß eines Berges, viele Kilometer von der Stadt entfernt, hielt er an. Heute werde er ihnen die absoluten Fünf-Sterne-Blicke servieren, sagte er.

Zweitausendsiebenhundert Meter oberhalb der Stadt kämpften sie sich durch den Busch zu einem Überhang, der über den immergrünen Wald in der Schlucht unter ihnen hinausragte.

«Da nur Bär, Bison, Hirsch», sagte Victor und zeigte hinab in das Tal, das von grünen und rotbraunen Bäumen überzogen war. «Da war noch keiner. Noch nie.»

«Das ist gut», sagte Anita. Sie sah glücklich aus.

Wolken lagen in erstarrtem Aufruhr unter ihnen, ballten sich an der Bergwand. Eine machte sich los, stieg auf und schwebte feucht durch sie hindurch. Anita hakte den Arm an einem Rhododendron ein, der mit seinen staubigen roten Blüten ganz am Rand des Abgrunds stand, und lehnte sich in die leere Luft über dem Tal hinaus. Der Wind bauschte ihre Bluse wie Flügel. Jai stellte sie sich unkörperlich und transparent vor, wie sie sich von der Kante abstieß und mit ruhigen Augen und einem stillen Lächeln forttrieb, ihre Shorts hochrutschten und die Narbe in ihrer Kniekehle der Sonne aussetzte. Suni und er würden zusehen, dachte er, wie sie die Baumwipfel verdunkelte, ein Schatten neben den anderen, die die Wolken warfen.

«Anita! Du fällst gleich», schrie Suni auf; Jai erschrak. «Lass das. Jai! Sag ihr, sie soll das lassen.»

Jai streckte die Hand aus, Anita ergriff sie und trat vom Rand zurück.

«Deine Hände zittern ja», sagte Anita. «Tut mir Leid, ihr beiden.»

«Küss mich», sagte sie zu Jai, wartete noch, bis Suni und Victor vorausgegangen waren, als habe sie an diesem Rand der Welt etwas bestätigt.

Für den Abend hatte Anita einen Tisch in einem kleinen Restaurant reserviert, das sie entdeckt hatten; der Besitzer war aus der Zivilisation und dem Delhi Hilton geflüchtet. Es gab Apple Crumble und Notizbücher voller Eintragungen von dankbaren Reisenden aus dem Westen, die erleichtert darüber waren, in diesem verwirrenden Mischmasch Indien vertraute Kost zu finden. Anita beschloss, die Abkürzung zu nehmen, die Victor ihr gezeigt hatte, ein unbefestigter Weg, der steil von der Teerstraße abfiel.

«Es kommt darauf an, dass man in Diagonalen hinabgeht, erst nach rechts, dann nach links.» Anita sagte das in ihrer Ausbilderstimme und machte sich dann gleich auf den Weg, ohne auf Suni und Jai zu warten. Eine Zeit lang war sie in einem Bergsteigerverein gewesen, war an den Wochenenden mit dem Rucksack losgezogen, allein, bis sie das endlose Üben mit Steigeisen und Seil satt hatte.

«Nie geradeaus runtergehen, auf keinen Fall rennen», rief Anita zurück. Steinchen spritzten, als sie ihren Zickzackkurs begann.

«Vielleicht hätten wir doch auf der Straße bleiben sollen», sagte Jai. Es wurde schon dunkel.

Die Blüten der Pfirsichbäume am Fuß des Hangs schienen sich an den Rand des Abendhimmels zu klammern. Ein paar wehten von den Ästen, verblichen weiß wie die Geister von Blüten. Anita schaute zu den Bäumen hoch und wartete. Anita kam schnell unten an. Jai war schon beinahe unten, als Suni irgendwo über ihm aufheulte. «Ich falle gleich.»

Er sah sich um. Sie stand reglos auf halber Strecke da, der Körper starr und schräg wie ein schiefes Ausrufezeichen. Jai empfand den Weg, der zu ihr hinaufführte, von unten erschreckend steil.

«Jai, Anita, ich kann das nicht – ich geh wieder hoch.» Suni klang völlig verängstigt.

«Suni! Du Gänschen! Habe ich dir nicht gerade gezeigt, wie man hinuntergeht?», schrie Anita zu ihr hoch und schickte ein kleines Lachen hinterher. «Was hat sie denn? Macht sie Quatsch?», fragte sie Jai.

Jai blieb, wo er war, wie versteinert, plötzlich zornig. Machte Suni ihnen nur etwas vor?

«Ich kann mich nicht bewegen ... ich kann nicht ...» Suni streckte die Arme weit aus, als wolle sie sich an der Luft festhalten, an irgendetwas. Sie sah aus, als würde sie gleich vornüber fallen.

«Anita, wir müssen zu ihr hinauf.» Jai begann, zu Suni hinaufzuklettern.

«Geh am Rand … an der Graskante. Das ist einfacher», sagte Anita, und ihre Stimme zitterte leicht.

Bei seinem Aufstieg rutschte Jai ein paar Mal ab, hielt sich aber am Gras fest und blieb so im Gleichgewicht.

«Suni, setz dich hin und stütz dich hinten auf die Hände», rief er beim Näherkommen.

«Ich kann nicht … ich falle.» Er konnte ihr Gesicht in der zunehmenden Dämmerung nicht deutlich sehen.

«Suni, sieh mich an», schrie Anita von unten herauf. Ihre vorige Angst war spurlos aus ihrer Stimme verschwunden, was Jai beruhigte. Suni drehte den Kopf langsam in ihre Richtung. «Gut, sieh mich einfach an, nur nicht nach unten. Und jetzt setz dich langsam hin.» Anita klang förmlich und ruhig.

Suni ging in die Hocke. Jai erinnerte sich an die Filme, die er gesehen hatte, in denen Leute durch Zureden von Wolkenkratzersimsen gelockt wurden. Aber das hier war ja bloß eine blöde Abkürzung, kein Rahmen für das große Drama. Herrgott nach mal, knurrte er.

Er war ihr jetzt ganz nahe.

Wenn sie sich nur etwas zur Seite bewegte, konnte sie sich an den Sträuchern und am Gras festhalten, das am Rand wuchs, dann konnten sie sie dazu bringen, mit ihnen wieder hinaufzusteigen, zurück auf die Straße.

«Suni», sagte er. Sie sah ihn an, dann wieder Anita.

«Wir setzen uns jetzt alle erst mal hier hin, bis es dir besser geht, ja?», sagte er. Sollte irgendetwas passieren, wodurch Suni verletzt wurde, würde er sterben. «Suni, ich …», fing er an.

«Suni, jetzt zieh mal dein linkes Bein so zur Seite. Dann zieh den Po hinterher.» Anita, die ihm schnell gefolgt war, beugte sich nun auf den Weg vor, die eine Hand ausgestreckt, die andere fest an seiner Schulter.

Suni tat, wie ihr gesagt.

«Gut. Jetzt das rechte Bein», fuhr Anita fort. «Gott, was bist du bloß für ein Gänschen.»

Anita lächelte nun, und Suni lächelte zurück, ganz schmal.

Sie wusste, jetzt war sie sicher. Wie er die beiden Frauen so betrachtete und Anita leise mit Suni sprach, empfand Jai einen jähen Verlust.

«Wir haben es nicht eilig, du machst das prima. Rutsch einfach auf uns zu», sagte Jai zu Suni. Er wollte, dass sie ihn ansah, auch ihn zur Kenntnis nahm.

Suni war jetzt nahe am Rand des Wegs; Anita streckte eine Hand aus und zog sie aufs Gras. «So. Das wär's. Ich hab dich.» Sie umklammerte Suni. Suni wirkte erschüttert, krank.

Plötzlich war Anitas Angst in Wut umgeschlagen. «Du bist doch der allergrößte Idiot. Warum führst du dich nur so auf? Wie ein Baby. Verdammter Angsthase.»

Sie kamen wieder auf die Straße und gingen sie langsam zum Restaurant hinab, Suni immer zwischen ihnen, und Anita schimpfte noch immer mit ihr. Jai öffnete den Mund, um Anita zu sagen, sie solle still sein. Sein Blick traf sich mit Sunis, und er schloss ihn wieder. Suni lächelte schwach, als sei sie glücklich, einfach nur da zu sein, wieder ihren festen Platz gefunden zu haben.

In jener Nacht betrachtete Jai den Mond, wie er aufstieg und sich an die Baumspitze vor ihrem Fenster hef-

221

tete. Dann stand er auf, ging zu Anitas Seite des Betts und hob die Decke. Sie war wach, wie er es gewusst hatte. Dann gab es nur noch ein drängendes Drehen, Anschmiegen, Einpassen, nur das hastige Streichen von Händen und einen Ort, auf dem der Mund zur Ruhe kam. Ein Knie keilte sich weich um seine Hüfte, und Atem ergoss sich auf sein Schlüsselbein. Als er in sie eindrang, konnte er noch schwach eine andere Schulter sehen, Sunis schlafende Silhouette vor der Fensterscheibe und dem grauen See dahinter. Als Anita sich immer schneller an ihn presste, hatte er nur noch dies – ihre dichte Rundung in seiner Nähe, den Schatten ihrer Substanz, der seinen Blick bis zum lautlos keuchenden Ende erfüllte.

VISHNUKUMARS VALENTINSTAG Von

dem Moment an, als er den Kellner sah, hasste er das Restaurant. Trug Ohrringe wie so eine Frau. Ein winziger Dolch aus Metall, der auf die Schulter des Kerls zeigte. «Ray» stand auf seinem Namensschild. Schickte Ray gleich wieder in die Küche, damit er ihnen Wasser mit Eis brachte. Nicht, dass er durstig oder so gewesen wäre, er wollte sich einfach erst mal richtig hinsetzen, ohne dass der Kerl ihnen im Nacken stand. Ganz ruhig, Vishnukumar, sachte. Verdirb den großen Abend nicht. Zumal Shanti dieses Restaurant vorgeschlagen hatte, damit sie nach ihren letzten fünfzehn Hochzeitstagen auch mal woanders hinkamen.

«Dreister Kellner verschüttet Wasser auf berühmten Gast», sagte er zu Shanti mit Blick auf den Kerl, der gerade zu ihrem Tisch zurückgeschwänzelt kam, ein Tablett mit Gläsern in flottem Winkel balancierend. Sie lächelte nicht wie sonst, wenn er sein Schlagzeilending machte.

«Aber du bist doch gar nicht berühmt», meldete sich Anand. Die ersten Worte, die der Junge an diesem Abend gesagt hatte, und dann das.

«Millionen von Menschen lesen jeden Morgen den Leitartikel deines Vaters», sagte Shanti.

Gute Frau! Er bekam nur den dritten Leiter zugeteilt, zumeist über völlig belangloses Zeug, Gedanken über das Ärgernis von Büffeln auf der Tank Bund Road und dergleichen, und die Auflage lag nur bei rund 50 000 – aber die kleinen Details hatte sie noch nie so recht begriffen. Was eigentlich gar nicht so schlecht war, wenn man's sich überlegte.

223

«Madonna ist berühmt», sagte Anand, unwillig, den Punkt abzugeben. Der Junge wurde ja richtig geschwätzig, schon zwei Sätze, und der Abend hatte noch kaum angefangen.

Vishnukumar gab zu, dass er nicht so berühmt wie dieser Popstar war. Shanti zuckte nicht mit der Wimper. Was zum Teufel war denn überhaupt los mit ihr? Er hatte eingewilligt, hierher zu kommen, stimmt doch, wo sie im guten alten Moti Mahal hätten sein können, wo das Nan fettig war, aber da konnte er sich die Finger ablecken, und keiner störte sich daran. Hier dagegen stand womöglich irgendwo ein Schild mit der Aufschrift: «Finger ablecken nicht gestattet.» Ha.

Na schön! Zeit, aufzuhören, so zu tun, als seien ihm die raffinierten Nacktbilder an den Wänden nicht aufgefallen, jetzt kam mal die Speisekarte dran. Die Gerichte waren mit blumigen Erklärungen aufgemotzt.

«*Blumenkohl Alishaan*», las er Shanti in seiner besten All-India-Radio-Stimme laut vor. «Leicht angedünsteter Blumenkohl in einer aromatischen Tomatensauce, elegant verfeinert mit einem Gewürzbukett – so ein Krampf! Das ist bestimmt derselbe Müll – aua!» Shanti hatte ihm unterm Tisch gegen den Fuß getreten, damit er den Mund hielt.

Der Kellner stand über ihnen, sein Stift schwebte über dem Block wie eine Wespe, die gleich landete. Shanti holperte so stark bei ihrer Bestellung, dass es schmerzte. Es war nicht unbedingt nötig, jedes einzelne Gericht zu benennen, aber wie sollte er ihr das sagen?

Er las die Zahlen neben den Gerichten laut und deutlich vor. Unnötig, dem Kellner die Befriedigung zu verschaffen, dass er die geschwollenen Namen verhunzte.

«Nummer 26, 28 und 45 also, Sir», wiederholte der Kellner und kicherte dabei wie ein Esel. Der Stift hing an einer Samtkordel um seinen Hals.

«Wie wäre es mit einem Aperitif, Sir? Vielleicht für die Dame? In diesen Wochen bieten wir mehrere Specials für den Valentinstag an. Ich empfehle Ihnen wärmstens Love on the Beach.» Der Kellner lächelte Shanti gewinnend an.

Shanti warf einen kurzen Blick auf Anands gesenkten Kopf und schüttelte dann ruckartig den Kopf; sie war verlegen.

Valentinstag! Seid wann gab es das denn in Indien? Völliger Quatsch.

«Bringen Sie uns einfach das Essen, ja?», blaffte Vishnukumar, worauf der Kellner, ungerührt weiter lächelnd, abschwirrte. Dieser Idiot war wohl extra für so etwas ausgebildet. Lektion 1: Wie stelle ich es an, dass sich der arme Mittelschichtdepp, den es in unser Super-Klasse-Restaurant verschlägt, fehl am Platz vorkommt.

Anand sah von seinem elektronischen Spielzeug auf. «Heute hat der Direktor eine Schulversammlung extra wegen dem Valentinstag gemacht», verkündete der Junge. «Anscheinend schicken manche großen Jungen manchen Mädchen Karten und so, deshalb haben sie es verboten. Sreeja und Kalpana, die Karten gekriegt haben, sollten vor die ganze Schule treten. Adil und ich haben später gesehen, wie sie bei den Toiletten geweint haben ...»

«Valentinstag! Der Direktor hat vollkommen Recht.

Hat man schon so einen Blödsinn gehört!», fiel Vishnu-kumar ihm ins Wort.

«Pscht … lass den Jungen doch ausreden», sagte Shanti. «Versenden sie jetzt schon Karten? Ich dachte, Valentins-tag wäre übermorgen.» Sie langte über den Tisch und richtete Anands Kragen. «Haben welche von deinen Freunden auch Karten verschickt?»

Anand lächelte und sah auf sein Spiel. Errötete er etwa? Er war doch erst elf, Herrgott nochmal. Zu jung für solche Sachen. Anand, ich will nicht hoffen, dass du damit schon anfängst.

Vishnukumar machte den Mund auf und wieder zu. Lieber nichts sagen – schließlich sollte das hier etwas Be-sonderes für den Jungen sein. Zum ersten Mal war er bei ihrem Hochzeitstag dabei. Shanti hatte darauf bestanden. Zur Belohnung dafür, dass er elf geworden ist, hatte sie gesagt. Er hatte Shanti daran erinnert, dass sein Vater, als er elf wurde, lediglich sein wöchentliches Taschengeld auf die fürstliche Summe von zwei Rupien erhöht hatte, aber das wollte sie nicht hören. Sie verwöhnt den Jun-gen zu sehr. Das kommt davon, wenn man nur ein Kind hat. Nein! Daran wollte er jetzt nicht denken.

«Ich hoffe, die Mütter essen zu Abend – ich habe alles auf den Tisch gestellt», sagte Shanti sehr leise, damit Anand es nicht hörte. Das also war das Problem. Wie immer machte sie sich Gedanken über das *Danach*.

«Hör doch auf damit. Einmal im Jahr essen wir in ei-nem Restaurant, Herrgott nochmal.» Jedes Jahr das Glei-che, verdammt. Wenn es nicht die Mütter waren, dann war es eben was anderes. Sie wusste nicht mehr, wie man sich entspannt.

«Großmutter hat mir gesagt, dass ihr nicht nach Essen zumute ist, weil sie ja allein essen muss», berichtete der kleine Mann mit den großen Ohren Anand. Shanti machte ein besorgtes Gesicht. Die scharfen vertikalen Linien zwischen ihren Brauen rahmten den roten Punkt ihres Bindhi ein, als wollten sie ihn dort festhalten. Er machte Anand schnell auf die Eiscreme-Auswahl in der Speisekarte aufmerksam, um ihn abzulenken.

Die Mütter hatten doch einander – die waren gar nicht allein. Auch wenn die beiden Damen seit Jahren nicht mehr zusammen gegessen hatten, waren sie streng genommen nicht allein im Haus. Natürlich benahmen sie sich meistens so, als könnten sie einander nicht ausstehen. Wenngleich die Sticheleien seiner Mutter etwas nachgelassen hatten, seit Shantis Mutter Anzeichen von Alzheimer zeigte. Komisch, wie er darüber dachte – Alzheimer –, als wäre es irgendein harmloser Nachname wie Patel oder Rao.

Endlich kam das Essen in polierten Kupferurnen; jedes Gericht wurde von der hellblauen Flamme seines eigenen Kohlenbeckens warm gehalten. Anand tat seine Anerkennung lautstark kund, worauf der Kellner, zweifellos zutiefst befriedigt, grienend in die Küche abzog.

«Ich bin froh, dass wir das nur einmal im Jahr machen – ist einfach verdammt zu teuer. Als wäre das Essen im Moti Mahal nicht gut genug», sagte er. Obwohl, das Essen war nicht schlecht. Nummer 26, oder war es 45, war ganz hervorragend, das Shrimp Curry mit Tamarinde und Fenchel schön scharf.

227

«Fang jetzt bitte nicht mit deinem Gandhismus an»,

zischte Shanti, als er den Mund aufmachte, um das Essen zu kommentieren.

Da geht's schon wieder los. Auch hier musste sie mit diesem blöden Begriff kommen. Alles schob sie auf seinen Gandhismus. Seine Weigerung, einen Roller zu kaufen. Seine Abneigung gegen Schuhe. Seine Vorliebe für Kurta-Pyjamas. Sinnlos, ihr zu erklären, dass Millionen Menschen täglich mit dem Bus zur Arbeit fuhren. Oder dass es sinnvoll ist, bei dieser gottverdammten Hitze Baumwollsachen zu tragen. Ständig hieß es jetzt: Schließlich sind wir ja nicht arm – du bist Dr. Vishnukumar, B.A., M.A., Ph.D., Mister Großkotz stellvertretender Chefredakteur, und da gehst du in Sandalen in die Redaktion wie ein gewöhnlicher Bote, und deine Frau soll sich in einen vollen Bus zwängen. Njaa njaa njaa. Besonders übel fand er es, wie sie immer mit seinen Titeln ankam. Immerhin, ihre Arthritis wird schlimmer. Arthritis mit 44, hat man so was schon gehört? Aber wie sollte er ihr sagen, dass ihm bei der Vorstellung, sich auf einem Roller durch die verstopften Straßen zu schlängeln, übel wurde.

Er holte tief Luft, dann noch einmal. Aber lieber nicht mit «du hast das gesagt» und «ich hab das gesagt» das Essen verderben. Am besten den Mund halten und Huhn à la Koriander essen oder was das zum Teufel war und dann noch Eis bestellen und den Abend jetzt nett und schön und ruhig überstehen und zum Teufel hoffen, dass es auch zu Hause so weiterging.

Sie wollte nicht! Und das an ihrem Hochzeitstag! Sie taten es immer an ihrem Hochzeitstag. Ich hab die Nase voll, hatte sie gesagt. Ihm den Rücken zugedreht und gesagt, das war der letzte Hochzeitstag, an dem wir ausgegangen sind, es ist nicht mehr wie früher. Er lag auf dem Rücken und sah zu, wie die Blätter des Ventilators nach dem schwachen blauen Licht schlugen, das von der Straße hereinsickerte. Klar, dass die Mütter ihr Möglichstes getan hatten, um alles zu versauen, kaum dass sie drei zur Tür hereingekommen waren. In seiner unbezähmbaren Begeisterung hatte Anand trompetet: Wir haben dreifarbiges Eis gegessen, worauf am anderen Ende des Zimmers Totenstille herrschte. Die Mütter hatten ihn fischäugig angestarrt, als wäre Eisessen gleichbedeutend mit Mord. Hatten dem Jungen mit sofortiger Wirkung die gute Laune verdorben. Dann war Shantis Mutter aufgefallen, dass jemand die Haustür offen gelassen hatte, und war in ihrem Rollstuhl wie ein bekloppter Rennfahrer losgeschossen und hatte dabei geschrien:

«Kann ich die Tür zumachen? Sollte die Tür nicht zu sein? Anand, mach die Tür zu mach die Tür zu. Mach die Tür zu mach die Tür zu.»

Als die Tür dann zu war, hatte sie mit den Fenstern angefangen. Auch die mussten geschlossen sein – obwohl es draußen verfluchte vierzig Grad waren. Sinnlos, ihr zu sagen, dass sie im Haus sicher waren. Das vergaß sie sowieso gleich wieder. Ihr Gedächtnis war eine Welle, die kaum das Ufer erreichte, bevor sie sich schon wieder zurückzog.

«Da sind Augen, die beobachten uns ...», sagte sie und spähte in die Dunkelheit hinaus. Sie hatten schon früher versucht, sie zu ignorieren. Dann schlug sie sich mit der Hand gegen die Stirn, hämmerte mit der Faust auf ihre Brust. Ihr den Willen zu lassen war einfacher. Er hatte alle Fenster geschlossen, eigenhändig die Vorhänge vor die dunklen Scheiben gezogen. Die Vorhänge hochgehalten, damit sie die verschlossenen Riegel sehen konnte, und ruhig mit ihr geredet, bis sie registriert hatte, dass sie zu waren. Zu guter Letzt, und das war nun das Sahnehäubchen, hatte sie auch nichts gegessen. Wirklich typisch.

«Immer dieses Essen, Essen … wer will schon Essen?», sagte sie, als Shanti sie danach fragte. «*Sie* hat gegessen … ich hab's gesehen», sagte sie und nickte vorwurfsvoll zu seiner Mutter hin, die gerade ihren letzten Priem für die Nacht rollte und sich zu diesem ganzen Drama überhaupt nicht äußerte.

Seine Mutter hatte die alte Frau ignoriert, aber Shanti giftig angeschaut. «Ist das schon wieder ein neuer Sari?», brummelte sie durch ihre Finger, mit denen sie sich gerade den Tabak in den Mund schob.

Shanti hatte nicht geantwortet, dafür aber die Schlafzimmertür ein wenig zu laut zugeschlagen. Er drehte sich im Bett um, und Shanti seufzte im Schlaf. Shanti hatte sich in letzter Zeit verändert. Immer wieder überraschte ihn etwas Spitzes, das unvermittelt bei ihr herauskam und nach ihm stieß. Vielleicht kam ja ihre Zeit – diese Wechselgeschichte der Frauen. Vielleicht war es ganz gut, dass heute Nacht nichts ablief, wo die beiden Alten so aus der Fassung waren. Lagen wahrscheinlich jetzt hellwach auf der anderen Seite der Tür, in ihren getrennten Betten.

Obwohl Shanti und er die größten Experten der Welt darin waren, es lautlos zu machen. Jahrelang hatten sie es völlig stumm gemacht – seit die Mütter eingezogen waren. Berichtigung: eine Mutter. Seine. Am Anfang war eine da. Man stöhnte und schrie nicht gerade vor Ekstase, wenn einen nur ein dicker Vorhang vom eigenen noch lebenden Elternteil trennte. Nicht, dass er seiner Mutter die Schuld gab.

Damals hatte er es sich nicht besser leisten können – wann war das? Ein Jahr, vielleicht ein halbes nach ihrer Hochzeit. Shanti hatte nichts weiter dazu gesagt, dass Mutter bei ihnen wohnte. So war sie eben, hielt alles in sich verschlossen, sodass niemand herankam. Dann war die Geschichte, dass sie eine Woche lang nichts aß, aber auch das hatte sie überwunden. Sie hatte begriffen, dass ein Mann seine Verpflichtungen hatte. Man tat, was eben sein musste, darin war er immer sehr klar gewesen. Wenn der Vater starb, kümmerte man sich eben um die Mutter. Richtig? Richtig! Und er, Vishnukumar, B.A., M.A., Ph.D., befolgte die Regeln immer.

Obwohl es ja ganz gut geklappt hatte. Seine Mutter hatte das Kochen übernommen. Und sich um Anand gekümmert. Wenn Shanti ehrlich war, musste sie zugeben, dass sie an ihrem College schneller befördert worden war, weil sie nach der Entbindung nicht wie die anderen Lehrerinnen ein Jahr Pause gemacht hatte. Nicht, dass sie das so gesehen hätte. Was hatte sie noch vor ein paar Jahren gesagt? Ich lebe hier wie ein Gast oder so etwas Kryptisches. Tagelang hatte er über diesen Satz nachgedacht. Sich ausgeklügelte Szenarien ausgemalt, in denen er ihr seine Haltung in diesen Dingen erklärte. Aber es gab nun mal Dinge, die man tat, und andere, die man nicht tat. Und mit der Frau redete man nicht über die eigene Mutter. Und umgekehrt.

«**Halt den Schnabel.** Es ist erst sieben Uhr, du verrückter Vogel!» Der verdammte Vogel vor dem Fenster wiederholte immerzu denselben Ton, wie im Fieberwahn. Für derlei Dinge war es einfach zu früh. Er trank gern seinen Kaffee und brütete dabei über den Schlagzeilen der Konkurrenzblätter. Machte sich im Geist Notizen, welchen Redakteur er sich vorknöpfen musste, weil er eine wichtige Lokalmeldung verpasst hatte. Aber dieser Vogel störte den Frieden. Und, oh, ah, da war Mutter. Seine Mutter schlich sich an ihn heran. Pass auf, morgens will ich für mich sein, verdammt, also geh weg. Frauen! Sie standen ihm bis hier. Njaa njaa njaa – das war ihr bevorzugtes Geräusch. Ließen ihn nicht in Ruhe – nicht mal so früh am Morgen.

Die Gespräche zwischen ihm und Mutter waren in den letzten Jahren, gelinde gesagt, beschränkt gewesen. Sie war stiller geworden, so als hätte das Alter ihre Stimme auf ein Rinnsal reduziert. Der Morgen ist verboten, Mutter. Er legte die Zeitung beiseite und wartete, ohne ein Wort zu sagen. Zumeist äußerte sie einen präzisen Satz und ging wieder. Also gut, sag schon, Mutter, und versuch doch diesmal, den Text auf wenigstens 50 Wörter zu strecken.

«Es ist kaum noch genug Reis für morgen da, und mein Tabak ist auch fast alle», sagte sie.

Er nickte und wandte sich wieder der Zeitung zu. Vishnukumar, mach im Geist eine Notiz. Punkt eins: Reis. Punkt zwei: Tabak. O. k. Wird erledigt. Wird besorgt. Zurück zum Ausland. Irgendein Idiot hatte Herzegowina falsch geschrieben, und keiner hatte es gemerkt. Nein, halt, da kommt noch mehr. Sie blieb ste-

hen, bis er zu ihr aufsah. Ihre Augen funkelten eindring-
lich. Was, sagte er.

«Sie hat es schon wieder getan», sagte sie. «Glaubt
wohl, sie kann es vor mir verheimlichen, aber ich weiß
es – zwei neue Saris, ein *salwar kameez*. Im Schrank im
obersten Fach versteckt. Hinter den Bettlaken. Ich habe
sie gesehen. Ich weiß Bescheid.» Sie nickte, befriedigt
über ihre Wachsamkeit.

Gott. Da war sie wieder, ihre alte Herumspioniererei.
Mutter hätte bei der Zeitung arbeiten sollen. Sie wäre
jedem Artikel nachgegangen wie ein Mungo einer
Schlange. Immer hatte seine Mutter ihm alle Einkäufe
Shantis hinterbracht, als wäre das ihre Pflicht. Nicht, dass
es ihm etwas ausmachte – man musste nicht Hercule
Poirot sein und einen Schnurrbart spazieren tragen, um
zu merken, dass Shanti ihre Einkäufe vor seiner Mutter
verbarg. Aber immerzu stöberte sie Shantis Geheimfach
aus wie ein eifriger Bluthund.

Er wusste, was er zu sagen hatte, er hatte es jahrelang
gesagt.

«Ich red mit ihr», sagte er, bevor die alte Dame noch
etwas anderes sagen konnte, und verkroch sich wieder in
seine Zeitung. Als ob. Nie würde er Shanti bitten, ihre
Käufe nicht mehr zu verstecken. Obwohl die Frau zu
viel ausgab. Wie viele Saris brauchte sie? Und auch nie
würde er seine Mutter bitten, Shanti nicht mehr so er-
barmungslos zu verfolgen. Das hatte nichts mit ihm zu
tun; dieses Hin und Her ging schon seit Jahren so.

Der Junge plapperte am Esstisch. Wieder etwas über
den Valentinstag. Der war in letzter Zeit anscheinend bei

allen im Haus in den Schlagzeilen. Nie hatte er Anand wegen Ereignissen in der Schule so aufgeregt erlebt. Bis auf das eine Mal, als er den langen Aufsatz über typische Monsunformen während der letzten zehn Jahre in Südindien schrieb und der Lehrer ihn bestrafte. Er hatte viel recherchiert, im Internet. Der Lehrer hatte gesagt, sie sollten über «Meine liebste Jahreszeit» oder so etwas Todlangweiliges schreiben. Ha. Anand war da jünger gewesen und so empört, weil er vor die ganze Klasse hatte treten müssen. Ha. Ha. Er hatte sich über die Entwicklung des Jungen so gefreut, dass er ihm sämtliche acht Bände von Edward Gibbons' *Aufstieg und Fall des Römischen Reiches* zum Geburtstag geschenkt hatte, da war es ihm egal, dass sie erstaunliche 700 Rupien kosteten. Und nun saß der Junge nur noch mit offenem Mund vor dem Fernseher. Er hätte sich nicht beirren lassen und niemals ihrem Quengeln wegen dieser Kiste nachgeben sollen. Millionen lebten ohne.

«Heute haben sie rausgekriegt, dass auch die *Mädchen* den Jungen Karten geschickt haben. Der Direktor hat viele schlimme Sachen zu ihnen gesagt. Er hat gesagt, sie hätten keine …» Anand stand vom Tisch auf, holte ein Blatt Papier aus seiner Büchertasche und las das Wort laut vor. «Schicklichkeit. Was bedeutet das?»

«Ist nicht so wichtig. Es ist falsch, dass dein Direktor so ein Aufhebens um das alles macht», sagte Shanti.

«Nein. Der Direktor hat Recht. Es ist einfach nicht richtig – das blöde Fernsehen und diese ganzen amerikanischen Grußkartenfirmen, die wollen doch bloß Geld daran verdienen. Jetzt gibt es sogar schon einen Tag der Sekretärin. Sagen Sie es Ihrer Sekretärin – wie das in der Fernsehwerbung heißt. Man stelle sich vor. Sekretärin verklagt Chef wegen Valentinskarte. Impliziert unschickliches Verhalten.»

«Was heißt ‹impliziert›?», fragte Anand.

«Nichts. Anand, du siehst mir kein Kabelfernsehen außer Discovery und National Geographic», sagte er.

«Es ist nicht alles eine imperialistische Verschwörung, um Indiens ruhmreiche Traditionen zu zerstören», sagte Shanti. «Ich finde den Valentinstag gut.»

Gut. Was war das denn für ein Argument? Gut war gar nichts. Es war Eis auf einer heißen Platte. Und mit Sarkasmus, mein Mädchen, kommst du nicht weit. Was kümmerte sie das überhaupt? Als wäre sie damit groß geworden, Karten zu verschicken oder was die Leute sonst noch an diesem blöden Valentinstag machten, verdammt.

Die beiden waren auf ihrem üblichen Verdauungsspaziergang im Park, als sie das Thema wieder anschnitt. Geradezu wütend war sie. Die Schule sei schrecklich, so rückständig, es sei falsch, die Schüler zu bestrafen, nur weil sie ihre Gefühle zeigten, schließlich sei das ja nur ein Ausdruck von Zuneigung, und Zuneigung müsse doch hin und wieder gezeigt werden dürfen, oder? Was war daran falsch? Warum mussten diese Leute ihre natürlichen Impulse unterdrücken und so weiter und so fort. Was regte sie sich bloß so auf?

Als er die Ohren wieder aufmachte, redete sie von einer Vimla.

«Wer ist Vimla?», fragte er.

«Die Kollegin für Englisch, erste Klasse. Ich hab dir doch von ihr erzählt. Jedenfalls sagte sie, ihr Mann habe für den 14. Februar einen Tisch reserviert …»

Seine Bibliotheksbücher waren längst fällig, fiel ihm plötzlich ein. Vielleicht konnte er sie morgen auf dem Weg zur Arbeit vorbeibringen.

«… und deshalb haben sie beschlossen, den Valentinstag zu feiern», sagte Shanti.

«Wer?», fragte er verwirrt.

«Vimla und ihr Mann. Das habe ich dir doch gerade erzählt.»

Redete sie immer noch über den Valentinstag? Sie hatte so eine Neigung, alles zu wiederholen. Vielleicht lag das ja in der Familie. Wie die Mutter, so die Tochter. Gestern kam ihre Mutter an, als er gerade zur Arbeit wollte, und fragte ihn, wo ihre Eltern seien. Als er ihr sagte, sie seien tot, sie sei fünfundsiebzig, also hätten ihre Eltern alt werden und sterben müssen, nicht wahr, hatte sie angefangen zu heulen. Er hatte still ihre Hände gehalten, bis sie das offene Fenster gesehen und ihn gebeten hatte, es zu schließen, und die Tränen liefen ihr noch immer übers Gesicht. Zwei Tage zuvor hatte sie ihm die gleiche Frage wegen ihrer Eltern gestellt. Und auch da geschluchzt. Ihre Trauer war immer neu, jedes Mal gleich schmerzhaft und flüchtig.

Wenn man nur abtreten könnte, ohne alt zu werden, ganz still nachts im Schlaf verschwinden, das wäre ein wahrer Segen. Gandhi war von einem guten Schuss gestorben, die Kugel hatte ihn einfach zwischen zwei Atemzügen erwischt.

«Mit Mutter wird es schlimmer, nicht?», fragte Shanti, er sagte nichts. Was gab es da zu sagen? Ja, es wird schlimmer mit ihr, und bald wird es grauenhaft sein, aber man kann nichts machen, nur es durchstehen.

Er wusste eigentlich auch gar nicht, was man sonst tun konnte. Shantis Bruder, Mr. Multinationaler General-direktor, hatte Geräusche über die neuen Altersheime von sich gegeben, die überall aus dem Boden schössen – «bessere Pflege», hatte er am Telefon gemurmelt. Natür-lich wollte der Großkotz selbst mit der alten Dame nichts zu tun haben – schickte sie immer sofort zu Shan-ti zurück, wenn seine drei Monate der Mutterpflege-Rotation um waren. Seine eigene Mutter! Hatte auch immer Entschuldigungen parat – die Kinder konnten ihre Freunde nicht mitbringen, sie kam mit seiner Frau nicht aus –, bis Vishnukumar schließlich genug davon gehabt und sich geweigert hatte, die alte Frau noch ein-mal zu Shantis Bruder zu schicken. Natürlich hatte seine eigene Mutter dann mit der Tradition angefangen und diesem alten Was-werden-die-Leute-sagen, wie kannst du zulassen, dass die Mutter deiner Frau im Haus her-umsitzt, du bist der Schwiegersohn und solltest dich auch entsprechend verhalten, lauter solchen Schwach-sinn, bis er ihr gesagt hatte, sie solle den Mund halten. Diese Episode hatte Mutter ihm noch immer nicht ver-ziehen. Anfangs war es etwas hart gewesen, wenn die al-ten Frauen mit Anand und Shanti stritten und zankten – aber er hatte allen gesagt, eine andere Möglichkeit gebe es nicht. So war es nun eben.

«Mir fallen die Haare aus», sagte Shanti. «Schau.» Sie zeigte auf eine kahle Stelle auf ihrem Kopf. Tatsächlich sah man die Kopfhaut, hellrosa im Schein der Straßen-lampe. Das war ein Schock, so als habe er einen gehei-men, nicht erfassten Teil von ihr gesehen.

«Wir gehen zu einem Arzt, einem Spezialisten.» Sie

kämmt sich die Haare über die kahle Stelle, wie ihm jäh bewusst wurde. Deshalb hatte er sie nicht bemerkt.

«Wozu? Das kommt von meiner Mutter. Ihren Szenen. Ich werde so … so …» Sie brach ab, ihre Augen füllten sich mit Tränen.

«Wir gehen zu einem Hautarzt. Dr. Kumar ist gut – weißt du noch, als Anand den Ausschlag hatte? Der weiß, was zu tun ist», sagte er und strich ihr über die Haare, glättete sie, steckte ihr ein paar Strähnen hinters Ohr. Sie hatte schönes, dickes Haar gehabt, bis es mit der Arthritis angefangen hatte. Er hatte es ihr immer um den Hals gedreht und so getan, als erwürge er sie. Früher mal.

Er drückte ihr leicht den Arm. Sie war in letzter Zeit so dünn geworden. Er kramte nach seinem Taschentuch, damit sie sich die Augen wischen konnte, fand es aber nicht.

«Am Freitag gehen wir hin. Ich ruf den Arzt von der Arbeit aus an.» Was gab es da noch zu sagen? Bei diesem sentimentalen Kram war er nie richtig gut: den Arm um die Schultern legen und solchen Quatsch. Überhaupt waren sie auch draußen, und überall hingen die neugierigen Nachbarn an ihren Toren und warteten genau auf solche Verirrungen, um dann darüber zu klatschen.

Also zurück zur Basis. Zum trauten Heim. Shanti ging früh zu Bett, ließ ihn mit seinem Buch zurück. Alle anderen schliefen zum Glück schon, der Junge eingerollt wie eine Garnele, als er nach ihm sah. Er schlug das Buch auf und legte es sich auf den Schoß. *Das Schloss*. Die Vorstellung, dass Kafka sein ganzes Leben bloß in einer Bank gearbeitet hatte. Das zeigte doch nur, dass man nicht um die halbe Welt zu reisen brauchte, um kreativ zu sein, um

das Leben zu erfahren. Gandhi war aus Südafrika gekommen und rührte sich nicht mehr vom Fleck, aber
trotzdem löste er eine Revolution aus. Er hatte Kafka
Shanti gegenüber erwähnt, als sie damit ankam, dass alle
Jungredakteure sich tolle Jobs in Singapur und Dubai
geangelt hätten. Na, immerhin hat Kafka Bücher geschrieben, hatte sie gesagt.

Shanti hatte sich verändert. War unruhig und sperrig
geworden. Und ständig diese Kauferei. Ein Sari nach
dem andern. Er hatte beschlossen, dass es sich nicht
lohnte, etwas zu sagen. Sie bekam immer einen ganz aufgeregten Gesichtsausdruck, wenn sie sie ihm vorführte.
Sie schlossen die Tür vor seiner Mutter und flüsterten
wie zwei Verschwörer. Als ihre Eltern ihre Heirat verein-
bart hatten, hatte sie ihm Briefe geschrieben, und er hatte sie beantwortet. Ihre ganze Konversation hatte aus
Worten auf Papier bestanden. Zeitungsschnipsel vom
Leben in der Stadt und Gedichte, die er heimlich zwischen Nachrufen, Astrologiekolumnen und der übrigen
Plackerei seiner journalistischen Anfänge geschrieben
hatte. Damals hatte es bei ihr zu Hause noch kein Telefon gegeben, wo er anrufen und darum bitten konnte,
ihre Stimme zu hören. Selbst nach ihrer Heirat war sie
weiterhin eine ganz Stille gewesen. Erst aus Schüchtern-
heit, und dann war Mutter gekommen. Shanti hatte es
sich einfach angewöhnt, wenig zu sagen. Aber heute war
sie anders – jammerte wegen diesem oder jenem, als hätten die Jahre Wörter in sie hineingestopft, bis sie schließlich überflossen. Irgendwann kriegt einen das Alter, verändert einen, wie man es nicht erwartet hätte, zu einem,
vor dem man als Jüngerer zurückgeschreckt wäre.

Vor langer Zeit, ein paar Jahre nachdem seine Mutter eingezogen war, hatte er Shanti zur Konferenz der Regionalzeitungen mitgenommen, und sie hatten in einem Hotel in Mysore gewohnt. Er hatte ihr die Telefonnummern für den Zimmerservice gezeigt, den Hörer abgenommen und so getan, als wolle er Butterhuhn und Lamm-Biryani zum Frühstück bestellen. Als er dann aus dem Bad gekommen war, standen zu seiner Verblüffung zwei dampfende Tassen Kaffee auf dem Tisch, und seine Frau kichernd in der Ecke. Zum ersten Mal in ihrem Leben hatte sie etwas beim Zimmerservice bestellt. Sie tranken den Kaffee auf dem Balkon, sie noch in ihrem geblümten Nachthemd, die Sonne in den Höhlungen ihrer Schlüsselbeine, und er erzählte Albernheiten über die Männer, die mit ihren Kugelbäuchen im Pool trieben. Sie waren nur zwei anonyme Leute in einem Hotel voller Fremder, und in jener Nacht hatte er seine Lust laut hinausgestöhnt, sie aber hatte kein Geräusch von sich gegeben – da war es schon zu spät gewesen. Die Angewohnheit der Stille war schon zu sehr eingegraben.

Das Telefon klingelte. Es war der neue Korrespondent aus Pune, der um diese Nachtzeit anrief, damit er auch alle im Haus weckte. In der Geschichte, die er gestern übermittelt habe, seien Fehler, keuchte er, die Zeitung müsse einen Zusatz oder eine Berichtigung bringen, er bedaure das Versehen. Das kam davon, wenn man sich mit diesen unerfahrenen Burschen einließ. Er hatte es ihnen tausendmal gesagt, aber dieser idiotische Herausgeber schwafelte immer nur von Sparmaßnahmen. Als ob nicht jeder mit einem halben Hirn wusste, dass dieser

Begriff nur blödes Fachchinesisch war für Wir-sind-zu-billig-um-richtige-Reporter-zu-bezahlen.

Er kniete sich hin, um sich die gestrige Ausgabe anzusehen, durchwühlte das Durcheinander von Zeitungen, das unterm Sofa lag. Er blätterte auf die Seite mit den nationalen Kurzmeldungen, suchte den Artikel, doch jemand hatte die Hälfte der Meldung des Korrespondenten zusammen mit anderen Teilen der Zeitung herausgeschnitten, nun waren nur noch Gucklöcher übrig, umgeben vom Spinnengekrakel der Geschichte von gestern. Von der zweiten bis zur letzten Seite. Verflucht!

Er ging in Anands Zimmer. Musste ihn wachrütteln und ihn fragen, ob er die Zeitung wegen irgendeines nutzlosen Schulprojekts verstümmelt hatte. Der Junge fing an zu heulen und benahm sich wie ein Baby, und Vishnukumar musste ihn in den Armen halten, ihm mit den Fingern durch die Haare fahren, bis er wieder eingeschlafen war. Also! Wenn es nicht Anand war, wer war es dann? Die Mütter? Ziemlich unwahrscheinlich. Die zerstörten eher gern ganze Seiten, wickelten Gebetbücher in die bunten Sonntagsbeilagen, aber die schnitten nichts aus. Er musste den fehlenden Artikel finden und die Korrektur telefonisch durchgeben oder sich sofort anziehen und ins Büro fahren. Es war verdammt zu viel. Warum hatte dieser Idiot nicht einfach den Nachtredakteur angerufen?

«Was ist los mit dir, warum rennst du mitten in der Nacht herum und weckst alle Leute auf?», fragte Shanti von der Tür her.

Na, toll! Das hatte ihm gerade noch gefehlt, dass sie wach war und meckerte. «Leg dich schlafen. Jemand in diesem Haus hat die Zeitung zerschnitten, und der Junge streitet alles ab. Er lernt schon, im Schlaf zu lügen», flüsterte er laut.

Minutenlang stand sie da und sah ihn an, dann verzog sie seltsam das Gesicht. «Du brauchst das jetzt gleich? Die fehlenden Teile …»

Sie fragte ihn, als ob sie ihn nicht gehört hätte – arrgh! Das war eine ernste Sache. Er hatte nicht die Zeit, sich ihr Geschwafel anzuhören. «Ich muss jetzt in die Redaktion – ohne die Zeilen vor mir zu haben, kann ich ja wohl keine Korrekturen durchgeben, oder? Der Artikel auf Seite unbekannt über Bildung von Frauen in Mahrashtra gibt in Zeile sowieso die Zahl der analphabetischen Frauen fälschlicherweise mit soundso anstatt mit 64 000.» Das gehe ja wohl schlecht, oder? Der Diensthabende würde ihn ja für betrunken halten, wenn er ihn auf die Jagd nach einem Artikel aus hundert in der gestrigen Ausgabe hetzte.

«Dann brauchst du ihn also jetzt», sagte Shanti.

Ah ha! Endlich die Erleuchtung. Da stand sie und machte ein Gesicht, als hätte ihr jemand den Schmuck gestohlen.

«Geh wieder schlafen, das ist mein Problem», sagte er.

Sie steuerte ihn ins Schlafzimmer. «Sieh mal hinter den Laken nach. Im obersten Fach», sagte sie und öffnete den Schrank.

Er hatte keine Zeit, sich ihre neuesten Errungenschaften anzusehen, das war eine verdammte Krise, falls sie das noch nicht gemerkt hatte.

«Ich brauch einen Stuhl, um da hochzukommen. Könntest du es nicht schnell machen?», sagte sie.

Mein Gott. Schon gut. Schon gut. Er stellte sich auf die Zehen, griff in das Fach hinter die Bettlaken und zog den sauberen Stapel Zeitungspapier heraus, der dort auf ihrem Haufen neuer Sachen lag. Rasch sah er ihn durch, fand den Artikel des Korrespondenten über Frauenbildung und gab die Korrekturen in die Redaktion durch.

Während der Redakteur am anderen Ende der Leitung alles aufschrieb, drehte er die Ausschnitte beiläufig um und las die Anzeigen auf der Rückseite. «Romantisches Candle Light Dinner mit Livemusik nur Rs. 500, Entdecken Sie wieder das Mädchen, das Sie geheiratet haben (Flasche Wein gratis bei Rs. 650).» So viele Anzeigen, alle so sauber ausgeschnitten. Die Preise waren schockierend, widerlich, und dazu auch nur für zwei Personen. Offenkundig verdienten sich die Restaurants an diesem ganzen Valentinstagwahn dumm und dämlich. Aber diese Blöden, die pflichtbewusst wie die Idioten machen, was das Fernsehen ihnen sagt, verdienten es auch, so ausgeraubt zu werden. Das gäbe doch einen guten Kommentar ab; er könnte es verbinden mit Amerikas anderen Wegen, das Land zum Geldausgeben zu bringen ... den vielen Forderungen des IWF und so weiter. Auf dem Weg zurück ins Schlafzimmer überlegte er, ob er Shanti wecken und ihr das erzählen sollte. Er war ziemlich sicher, dass sie ohnehin aufwachen würde, so wie sie da lag, aber dann war ihm plötzlich doch nicht nach Reden ... Denk lieber über einen brillanten Einstieg in deinen Leitartikel nach, Vishnukumar ...

Shanti hatte die Anzeigen ausgeschnitten und sie zusammen mit den Saris hinter den Bettlaken versteckt.

Immer wieder hatte sie mit diesem Valentinskram angefangen, und nun hatte sie auch noch die Anzeigen ausgeschnitten. Und versteckt. Sogar vor ihm. Seine Mutter
hatte ihn immer auf ihre albernen Tricks aufmerksam
gemacht, und ihm war es egal gewesen. Hatte es auch
nie selbst bei ihr zur Sprache gebracht. Er konnte es ihr
nicht vorwerfen. Sie hatte eine ganze Menge am Hals.
Zum einen die Mütter. Ihre Arthritis hatte nur wenige
Tage nach dem Tod des Babys angefangen. Sie hatte es
noch zwei Tage in sich herumgetragen, nachdem es sich
nicht mehr bewegt hatte, hatte es nicht gewusst, nicht
bemerkt, dass es nach zwei Wochen im siebten Monat
nicht mehr trat. Im städtischen Aquarium, wohin sie an
ihrem Hochzeitstag zu dritt gegangen waren, um Anand
zu seinem Elften etwas Schönes zu bieten, hatte er an
das Baby gedacht. Er war immer gern ins Aquarium gegangen, fast so gern wie der Junge. Es hatte etwas Faszi-
nierendes, wie die großen Fische da grüblerisch durchs
Wasser zogen mit ihren glatten Köpfen und den lautlos
schnappenden Mäulern, immer auf der Suche nach Fut-
ter.

Anand drückte das Gesicht gegen die Scheibe und
sagte, es sei cool, wie alles so verschwommen sei und
anders aussehe, also hatte Vishnukumar es aus Spaß auf
der anderen Seite der Scheibe ebenfalls getan. Er hatte
das Gesicht des Jungen gesehen, verzerrt von dem von
Bläschen durchzogenem Wasser, die nassen, platt ge-
drückten Lippen, und sein Kopf trieb fast in der Trübnis
des Bassins, die Fische schwammen langsam durch die
Flüssigkeit, und da waren ihm die Tränen gekommen. Er
stand lange da, das Gesicht gegen das kühle Glas ge-

drückt, und hatte alles so satt, alles, was gewesen war und was noch kommen sollte, und solche Angst davor. Dann wischte er sich mit dem Baumwolltuch, das Shanti jeden Morgen bügelte und ihm in die Tasche steckte, die Augen ab, holte sie und riss den Jungen von der Scheibe los, wischte sich, als Mutter und Sohn sich auf die Überquerung der Straße konzentrierten, rasch noch ein paar Tränen ab und trieb sie alle in das Restaurant. Und machte sich über den Ohrring des Kellners lustig, bis er wieder normal atmen konnte.

Irgendwie konnte er es noch immer, schaffte es noch immer, dass sie alle spurten. Was, Vishnukumar? Du kannst es doch noch, oder?

Bald dämmerte es. Er hörte die Morgenzeitung draußen aufprallen. Wieder eine Zeitung, aus der du Anzeigen ausschneiden kannst, was, Mädchen? Dieser dämliche Korrespondent und seine blöden Fehler. Hat mir die ganze Nacht versaut. Diese gottverdammten Idioten, mit denen er zusammenarbeiten musste, am liebsten hätte er ihnen auf ihre polierten Lederschuhe gekotzt. Und so früh am Morgen war es so scheißkalt hier drin, aber natürlich konnte er den blöden Ventilator nicht abstellen, weil es Shanti wegen ihrer Arthritismittel immer zu heiß war. Jeden Tag dieselbe blöde Kacke. Der widerliche Organisationskram. Diesen Redakteur antreiben, jenen Korrespondenten anrufen. Wieder einen öden Scheißleitartikel schreiben. Aber eigentlich wusste er das alles ja, oder, Vishnukumar? Ödnis. Immer schön brav bleiben. Er war der dämliche Direktor der Schule, in der das Nur-keine-Unruhe, Mach-deinen-Job-und-nimm-das-Geld-und-Geh-nach-Hause-Denken unterrichtet

wurde. Das tat man eben, wie so viele andere scheißblö-
de Sachen, die man tun musste und auch tat. Das ganze
Leben lang, Tag um Tag um Scheißtag.

Als er morgens das Haus verließ, um in die Redaktion
zu gehen, war es Valentinstag, und die Straße war verrückt geworden. Einige Minuten stand er reglos vor dem
Tor. Ballons waren da. Glänzende herzförmige Ballons
trieben über den Gehweg, plump und obszön. Ballons
hüpften aufdringlich vor den Geschäften. Fähnchen
schimmerten im Morgenlicht, und ihre pinkfarbenen
Lettern schrien LOVE. Das Viertel sah so anders aus, das
ging einem verdammt auf die Nerven. Die Welt hatte
sich über Nacht verändert. Er machte sich auf den Weg
durch den Park zur Bushaltestelle. In einiger Entfernung
war eine Gruppe Teenager, die Mädchen in weißer
Schuluniform, die Jungen in Anzug und Krawatte, manche nicht älter als Anand, liefen im Park herum. Einige
hielten ebenfalls diese vulgären roten Ballons in ihren
heißen kleinen Händen, sie zerrten an ihren Schnüren
und tanzten im Wind. Andere hatten riesige Sträuße gel-
ber Rosen, die schon leicht mitgenommen und am Ver-
blühen waren, obwohl es noch so früh am Morgen war.
Er zögerte, als er sich den jungen Leuten näherte, und
beschloss dann, dass man eben nichts machen konnte. Er
würde ihnen einfach keine ihrer blöden Rosen abkau-
fen, fertig.

Offenbar hatten sie seine Unschlüssigkeit bemerkt,
denn binnen Minuten umringten sie ihn und kreischten
Fröhlichen Valentinstag. Er lächelte und wollte weiter,
doch sie ließen ihn nicht. Onkel, bitte kauf einen Ballon,

bitte kauf eine Blume für deine Frau, Onkel, brüllten sie ihm in die Ohren. Dann wedelten sie ihm auch noch mit den Rosen vor der Nase herum. Er musste niesen, worauf sie wie Hyänen lachten. Herrgott nochmal. Hatten diese Kinder so früh am Morgen denn nichts Besseres zu tun? Das wurde allmählich lächerlich. Lasst mich durch, sagte er, und schlug nach der Hand eines dicklichen Mädchens, vielleicht ein wenig zu grob. Das genügte als Auslöser. Lasst Onkel durch, lasst Onkel durch, skandierten sie und scharten sich noch enger um ihn. Sie lachten und schrien und schubsten einander gegen ihn. Das dicke Mädchen, das er auf die Hand geschlagen hatte, riss ihm fast den Arm aus der Gelenkpfanne und brüllte so nah an seinem Gesicht Fröhlichen Valentinstag, dass er die Speichelfäden in ihrem Mund sehen konnte. Ihr Strauß traf ihn am Kinn. Nur fünf Rupien eine, zeig Liebe, Onkel, zeig Liebe und kauf eine, kreischte sie. Komm schon, kauf eine, der Erlös geht an die Wohlfahrt, sagte einer der größeren Jungen und drückte ihm richtiggehend seine verdreckte Hand in den Bauch. Kauf 'ne Rose, kauf 'ne Rose, schrien sie im Chor und rempelten ihn grob an, stießen ihn in die Mitte ihres festen kleinen Kreises, packten den Riemen seiner Stofftasche, die wild an seiner Schulter schwang. Sie sind ja bloß ausgelassen, die Kinder spielen bloß, ganz ruhig, Vishnukumar, atme langsamer. Sein Herz galoppierte in seiner Brust. Dann versuchte ein hoch aufgeschossener Junge, ihm ein Bein zu stellen, und plötzlich wehrte er sich und rief nach der Polizei wie ein Irrer, er geriet in Panik, stemmte sich gegen den Druck der heißen Körper, schlug nach ihren Rosen und Ballons.

Er durchbrach ihren Kreis und rannte. Einige der Kerle rannten ihm johlend und pfeifend hinterher, warfen ihm sogar einen kleinen Stein nach, der an seinem Ohr vorbeisauste. Doch er rannte weiter, und nach einer Weile verfolgten sie ihn auch nicht mehr. Gut, Vishnukumar, jetzt aber weg von der Hauptstraße und in diese Seitengasse. In Sicherheit. Hier bist du in Sicherheit. Er fühlte sich schwach, spürte, wie die dünne Baumwolle an seinem Rücken klebte. In Sicherheit. Er setzte sich neben einer überquellenden Mülltonne auf den Bordstein. Idioten von der Stadtverwaltung, alles in diesem Land ist versaut. Er wollte nur ein paar Minuten still dasitzen und dann woanders hin, auf einem Umweg zur Bushaltestelle, wenn er wieder besser atmen konnte. Jetzt tiefe Atemzüge. Ein. Halten. Aus. Ein. Halten. Aus. Er zog sein Taschentuch hervor, wischte sich das Gesicht ab und vergrub es dann zwischen den Knien. Als er wieder aufblickte, stand an der Ecke eine andere Gruppe Kinder mit massenhaft Ballons und Rosen, eine Prozession potenzieller Folterer, die gerade in die Gasse einbogen. Auch diesen Haufen führte ein dickes Mädchen an, nur trug sie eine grün-weiß karierte Uniform. Sie hatten ihn noch nicht entdeckt. Jetzt aber schnell, Vishnukumar. Hinter die große Betonmülltonne. Sie stank erbärmlich, war aber groß genug, um ihn zu verbergen. Er kniete sich hinter die Mülltonne. Als sie lärmend vorbeizogen, achtete er darauf, auch kein einziges Mal hinauszuspähen. Endlich wurden ihre Schreie schwächer, und die Straße hatte wieder ihre Morgenruhe. Steif richtete er sich aus der Hocke auf und trat auf die Straße, warf in beide Richtungen prüfende Blicke in der Hoffnung, seinen Weg nun sicher fortsetzen zu können und dass die Gefahr auch wirklich vorüber war.

Das dicke Mädchen in der karierten Uniform kam die Straße daher. Hatte die andern wohl verloren. Sie schlurfte still heran, die letzten Rosen hingen schlaff von ihren Fingern. Er trat auf den Gehweg, und sie lächelte ihn an. Kopf runter, Vishnukumar, geh einfach geradeaus weiter. Wenn sie herankam, würde er sie ignorieren.

«Onkel, vielleicht 'ne Rose?», fragte sie.

«Nein, keine Rose», sagte er schnell. Geh weiter, geh weiter. Sie trat ihm in den Weg und hielt ihm die Blumen hin.

«Ich hab sie aus unserem Garten. Ich hab gedacht, ich verkauf sie alle.» Das Mädchen ließ ihn einfach nicht in Ruhe. «Bitte, sind bloß noch ein paar übrig.» Im schrägen Licht des Morgens waren die Rosen blassgelb, die wächsernen Blütenblätter noch fest gefaltet.

Okay, okay. Alles, nur um endlich wegzukommen. Er zog sein Portemonnaie hervor, holte Geld heraus und nahm die Blumen. Sie grinste ihn blöde an und hüpfte die Straße davon. Bestimmt sah er mit den Rosen in der Hand verflucht albern aus. Was sollte er denn jetzt damit machen, Herrgott? Wirklich eine Plage. Er legte sie waagrecht auf den Boden seiner Tasche und zog den Reißverschluss zu, damit man sie nicht sah. Nun kam es darauf an, sie sicher nach Hause zu bringen. Shanti würde wissen, was man damit machte. Bestimmt hatte sie eine Vase dafür. Er stellte sich ihr Gesicht vor, wenn sie ihm die Tür aufmachte und ihn mit den Blumen sah. Er würde sie ihr in die Hand drücken und schnell ver-

schwinden, nicht erst noch die Frage-und-Antwort-Ge-
schichte abwarten. Dann drehte er sich um und machte
sich auf den Weg nach Hause.

Glossar

baath: Reis, als Abendmahlzeit

bhajjis: in Teig frittiertes Gemüse

bibiji: Madam, respektvolle Anrede

bibinca: mit Kokosmilch und vierzig Eiern gebackener Kuchen aus dem indischen Bundesstaat Goa

dupatta: Schal, wird über der Schulter getragen, gewöhnlich zusammen mit *salwar kameez*

ekdum: (Slangausdruck) völlig, absolut, total

feni: Likör, der aus gegorenen Cashew-Früchten hergestellt wird, ein beliebtes Getränk in Goa

houris: schöne Frauen oder Engel, Gefährten der Gerechten im Paradies, vor allem im Islam

jamadar: Hausmeister, wischt Böden und reinigt Badezimmer

kazi: muslimischer Geistlicher bzw. Priester, der die Hochzeitszeremonie vollzieht

khadi kurtas: Gewand aus handgewebtem Stoff

khoos-poos: Geflüster

lungi: Sarong (Taillen-Wickeltuch), der von Männern um den Unterleib getragen wird

mando: Volkslied aus Goa

mela: Volksfest, Karneval

mishti: süßes Fleisch

paranthas: flaches Brot (zumeist aus Weizenmehl hergestellt), das als Beilage zu Speisen in Nordindien gereicht wird

peer: eine Art Hexenmeister, beseitigt den bösen Blick, praktiziert Magie roti: flaches Weizenvollkornbrot

salwar kameez: *kameez* (lange Hemdbluse der indischen Frauen), die über *salwar* (weite Hosen, die an den Knöcheln zusammengehalten werden) getragen wird

shemai: Vermicelli Pudding

Dank

Ich danke meinem Vater, dass er mich in die Freuden der Sprache eingeführt hat, und meiner Mutter für ihre unerschütterliche Begeisterung. Dank schulde ich Melissa Hammerle, dass sie im Creative-Writing-Programm der New York University ein fruchtbares und produktives Klima geschaffen hat. Ebenso E. L. Doctorow für seine hilfreichen Anregungen zu meiner Arbeit. Der weise Rat und die Großzügigkeit Breyten Breytenbachs waren unschätzbar. Meine Lehrer Chuck Wachtel, Irini Spanidou, Toby Olson, Alan Singer und Joan Mellen haben meine Erzählungen außerordentlich bereichert. Ich danke der Stiftung der *New York Times*-Gesellschaft für ihre Unterstützung. Danken möchte ich auch den folgenden Personen: Josh Marston und Raj Parameswaran für ihren Scharfblick und ihre Ehrlichkeit; Siobhan Broderick, Freundin und Resonanzkörper; Jessica Weetch und Dave Purcell, Mitreisende; Ailish Ryan für ihr stets bereites Ohr; LuAnn Walther, meine hellsichtige und geduldige Lektorin; und meiner Agentin Ellen Levine für ihre Einsatzfreude und harte Arbeit. Schließlich danke ich Arun, ohne den nichts möglich ist.

Salman Rushdie. Wut

Roman

384 Seiten, gebunden
ISBN 3 463 40406 0

«Um die Ereignisse des elften Septembers zu verstehen
und das, was vorher war und möglicherweise kommen
wird, fällt mir kein anderer Roman ein, der in seiner
Analyse aller Beteiligten, der Gefühle und Fakten so
hellseherisch, so scharf und präzis ist.»
Frankfurter Allgemeine Sonntagszeitung

«Ein interessanter Roman, voller Ideen und Geschichten
über das Leben um die Jahrhundertwende in New York.
Ein schillerndes Sittengemälde der Boom-Jahre in der
Globalisierungshauptstadt, wo trotz allen Taumels die
Bedrohung und die Angst vor einer Katastrophe ständig
hinter den Insignien des Wohlstands lauern.»
Spiegel

verlegt bei Kindler